JULIA™

AF274844

JENNIFER GREENE

RAPTADA POR UN MILLONARIO

HARLEQUIN™

Una división de HarperCollins Ibérica, S.A.
Avenida de Burgos, 8B - Planta 18
28036 Madrid

© 2024 Harlequin Ibérica, una división de HarperCollins Ibérica, S.A.
N.º 467 - 5.4.24

© 2010 Alison Hart
Raptada por un millonario
Título original: The Billionaire's Handler

© 2010 Kelly Hunter
Aventura en Singapur
Título original: Red-Hot Renegade
Publicadas originalmente por Harlequin Enterprises, Ltd.
Estos títulos fueron publicados originalmente en español en 2012

I.S.B.N.: 978-84-1062-833-5
Depósito legal: M-4933-2024
Impreso en España por: BLACK PRINT
Fecha impresión Argentina: 2.10.24
Distribuidor exclusivo para España: LOGISTA
Distribuidor para México: Distribuidora Intermex, S.A. de C.V.
Distribuidores para Argentina: Interior, DGP, S.A. Alvarado 2118. Cap. Fed./Buenos Aires y Gran Buenos Aires, VACCARO HNOS.

MIXTO
Papel procedente de
fuentes responsables
FSC® C159065
www.fsc.org

Prólogo

MAGUIRE subió a bordo, se quitó los zapatos y se dejó caer sobre el asiento de cuero blanco. Aunque tuviera que soportar una ópera de Puccini aquella noche, tenía la ventaja de viajar en su avión privado y al menos podría descansar durante el largo vuelo a Nueva York.

Desafortunadamente, en lugar de oír que se cerraba la puerta y arrancaba el motor, le llegaron desde la pista los gritos de un chico con el uniforme de una compañía de transporte, que entró en la cabina jadeante.

—¡Señor Cochran, señor Cochran! Traigo un paquete urgente para usted, señor.

—Gracias —Maguire le dio una propina y el chico se fue.

El piloto se asomó para ver si había algún problema y Maguire le pidió que esperara a que viera qué contenía el sobre manila que pudiera ser tan importante.

La dirección del remitente lo puso sobre aviso, pero la fotografía que salió al abrirlo hizo que frunciera el ceño con preocupación.

Ya había visto aquella fotografía con anterioridad. La joven estaba sentada en una alfombra rodeada de media docena de niños que parecían sufrir distintos grados de discapacidad. Daban palmas al unísono, como si jugaran o cantaran. La mujer tenía el cabello rubio y ojos risueños, y transmitía una enorme fragilidad.

La situación se ha deteriorado. Era la primera frase del informe del detective.

Maguire siguió leyendo. Parte de la información ya la conocía. El puesto de trabajo que tanto amaba estaba en peligro; había cambiado de número de teléfono sin resultado alguno; y finalmente había recurrido a una compañía de seguridad personal, pero sus conocimientos al respecto eran nulos.

En otra fotografía se la veía exhausta, con grandes ojeras y muy pálida.

Las últimas noticias explicaban la situación:

La policía está investigando, continuaba el informe, *pero puede que ésta sea la gota que colme el vaso. Anoche la visitó su hermano y llamó a una ambulancia. Hasta el momento, no he logrado averiguar cuál fue la causa ni cómo se encuentra.*

Maguire dejó el sobre a un lado pensando a toda

velocidad. Aunque no tenía por qué sentirse implicado puesto que no era responsable de la crisis por
la que pasaba aquella mujer a la que ni siquiera conocía, sentía la responsabilidad de resolver los problemas que había causado su padre al morir.

—¿Señor? —el piloto permaneció en la puerta
de la cabina esperando instrucciones.

—Comprueba cuánto tiempo necesitamos para
cambiar el plan de vuelo. Cancelamos el viaje a
Nueva York para ir a South Bend, en Indiana.

En cuestión de minutos había organizado todo
como si hubiera estado preparado por si aquella situación se presentara… que era lo que había hecho.
Había intuido que aquello sucedería, que tendría
que implicarse finalmente.

Determinadas circunstancias sólo podían ser re-
sueltas por un millonario, aun cuando el dinero no
tuviera ninguna relación en ello.

Capítulo 1

C UANDO Caroline Daniels abrió los ojos y no reconoció nada de lo que la rodeaba, pensó que había despertado a una vida ajena.

La manta azul que la cubría hasta la barbilla, la almohada fina sobre la que apoyaba la cabeza y las paredes azules que la rodeaban no tenían nada que ver con su dormitorio. Además, la habitación no estaba sólo ordenada, sino que no había ni un objeto a la vista: ni libros abiertos, ni zapatos, ni jerseys sobre los respaldos de las sillas, ni paquetes de Oreo abiertos en la mesilla.

La ausencia de oreos fue la prueba definitiva. O había recibido un trasplante de personalidad o estaba viviendo una vida que no le pertenecía.

Ese pensamiento le pareció tan divertido que se

habría reído de no habérselo impedido el estado de pesadez de su cabeza, que sólo podía justificar por haber recibido algún medicamento fuerte. Aun así, no se inquietó. La habitación estaba tranquila y silenciosa; la cama era muy cómoda y se sentía a gusto envuelta en la cálida manta. Lo único molesto era que sintiera una niebla en la mente que le impedía recordar dónde o por qué estaba en aquel lugar.

Fue en ese momento cuando vio al hombre y el corazón le dio un salto mortal. El extraño sueño sufrió al instante un giro dramático, aunque no estuvo segura de si adquiriría tintes eróticos o si se transformaría en una pesadilla.

Probó a cerrar los ojos y volverlos a abrir.

El desconocido seguía allí, recorriendo la habitación como un tigre enjaulado mientras hablaba por teléfono. Carolina no lo conocía. Llevaba un traje gris oscuro que parecía de corte europeo, y una impecable camisa blanca y corbata de rayas negras, ambas aflojadas.

Estaba tan elegante como para ir a la ópera de París. Pero no fue su indumentaria lo que hizo que el corazón de Carolina se acelerara como un pájaro enjaulado, sino algo en el hombre en sí mismo. O todo.

Sin dejar de hablar, se giró como para mirarla y Carolina cerró los ojos instintivamente, simulando que continuaba durmiendo. Pero aunque sólo lo vio fugazmente, su mente captó sus rasgos faciales.

La tenue luz que se filtraba por la ventana, bastó para que se diera cuenta de que debía tener unos cinco años más que sus veintiocho. Aunque fuera vestido tan formalmente, tenía el cabello rubio despeinado, la barbilla oscurecida por una barba incipiente y sus ojos azules rodeados de unas profundas ojeras que le hacían parecer preocupado.

Era alto, al menos un metro ochenta y cinco comparados con su metro cincuenta y cinco centímetros; y sus hombros eran tan anchos como para bloquear el vano de una puerta.

No tenía nada de corriente, sino que daba la impresión de ser alguien acostumbrado a mandar y a cuyo cargo tenía grandes proyectos; alguien ante quien la gente se inclinaba y que lograba que sucedieran cosas. El aire a su alrededor estaba cargado de energía y fuerza según se movía y tensaba los músculos o apretaba la firme mandíbula mientras hablaba. En definitiva, Carolina pensó que era el tipo de persona con la que era preferible no discutir.

Todo ello le confirmó que no lo conocía, puesto que nadie en su círculo de amigos, ni sus compañeros maestros de educación especial ni sus vecinos de South Bend, se correspondían con ese perfil ni era probable que tuvieran un amigo como aquél.

Aunque aturdida, continuó procesando la información que le proporcionaba su entorno. Los monitores y el equipo que tenía a su derecha indicaban que se encontraba en un hospital, pero ni las paredes azules, ni el sofá, ni la televisión de plasma se correspondían con la decoración habitual de un hospital. Una vez más, hizo el esfuerzo de recordar qué hacía allí, pero su mente parecía atrapada tras una puerta que no podía abrir. A un lado de ésta había un peso tan enorme, desestabilizador y angustioso, que no se sentía con fuerzas para abrirla. En aquel lugar mental se abrazaba a las rodillas, que tenía apretadas contra la barbilla tal y como hacía de pequeña en la oscuridad, cuando intentaba esconderse de los aterradores caimanes invisibles que se escondían bajo su cama.

Pero ya no era una niña, ni creía en caimanes. Con ella sólo estaba aquel desconocido cuya presencia era tan ilógica como podría serlo un sueño.

Súbitamente él se giró, mirando en su dirección como si lanzara un rayo láser, y descubrió que tenía los ojos abiertos. Al instante cerró el teléfono y fue hacia ella, moviendo la boca frenéticamente como si diera órdenes a alguien, aunque ella no pudiera oír ni una palabra de lo que decía.

Fragmentos de la realidad empezaron a filtrarse en su cerebro. Ninguno de los cuales explicaba la presencia de aquel hombre, pero sí la crisis que había precedido a su pérdida auditiva.

Las semanas previas pasaron por su mente de una manera difusa. La sorpresa y alegría al recibir la noticia de su fabulosa herencia. La incredulidad. La emoción. Los saltos y gritos de felicidad en su apartamento, las llamadas a todos sus conocidos. La llamada al abogado para asegurarse de que no era un sueño.

Pero en cuanto llegó el cheque, las consecuencias que no había anticipado y para las que no había estado preparada.

Dos días atrás o quizá tres… Recordó la expresión del rostro de su hermano cuando la encontró. Gregg parecía asustado. Ella se había encerrado en el cuarto de baño, acurrucada en una esquina bajo una manta y tapándose los oídos, escondiéndose, como si creyera que no la encontrarían. Había desconectado el teléfono fijo y había tirado el móvil por el retrete aunque ya ni siquiera podía oírlos.

El médico lo había llamado «sordera histérica». No tenía nada orgánico y aunque había evitado decirle que estaba loca, a Carolina siempre le había gustado llamar a las cosas por su nombre. Y por más que se enfadó consigo misma por ser tan débil, no consiguió recuperar la audición.

Aun así, nada de todo eso explicaba qué hacía en aquel hospital con un desconocido tan... atractivo.

Maguire había dudado entre dos de sus aviones, pero finalmente, se alegró de haber elegido el *Gulfstream*, un poco más viejo que los demás, pero con un gran sofá que se convirtió en una cómoda cama para Carolina.

Para el final de la tarde, había sobrevolado las lluviosas tierras de las llanuras y el sol se ponía tras las montañas a las que se aproximaban. En cualquier otra circunstancia, Maguire habría disfrutado del vuelo, pero aquel día estaba demasiado intranquilo como para relajarse, y se levantaba constantemente para comprobar qué tal estaba la menuda mujer rubia que ocupaba la parte de atrás. Y no tanto porque Carolina necesitara que la vigilara, puesto que dormía profundamente, sino porque no podía resistir la tentación de ir a verla.

Maguire no quería pensar que la estaba raptando, sino que la salvaba. En cualquier caso, la maniobra no había sido nada sencilla. Como de costumbre, el dinero resolvía muchos problemas. Era raro que actuara impulsivamente. Llevaba dos meses monitorizando la vida de Carolina, pero en ningún momento había pensado que fuera a llegar un día en el que se conocieran personalmente porque se viera obligado a intervenir.

—¿Señor Cochran?

Maguire alzó la mirada hacia el piloto.

—¿Algún problema?

—Vamos a entrar en una zona de turbulencias. Preferiría que se atara el cinturón de seguridad.

Maguire conocía demasiado bien a Henry como para no saber que le preocupaban distintos tipos de «turbulencias», que le inquietaba la pasajera que transportaban y las decisiones que había tomado su jefe.

—Enseguida voy —dijo, aunque permaneció junto a Carolina.

Hacía un rato la había cubierto con una sábana de seda y una manta ligera. En todas las horas que habían transcurrido desde que la subieran en una camilla al avión, ni siquiera se había movido.

Él no sólo no había querido sedarla, sino que se había opuesto rotundamente. Se había peleado con el médico del hospital sobre todos los aspectos de su tratamiento y éste había insistido en que no tenía ningún derecho a llevársela sin permiso del hospital o sin ayuda médica. Bla-bla-bla.

Nada de eso tenía ya la menor importancia. Se aseguró de que el cinturón estaba atado firmemente para que no fuera zarandeada y la tapó bien con la manta para que no se enfriara.

El leve contacto de sus dedos contra su cuello, aunque no fue particularmente íntimo, hizo que lo sacudiera una corriente de deseo. ¡Qué extraña mujer! No tenía nada especial para explicar aquella súbita excitación sexual. Era completamente vulgar. Sus facciones eran más graciosas que atractivas: tenía una diminuta nariz algo respingona, suaves pómulos, una boca casi demasiado menuda como para ser besada. Tenía el cabello rubio claro, casi pajizo, y aunque parecía llegarle a los hombros era difícil saberlo porque era una maraña rizada. Dudaba de que llegara a pesar cincuenta kilos, tal y como había podido calcular al subirla en brazos al avión. Tampoco recordaba haber apreciado que tuviera trasero o pecho dignos de interés. Por otro lado, le había sorprendido ver que tenía las uñas de los pies pintadas de un llamativo morado.

Aparte de esa pequeña señal de rebeldía, parecía extremadamente frágil y vulnerable; como si un soplo de viento pudiera tumbarla.

El padre de Maguire no la había tumbado. En su lecho de muerte, Gerald Cochran le había dejado diez millones de dólares. Lo que debía haber sido un increíble regalo se había transformado en un castigo. Ése era el problema. Los médicos no lo entendían. Y los abogados todavía menos. Sus familiares nunca habían soñado con una oportunidad como ésa y la acosaban. El dinero podía acabar destruyéndola como él sabía muy bien. De hecho, casi lo había hecho en menos de dos meses.

—Señor Cochran.

Era Henry de nuevo. Maguire fue hasta la cabina del piloto y ocupó el asiento del copiloto.

Había contratado a Henry hacía cuatro años. Aunque apenas tenía treinta, aparentaba muchos más. Numerosas arrugas surcaban su frente y tenía bolsas bajo los ojos. Maguire siempre pensaba que Henry había nacido viejo, que no había disfrutado de su infancia, que nunca había hecho una travesura. Pero ésas no eran malas características para un piloto y hombre de confianza. Por eso Henry se había convertido en uno de sus mayores apoyos.

—¿Va todo bien? —preguntó al tiempo que se ajustaba el cinturón de seguridad.

—Aterrizaremos sobre las ocho. Parece que tendremos buenas condiciones climáticas.

Aunque volar era su vida, Henry estaba de un humor sombrío.

—¿Pero? —Maguire sabía que había algún problema.

Henry le lanzó una mirada de reojo.

—Incluso para usted, señor, esto es un tanto extraño.

—Ya lo sé.

—Sabe que no cuestiono lo que hace. Es sólo que lo encuentro…

—Extraño —repitió Maguire por Henry.

—Así es —Henry sacudió la cabeza—. No sé cómo vamos a comunicarnos con la señora si no puede oír.

—Ya encontraremos la manera.

—¿No cree que llevárnosla sin su permiso es… ilegal?

—Henry, ha sufrido un colapso nervioso a consecuencia de lo que hizo mi padre. Nadie en su círculo habitual tiene ni idea de lo que está soportando. ¿De verdad crees que debía haberla abandonado?

—No me atrevería a opinar, señor.

—No me quedaba otra opción. No había nadie más que pudiera ocuparse de ella. Esto ha alterado mis planes tanto como los de ella. Intenta relajarte, Henry. Si me detienen, me aseguraré de que no te veas implicado.

—Eso no es lo que me preocupa, señor.

—Mañana, ya descansado, quiero que vuelvas a South Bend para que me ayudes con unas cuantas cosas. Quiero que establezcamos una base de comunicación con sus amigos y familiares y que le creemos una dirección de correo; así como que tenga un móvil nuevo para posibles llamadas. Yo me ocuparé personalmente de cualquier relación con los abogados. Pero hay que ir a su casa porque va a ausentarse varias semanas.

—¿Varias semanas? —preguntó Henry, tirándose del cuello del uniforme.

—Como mucho. Espero que no más de dos, pero puede que tengan que ser tres. Por eso mismo necesito que vuelvas a su casa por si hay que regarle las plantas, vaciar el frigorífico y ese tipo de cosas. También quiero que me llames con la lista de las medicinas que tenga en el botiquín, cosméticos y demás.

—Muy bien.

—Revisa el correo que haya recibido, y si hay facturas quiero que me las envíes. El correo personal, se lo reenvías a ella. Cualquier otra cosa, lo dejas allí. Ya sé que son muchas cosas para recordar, pero te haré una lista.

—¿No necesita que me quede en el refugio con usted?

—Probablemente sí, pero cuando despierte, lo primero que le va a preocupar son todos los asuntos personales que haya dejado pendientes, por eso quiero ocuparme de ellos en primer lugar. Del resto, que no tengo ni idea de qué pueda ser, nos ocuparemos cuando despierte y empiece a hablar.

—¿Señor?

—Henry, deja de llamarme «señor». Sea lo que sea lo que te preocupa, dilo de una vez.

—Sí, señor. ¿Y si se despierta y quiere volver a su casa? ¿Y si no quiere quedarse con usted?

—Henry.

—¿Sí, señor?

—Por supuesto que no querrá quedarse conmigo puesto que no me conoce de nada. Por eso mismo tengo que ganarme su confianza. Pero eso me corresponde a mí, no a ti.

—Sí, señor.

Maguire suspiró.

—¿Cuál es ahora el «pero»?

—Pues... que es muy joven y, bueno, bonita. Muy bonita.

—Henry.

—¿Sí, señor?

—¿Me consideras capaz de aprovecharme de una mujer debilitada?

—No, señor.

—¿Crees que mi vida se caracteriza por la ausencia de mujeres atractivas?

—No, señor.

—Por último, Henry, puesto que la he raptado y ocupo una posición de poder, no le tocaría un pelo. ¿Comprendes?

—Sí, señor.

—Ni aunque estuviera ardiendo en el infierno y ella me suplicara, Henry; ni en el caso de que fuera la única oportunidad que me quedara en el mundo de tener sexo. Mientras esté bajo muy cuidado, está a salvo de todo eso.

—Entendido, señor.

—¿Hay alguna otra pregunta que quieras hacerme o puedo volver atrás y echar una cabezada?

—Ninguna pregunta más, señor.

Ocasionalmente Henry demostraba tener algo de sentido del humor, pero el resto del tiempo era como tener cerca a una tía anticuada siempre a su disposición y siempre atenta a que llevara un paraguas si llovía, pendiente de que comiera y de que no pasara ni calor ni frío. Un excelente empleado, aunque a veces, agotador.

Maguire volvió a la cabina de pasajeros, se sentó en el asiento más próximo a Carolina y se cubrió con una manta. Podía haber encendido el ordenador o leído unos documentos, pero descubrió que prefería observarla.

Todo en ella resultaba suave. La piel, el cabello, los labios. No trasmitía la mínima señal de dureza. A Maguire no le costaba creer que hubiera sido capaz de arriesgar su vida por salvar a su hermano pequeño, Tommy, aunque apenas lo conociera. De hecho no le costaba imaginar que ni siquiera titubeara antes de lanzarse a salvar a cualquiera. Por eso era inconcebible imaginar que tuviera la capacidad de lidiar con el tipo de presión que había caído sobre ella en los dos últimos meses, cuando ni la vida ni las circunstancias la habían preparado para ello.

Típicamente, su padre le había regalado el dinero en lo que creía una muestra de generosidad. A Gerald jamás se le habría pasado por la cabeza que con ello estaba sumiendo a aquella joven mujer en un mar de dificultades para las que no tenía herramientas de defensa.

Por eso Maguire sentía la responsabilidad de convertirse en su salvador. Y eso significaba lo que le había dicho a Henry. Daba lo mismo que su piel y su cabello fueran delicados, o que sus labios fueran tan menudos y perfectos como para tentar a cualquier hombre a comprobar la pasión de la que eran capaces. Era una mujer dulce y generosa. Eso era lo que sabía de ella por el momento.

Si detrás de esa superficie había algo más, ya lo averiguaría, pero sin tocarla ni hacerle el menor daño. Por más que le costara.

Capítulo 2

CAROLINA abrió los ojos y frunció el ceño al instante. Teniendo en cuenta el número de camas distintas en las que había despertado los últimos días, cualquiera habría pensado que tenía una vida sexual hiperactiva. Y aunque despertar en camas desconocidas tenía cierta gracia, la sensación de estar mareada y drogada empezaba a resultarle molesta.

Fue recordando escenas aisladas de los dos días previos. Por ejemplo, una pelea entre el misterioso desconocido y el médico del hospital. Aunque no podía oírlos, los vio hacer aspavientos y gestos de indignación. Después de eso… No tenía ningún recuerdo de cómo había salido del hospital, pero sí de haber despertado en una avión de lujo sobre un sofá de cuero extremadamente cómodo. También recordaba a su secuestrador asomándose a verla en varias ocasiones. En una de ellas le había acariciado la mejilla y el cabello.

Después, el aterrizaje por la noche en un pequeño aeropuerto privado. En cierto momento había cenado algo: pollo con cilantro y arroz. Un cilantro maravilloso. También una tortilla. ¿O la tortilla había sido antes? ¿Y no había además otro hombre? Un hombre menudo, joven aunque con cara de persona mayor y expresión preocupada.

Todo era tan confuso. Tenía la sensación de haber dormido durante días. Pero si era así, ¿por qué estaba agotada?

Cuando miró a su alrededor el pulso se le ralentizó. La vista que se divisaba por la ventana podía tranquilizar a cualquiera. También le sirvió para confirmar que no estaba en su casa. En South Bend no había montañas, ni mucho menos la preciosa cordillera con las cumbres nevadas que se veía en la distancia. En South Bend los bosques se habían tornado rojos y dorados para aquella época de octubre, pero no tenían la dramática gama de tonalidades de los pinos y los álamos que contemplaba en aquel momento.

Tampoco el dormitorio era el suyo. Una cosa era que su tendencia al desorden siempre le diera cierto aire caótico y otra que aquél en el que se encontrara fuera espectacular desde cualquier punto de vista.

Una pila de carbón crepitaba en la chimenea de mármol blanco que ocupaba una de las esquinas, delante de la cual había una preciosa alfombra persa en tonos negros, cremas y mostaza. Éste era también el color de la sábana de seda que la cubría, de las paredes y del sofá de cuero situado delante del gigantesco ventanal.

Y fue entonces cuando volvió a ver a su secuestrador.

Estaba sentado en el sofá, mirando por la ventana. Cruzaba las manos bajo la nuca.

Carolina observó lo poco que podía atisbar: la mata de cabello rubio despeinado, liso y fuerte; las uñas recortadas. Al contrario que en la primera ocasión, vestía informalmente. Llevaba las mangas de la camisa subidas hasta los codos, dejando expuestos los antebrazos en las que se veía la cantidad exacta de vello como para que resultara extremadamente masculino.

Carolina asumió que se sentiría aterrorizada. Aquel hombre la había sacado del hospital sin consultar con ella; era fuerte y muy masculino, y no tenía ni idea de lo que pretendía hacerle. Lo lógico era que se sintiera atemorizada, que sintiera pánico. Pero en lugar de eso…

El pulso se le aceleró pero no de miedo. Ni siquiera cuando, como si percibiera que estaba despierta, él giró la cabeza súbitamente y la descubrió mirándolo.

Se puso en pie de un salto y fue hacia ella alzando las manos en un gesto de apaciguamiento para que estuviera tranquila. Se inclinó para agarrar un *netbook* rojo y le mostró la pantalla, en la que había escrito un mensaje:

Me llamo Maguire. Puedes hablar, pero sé que

no puedes oír, así que ésta es la forma de poder co-
municarnos. ¿Te parece bien?

Al terminar de leer, Carolina alzó la mirada. Tenía que estar bromeando. ¿Cómo podía parecerle
bien nada de lo que estaba pasando? Sin esperar
respuesta, Maguire se sentó al pie de la cama y escribió algo más antes de pasarle el ordenador:

Pero no puedes castigarme si cometo muchos
errores o si soy demasiado lento.

Se quedó mirándola como si esperara respuesta,
pero Carolina se limitó a parpadear. Dudaba de que
Alicia en el País de las Maravillas se hubiera sentido
más desconcertada que ella. Un desconocido estaba
sentado en su cama en un lugar al que la había condu-
cido después de raptarla y pensaba que podía bromear.
—Te quedarás sin recreo si cometes faltas de ortografía —dijo ella.
Aunque no pudo oír su propia voz, evidentemente él sí pudo porque fingió estremecerse y volvió a
escribir:

Está bien. Sé tan severa como quieras, pero no
olvides que yo tengo el chocolate.

Carolina leyó y lo miró.
—¿Crees que puedes comprarme?
Él escribió: *¿Puedo?*
Carolina contuvo la respiración. Estaba bien po-
der hacer bromas, pero era una locura. Se puso seria.

—Necesito saber ahora mismo qué está pasando.

Él también cambio de expresión. Desapareció el simpático bromista y volvió el tipo duro acostumbrado a tener el mando. Escribió unas líneas y le enseñó la pantalla:

Vas a recuperar la audición. Por eso estás aquí, en un lugar cómodo en el que no padezcas el menor estrés.

Carolina leyó y lo miró a los ojos.

—¿Cómo lo sabes? ¿Eres médico? ¿Qué sabes de mí?

Él volvió a escribir durante unos segundos. Carolina leyó varios improperios en sus labios. Se veía que estaba acostumbrado a usar la tecla de «borrar» a menudo. Finalmente, giró el ordenador hacia ella. Era verdad que su ortografía era deplorable:

Ya nos ocuparemos de los demás asuntos más adelante, pero tenemos que empezar por el principio y con la información que debes saber por el momento. Estás a salvo. Tu familia y tus vecinos lo saben. Tu abogado sabe dónde localizarte. No debes preocuparte de nada, ni de las facturas, ni de las citas que tuvieras programadas. Me he ocupado de todo.

Carolina leyó. Lo miró en silencio, perpleja, sin saber qué decir. Él escribió de nuevo:

No pongas esa cara de angustia. Estás empezando a recordar, ¿verdad? ¿Recuerdas haber per-

dido la audición y que tu hermano temía que sufrieras un colapso nervioso?

Carolina siguió muda. De pronto su mente se aclaró y los recuerdos se agolparon a una velocidad imparable. Se le hizo un nudo en la garganta imposible de tragar, y aunque había dormido prácticamente dos días seguidos, su impulso fue acurrucarse hecha una bola, cerrar los ojos y olvidar. Pero ya no pudo. La ansiedad la asaltó como un perro rabioso, arrebatándole las ganas de vivir.

Una mano fuerte cubrió la suya.

—No —dijo Maguire, como si pudiera oírla. Y bruscamente escribió de nuevo en el ordenador:

Hagamos un trato, Carolina. En la otomana que hay al pie de la cama tienes una bandeja con todo tipo de cosas para desayunar. El cuarto de baño está en la puerta del fondo, por si no te acuerdas. Contiene todo lo básico y no tienes más que pedir cualquier otra cosa que necesites. Después, puedes volver a la cama o bajar y explorar la casa o el entorno. Abajo hay una biblioteca con un montón de libros, si es que te apetece leer.

Giró el ordenador. Carolina leyó y asintió con la cabeza lentamente. Los mensajes con información concreta le resultaban más asimilables.

Él alzó un dedo y recuperó el ordenador:

A cambio, necesito que me hagas dos listas en algún momento del día.

—¿Qué tipo de listas? —preguntó ella con aprensión.

*Una con comida. Necesito saber si eres alérgica
o si hay algo que no te guste. También quiero saber
cuáles son tus platos favoritos. ¿Podrás hacerla?*

Maguire le dejó ver la pantalla, pero antes de esperar a que contestara su pregunta retórica, continuó escribiendo:

*Luego quiero que hagas otra más larga, que va-
mos a llamar la lista de los sueños. Quiero que cierres los ojos y pienses en todas las cosas que has
querido hacer o todos los lugares que has querido
visitar. Cosas que siempre hayas deseado pero no
tuvieras la oportunidad de hacer. Incluso sueños de
tu infancia que sabías imposibles o irreales pero
con los que aun así, seguías soñando. ¿Entiendes?*

Carolina leyó el mensaje y frunció el ceño.
—¿Por qué?
Aunque Maguire escribió un rato, el siguiente
mensaje sólo decía:

*No puedo seguir escribiendo. Es agotador. Por
ahora basta con lo que te he dicho. Desayuna, dú-
chate y baja cuando quieras. Cuando me des las listas, te proporcionaré más información. ¿De acuerdo?*

Tras leerlo, Carolina dijo:

—No, no estoy de acuerdo.

Pero como única respuesta obtuvo una sonrisa, antes de que Maguire desapareciera y cerrara la puerta tras de sí.

Carolina permaneció inmóvil unos segundos, preguntándose si volvería, pero cuando vio que la puerta permanecía cerrada, se levantó. La cabeza le dio vueltas, pero enseguida se le despejó. Las drogas que le habían dado empezaban a abandonar su sistema. Sólo se trataba de debilidad. Miró en la bandeja y vio una jarra con zumo, una cafetera, un plato con fruta y otro con una tortilla, además de cubiertos de plata y una servilleta de lino. La elegancia del conjunto le hizo reflexionar.

Especialmente después de los últimos dos meses, era particularmente sensible a todo lo relacionado con el dinero. Cualquiera en sus circunstancias habría asumido que un secuestrador pediría un rescate, y sin embargo ese temor ni siquiera se le había pasado por la mente respecto a Maguire. Todas las pruebas apuntaban a que era rico. Los criminales normales no solían viajar en aviones privados de lujo, ni servían el desayuno en bandejas de plata, ni escondían a sus secuestrados en una maravillosa casa en la montaña.

Pero si no quería dinero, ¿por qué demonios la habría secuestrado?

El misterio seguía sin aclararse.

El cuarto de baño era tan espectacular como el resto. Todos los detalles eran exquisitos: un lavabo de cobre, una bañera del tamaño de una piscina, baldosas de mármol en tonos tierra, crema y marrón. Una pantalla plana a un lado de la bañera ofrecía una selección de vistas panorámicas o películas. Una puerta daba acceso a un armario lleno de todo tipo de jabones y cremas.

Carolina llenó la bañera y se metió en el agua. Con la ducha se lavó la cabeza y luego abrió los chorros de masaje. Una persona secuestrada no debería sentirse a salvo, se repetía constantemente, pero lo cierto era que ella se sentía limpia, a salvo y cómoda.

Los temores que le inspiraba su vida real eran mucho peores que los que aquel desconocido le provocaban. A pesar de todo lo que había dormido, en ningún momento se había sentido libre de ansiedad o presión.

Sin embargo, estaba segura que aquel instante de paz tampoco duraría. Poco a poco fue consciente de perturbadores detalles en todo lo que la rodeaba. Primero fue reconocer el perfume del champú. Se trataba del que ella usaba. El maravilloso jabón de almendras era también idéntico al que tenía en casa. Miró hacia una cesta que había en la repisa de mármol en la que había los productos típicos de un cuarto de baño, como desodorante, cepillo y pasta de dientes. Cada objeto seguía empaquetado, y todos eran de las mismas marcas que ella consumía.

Un escalofrío le recorrió la espalda sin saber muy bien si sentirse mimada… o controlada. No podía tratarse de una coincidencia. Alguien se había tomado la molestia de conocer cada detalle de su vida personal. Y sólo podía ser Maguire.

Pero, ¿por qué?

De reojo vio una bata colgada en la puerta. Era de seda roja y negra, larga, con un cinturón estrecho. No tenía nada que ver con la suya, que era vieja, rosa y todo menos sexy, pero cualquier cosa era mejor que el camisón del hospital que llevaba.

Se secó el cabello, se cepilló los dientes y se envolvió cuidadosamente en la bata antes de abrir la puerta. Al otro lado del pasillo, que estaba vacío, había dos puertas tras las que asumió que habría otros tantos dormitorios.

Al fondo había una escalera que descendía hasta una enorme planta baja, imposible de apreciar de una sola mirada. Una gran chimenea redonda dominaba el centro, con los muebles distribuidos a su alrededor: sofás, sillones, una mesa de roble tan encerada que brillaba como cristal. Unos ventanales del techo al suelo dejaban ver las montañas que la rodeaban, como si la casa hubiera caído del cielo en medio de un paisaje salvaje.

Era absolutamente espectacular. Pero también extraño. Carolina bajó las escaleras lentamente, rodeándose la cintura con los brazos.

Por más contenta que estuviera de haber escapado de la jaula de grillos en la que se había convertido su vida, tampoco contribuía a que se tranquilizara lo que le estaba sucediendo. Había descansado y la habían cuidado, pero necesitaba que le dieran respuestas para explicar qué hacía allí.

No vio a Maguire. Pero al llegar al pie de la escalera se dio cuenta de que hacia el este se abría otra ala con habitaciones. Maguire había mencionado una biblioteca, pero la buscaría más tarde. Por el momento, permanecería donde estaba. Sus pies se hundieron en la mullida moqueta de un pálido verde. El sol inundaba la habitación de una cálida luz. Una ardilla recorría el alféizar de una ventana. La cría de una codorniz picoteaba la hierba en el exterior. Carolina sonrió al darse cuenta de que desde que su vida se había transformado en una locura, había olvidado lo maravillosos que eran los pequeños detalles, como disfrutar del sol o de la visión de una simple ardilla.

Pero en ese momento una fotografía reclamó su atención. Había dos sobre una mesa, pero fue una de ellas la que le hizo inclinarse para verla más detalladamente.

El niño que aparecía en ella apenas había aprendido a caminar. Estaba en el exterior, en aquel mismo lugar donde ella se encontraba; corría riendo en pijama, con el rostro radiante de felicidad. Alguien lo perseguía, provocando su diversión. La cámara había capturado a la perfección ese instante de alegría extrema.

Ella conocía a aquel niño. No podía ser otro que Tommy. Los ojos se le llenaron de lágrimas. No pudo evitar que se le escapara un gemido agudo… y entonces se dio cuenta de que por primera vez en mucho tiempo, no sólo había brotado ese sonido de tristeza y afecto de su garganta, sino que lo había oído. Se había oído a sí misma. Había recuperado la capacidad de oír.

Aunque Maguire no la oyó, un sexto sentido le

dijo que Carolina había bajado. Apagó el teléfono y fue hasta la puerta del despacho.

Allí estaba, en la sala de estar, con el cabello lavado y tan enmarañado como de costumbre y la larga bata pegada a su delgado cuerpo. Estaba descalza y sostenía la fotografía de Tommy en las manos. Vio que lloraba.

—Eh —la llamó alarmado. Pero entonces recordó que no podía oírlo.

Tomó la otra fotografía y se la enseñó. En ella Tommy era algo mayor, pero no tanto como para que no pudiera llevarlo sobre los hombros. Aunque no se parecieran y Maguire fuera mucho mayor, la fotografía era una prueba de que se conocían. Él adoraba a Tommy tanto como éste, su hermanastro, lo adoraba a él. Aunque no tuvieran la misma madre, siempre habían estado muy unidos.

Carolina comprendió.

—¿Por eso sabías de mí, porque eres familiar de Tommy? —preguntó.

Maguire asintió. Llegado el momento, aquella respuesta daría lugar a muchas más preguntas, pero por el momento bastaba.

Carolina relajó parcialmente los hombros y eso fue un indicio suficientemente positivo para Maguire.

En lugar de ponerse a escribir en el ordenador, decidió probar qué tal les iba con lenguaje de señas. ¿Le apetecía salir? ¿Pasear? Le había conseguido unos pantalones y una camisa, así como unas botas que podrían servirle si se ponía calcetines gordos, y una cazadora.

Inicialmente Carolina pareció titubear, pero al ver la nostalgia con la que miraba al exterior, Maguire tuvo la certeza de que accedería. En unos minutos, Carolina entraba en el cuarto de baño y salía con la nueva indumentaria con el aspecto de un raterillo... pero un raterillo decidido a correr una aventura.

Los médicos le habían advertido que necesitaba reposo y no hacer esfuerzos, pero Maguire estaba seguro de que el aire puro y el sol le harían bien.

En cuanto salieron al exterior, Carolina se rió y Maguire descubrió cómo se transformaba su rostro en cuanto sonreía. Hacía tiempo que una colonia de codornices se había instalado en la propiedad y aunque eran graciosas no se distinguían por su inteligencia. Seguían al líder aun cuando éste se tropezara en una roca, como acababa de hacer, o los condujera por todos los charcos.

El aire fresco coloreó las mejillas de Carolina y le revolvió el cabello. Él le tomó la mano al trepar una gran roca en medio de un pinar. Ella lo miró al sentir el contacto, pero no protestó. Después de un paseo de menos de un kilómetro a través de los pinos, llegaron al borde de un precipicio desde el que se divisaba una bonita vista, aunque no espectacular. En la lejanía se veían las montañas cubiertas de nieve, y abajo, un valle iluminado por el sol y salpicado por ciervos que pastaban.

Súbitamente Maguire se dio cuenta de que seguía sujetando la mano de Carolina y que estaban pegados el uno al otro, y se le aceleró el pulso. Por muy hermosa que fuera la vista, Carolina lo miraba

como si acabara de regalarle un baúl lleno de alha-
jas.

Necesitaba que confiara en él, pero en su mirada
había algo que no llegaba a interpretar. Algo… preo-
cupante. Le soltó la mano.

—Muy bien, Ce. Ya has hecho bastante ejercicio
por hoy. Cuanto más aire fresco tomes mejor, pero
tendrá que ser escalonadamente.

Había olvidado que no podía oírlo, pero pareció
comprender y lo siguió. Cuando faltaba poco para
llegar, sus mejillas perdieron el tono saludable y su
mirada volvió a adquirir una expresión de agotamiento. Maguire habría querido tomarla en brazos,
pero se contuvo.

Al llegar a la puerta dijo, articulando cuidadosamente para que le leyera los labios:

—Hora de tu siesta.

Carolina sacudió la cabeza enérgicamente.

—No, Maguire, esto es una locura. Necesito saber qué está pasando. Sobre todo después de haber
visto la foto de Tommy.

Maguire estaba de acuerdo, pero antes de hablar,
le hizo quitarse las botas y acomodarse en el sofá
con un gran almohadón a la espalda y le dio un cuaderno para que empezara las dos listas que le había
pedido. Luego dijo que iba a la cocina a preparar un
chocolate caliente. Para cuando volvió, Carolina se
había quedado profundamente dormida.

Maguire sintió que se le relajaban los hombros y
el estómago. Estaba en el camino correcto. Necesitaba que Carolina lo considerara un mentor o un
cuidador al que estuviera dispuesta a ceder las rien-

das. De hecho, daba lo mismo cómo lo catalogara o lo que pensara de él mientras no se le pasara por la cabeza que podía ser un amante. Y si se quedaba dormida con tanta facilidad, estaba claro que ese no era el caso. Así que las cosas no podían ir mejor.

Capítulo 3

CAROLINA no conseguía descifrar a Maguire y juntar las piezas de un puzzle que no encajaban. Era un hombre acostumbrado a que las cosas se hicieran como él quería, a tener el mando y con criterios poco democráticos.

En la superficie no era alguien que le pudiera caer bien, ni mucho menos que le resultara atractivo.

Pasó una hoja del libro. No le sorprendió encontrar en la biblioteca numerosos libros dedicados a defectos de nacimiento relacionados con la función cerebral. Tommy era uno de esos casos. Y la habitación, como el resto de la casa, era fabulosa. Tres de las cuatro paredes estaban forradas de estantes con libros y pequeñas escaleras para acceder a los estantes más altos; había un escritorio semicircular, un sofá, varias sillas y una *chaise-longe*. El sofá estaba tapizado en ante y Carolina se había acomodado en él al instante.

No pensaba moverse de allí ni aunque Maguire movilizara al ejército para conseguirlo. Se había enamorado de él a primera vista. Entretanto, había llegado el atardecer. El día había avanzado a una velocidad sorprendente. Maguire había estado trabajando y la había dejado en el piso superior revisando algunas cajas con ropa de su tamaño. Nada especial o pretencioso, sólo vaqueros, camisetas y calcetines. Luego se había quedado dormida. No comprendía por qué estaba tan cansada, pero lo cierto era que el cuerpo le pedía descanso cada pocas horas.

Al final de la tarde Maguire había sacado del congelador un guiso que había puesto a calentar mientras ella elaboraba sus dos listas, pero al acabar de cenar había insistido en fregar los platos, obteniendo de ello el placer de sacar a Maguire de quicio. Aparentemente, no quería que hiciera absolutamente nada por su cuenta.

Después, los dos se habían instalado cada uno en un sofá. Ella con un libro sobre educación especial y él con las dos listas que le había dado. Inicialmente las había revisado en silencio, pero según avanzaba había empezado a mascullar sin preocuparse de que lo oyera pues seguía sin saber qué había recuperado la audición.

—Langosta, cangrejo, vieiras. Ummm. Veo que todo entra en la misma categoría. Salmón de Alaska; arándonos recién recogidos del arbusto... ¿Es que nunca has comido como Dios manda?

Apuntó unas notas en el margen. Carolina había mirado de reojo y había encontrado su escritura indescifrable.

—Hojas de viña rellenas como las preparan los griegos... Pues no tengo ni idea, pero está claro que lo quieres todo muy auténtico. Pero si va a ser tan fácil agradarte, no vamos a pasarlo nada bien. No es ningún reto. Y ya sé que no puedes oírme, pero no está mal tener una conversación con una mujer que no puede responder. De hecho, es la fantasía de todo hombre... Bueno, aparte del sexo, claro.

Carolina podía oír, pero intermitente. Sólo a partir de la cena parecía haberse estabilizado. De hecho, desde que Maguire había empezado a comentar las listas, podía oír a la perfección.

Podía haberlo confesado y en algún momento lo haría. Nunca le habían gustado las mentiras, por muy pequeñas o bien intencionadas que fueran. Pero ya que de los dos era la que estaba en una clara situación de desventaja, decidió que era justo poder averiguar cuanto pudiera de la forma que fuera. Y estaba obteniendo de ello un fantástico beneficio: la voz de Maguire.

Oír su voz era como un poderoso y reconfortante bálsamo sin efectos secundarios... al margen de una leve activación hormonal. Tenía un tono grave, de tenor, con una reverberación que le hacía estremecer. Sexy. Maguire era definitivamente sexy. Con sus letales ojos azules, sus facciones masculinas, la forma en que se movía. Y todo ello se reflejaba en su voz, que parecía decir: «Soy todo un hombre. Escucha mi rugido».

Era ese tipo de voz. Una voz «pequeña-te-vas-a-derretir-cuando-te-bese». Una voz «no-te-imaginas-cuánto-puedo-complicarte-la-vida».

Carolina sabía que era una solemne estupidez dejarse llevar por esos pensamientos. Junto con el oído, empezaba a recuperar la memoria. No plenamente, pero lo bastante como para querer hacerse una bola y encerrarse en un armario para olvidar el momento en el que no podía ni comer, ni dormir, ni escapar.

Así que probablemente era una irresponsabilidad disfrutar del placer de la voz de Maguire… aunque temporalmente quisiera aferrarse a ella como si fuera un salvavidas. Escucharle le permitía ignorar su vida real durante un poco más de tiempo. Y era difícil sentirse culpable por ello cuando ésta sólo le causaba ansiedad.

—Está bien —masculló Maguire—. Pasemos de la comida a los deseos… Seguro que tiene más potencial que la otra —era evidente que seguía hablando consigo mismo—. Quieres cenar en una casa en un árbol; quince pares de zapatos italianos… En algún momento tenía que salir el gen consumista… Quieres dormir en un castillo, ir a un spa. Eso está mejor. También quieres conducir un MG del cincuenta y tres. Además… ¿Carolina, estás oyendo mi monólogo?

Maguire había alzado bruscamente la cabeza y la estaba mirando. Puesto que no tenía sentido seguir fingiendo, Carolina asintió.

—Más o menos. Me oigo a mí misma y te oía hablar, pero va y viene. No sé por qué.

—Yo sí. Los médicos dijeron que te sucedería. Habías dejado de oír porque estabas sometida a una presión insoportable. Una vez que ésta ha disminuido, es lógico que recuperes la audición.

—Pero si no ha cambiado nada —Carolina sufrió un brote de ansiedad—. La presión y los problemas siguen ahí. De hecho, tengo que volver a casa. He de…

Al ver que hacía ademán de ponerse en pie, Maguire la interrumpió.

—Quiero que lleguemos a un acuerdo —dijo con extrema calma.

—No hay acuerdo posible, Maguire. Aunque parezca una locura, no me ha importado que me secuestraras, pero ahora empiezo a recordar y no puedo perder el tiempo. Tengo que volver a casa.

—Espera, espera. Te prometo que lo que voy a proponerte te interesa. ¿No quieres saber por qué te he traído aquí? Deja que te lo explique.

Carolina vaciló. Ansiaba saber qué había pasado, pero quería saberlo sin más dilaciones.

Sin embargo, debía haber supuesto que las cosas se harían cómo y cuándo Maguire lo decidiera.

Le dio una cazadora y unos guantes y le hizo salir de la casa. Atardecía y la nieve de las montañas estaba coloreada de morado. No corría ni una brizna de aire. Maguire la ayudó a echarse en una tumbona, la cubrió con mantas y le dio una copa de vino. Luego preparó una fogata en un hornillo de cobre que había junto a las sillas. En cuestión de segundos las llamaradas iluminaban la noche y el olor del humo se mezclaba con el de los pinos.

Maguire, que llevaba puesta una vieja cazadora de cuero se sentó junto a ella, pero cerca del fuego para alimentarlo. Hasta que, finalmente, habló.

—Érase una vez un hombre llamado Gerald, que tenía tres hijos. El padre de Gerald había hecho un invento fantástico con el que había ganado miles de millones, que Gerald heredó. Éste dedicó su vida a comprar todo aquello que deseaba… ¿Está bien el vino?

—Perfectamente —dijo Carolina con impaciencia—. No intentes distraerme, Maguire y sigue hablando.

—Está bien, está bien. El hijo mayor de Gerald se llamaba Jay. Jay nunca trabajó ni trabajará. Desde que cumplió dieciséis años se dedicó a las drogas y a las mujeres, a los coches deportivos y a meterse en líos. Suena espantoso, pero te aseguro que te caería bien. Es encantador.

Maguire se sirvió otra copa de vino.

—Gerald cambió de esposa y tuvo un segundo hijo con el que se llevó fatal. Para cuando este segundo hijo estaba en la universidad, tuvo una enorme pelea con su padre porque éste consiguió que se le retirara a Jay una denuncia por homicidio. Jay atropelló a un hombre mientras conducía borracho. ¿Qué importancia tenía si era un indigente y nadie lo conocía ni lo echaba de menos? Gerald no podía comprender por qué su segundo hijo estaba indignado, pero aquélla fue la última vez que el segundo hijo habló con su padre directamente.

Maguire hizo una pausa, pero Carolina no dijo nada. Había contenido el aliento porque no había que ser un genio para darse cuenta de que Maguire estaba hablando de sí mismo.

—Después de otras dos esposas, Gerald tuvo un tercer hijo. Tommy fue una sorpresa inesperada. Desafortunadamente, cuando la mujer de Gerald estaba embarazada de ocho meses, él pensó que le apetecería hacer un vuelo en ala delta. Por lo visto lo pasaron en grande hasta que se estrellaron. Gerald salió ileso, pero su mujer se puso de parto. Tras dar a luz a Tommy, murió. El niño vivió, pero había nacido demasiado pronto y nunca llegó a ser normal. Gerald resolvió el problema como acostumbraba a resolverlo todo: con dinero. Tommy era atendido las veinticuatro horas del día, tenía todos los juguetes del mundo, acudió a todos los mejores especialistas. Puesto que todas las pruebas indicaban que su condición podía deberse al nacimiento prematuro y a la falta de oxígeno, o incluso a las drogas que Gerald y su mujer habían consumido, nadie esperaba que se produjera un milagro. Pero al menos nadie dudaba que Tommy estaría siempre perfectamente atendido.

Carolina lo observó. Maguire no era capaz de estarse quieto. Atizaba el fuego constantemente a pesar de que las llamaradas despedían chispas que iluminaban la noche.

—El verano pasado, Gerald llevó a Tommy a un lugar especial. Había oído que en South Bend había un proyecto muy peculiar, una escuela de verano con ideas muy innovadoras para los niños con dificultades de aprendizaje por discapacidad mental. Gerald no confiaba en que Tommy mejorara, pero quería ir de vacaciones a Corfú y necesitaba un sitio en el que dejarlo.

—Maguire —dijo Carolina con dulzura. No podía dejar que continuara cuando su voz sonaba tan teñida de tristeza.

Pero Maguire alzó la mano y continuó:

—Sé que es una larga historia, Carolina, y odio contarla, pero estoy a punto de acabar. Deja que siga.

Carolina asintió.

—Así que Tommy fue a este sitio tan increíble y sufrió un ataque, algo que no era extraño en un niño con problemas cerebrales como él. Pero su profesora pensó que no tenía sentido. Así que cuando llegó la ambulancia, fue al hospital con él. Todo el mundo se enfureció con ella, médicos, enfermeras… acusándola de interferir, de ser una engreída sin conocimiento alguno. Pero lo cierto fue que esa profesora, llamada Carolina Daniels, tenía razón. Durante todo aquel tiempo había una causa que explicaba la discapacidad física y psíquica de Tommy: tenía un tumor detrás de un ojo.

»Ahora Tommy no es totalmente normal, y nunca lo será, pero le falta poco. Gerald, siendo como era, ofreció dinero a la profesora, pero Carolina lo rechazó. Aun así, como Gerald sólo sabía hacer cosas con dinero, la incluyó en su testamento y le dejó cerca de quince millones de dólares. No se trataba de que Gerald pensara morirse, pero era la única manera que tenía de devolverle el favor y estaba decidido a hacerlo.

Maguire por fin se acomodó en la silla y estiró las piernas.

—Lo que sospecho es que nuestra misteriosa profesora, Carolina Daniels, estuvo inicialmente contenta de recibir el dinero. ¿Quién no lo estaría? ¿No es el sueño de todo el mundo ser independiente económicamente, no tener que preocuparse nunca más por el dinero? Lo malo es que nada es tan simple… —por primera vez desde que había empezado a hablar, Maguire miró a Carolina—. ¿Tienes frío?

—En absoluto.

—En cuanto sientas frío, entramos. ¿Tienes hambre?

—No.

—¿Quieres más vino?

—No, de verdad.

—Está bien. Entonces pasamos a la última parte de esta historia, la más difícil de explicar y donde entra nuestro trato. El segundo hijo siempre tuvo la tendencia a meterse donde no le llamaban. Cree que lo sabe todo, y tiende a interferir, ya sabes, ese tipo de personalidad. El caso es que adora a su hermano pequeño, Tommy. Y aunque Tommy cuenta con medios económicos para el resto de su vida, el segundo hermano siempre ha velado por sus intereses. Por eso cuando supo lo sucedido con su profesora, cómo ésta salvó a Tommy y la herencia que le dejó Gerald…

Carolina abrió la boca, pero volvió a cerrarla para dejar que Maguire terminara.

—El caso es que el segundo hijo, aunque no tiene ningún derecho legal, aunque sepa que no es asunto suyo y a pesar de que no tiene tiempo para meterse en la vida de otra persona, localiza a Carolina Daniels. No sé si por un sentimiento de culpa, por querer enmendar los pecados de su padre, o por lo que sea. Lo cierto es que el segundo hijo intuye que la profesora no es lo bastante fuerte como para que la fabulosa fortuna que ha recibido sea el cuento de hadas que podría esperarse, sino que con ella han llegado todos los buitres y pirañas que la rodean y a las que ha tenido que plantar cara. No tiene la preparación para enfrentarse a la avaricia que se mueve a esos niveles, ni a las bajezas a las que son capaces de llegar las personas para conseguir algo de ella. Tiene un montón de dinero, pero no está a salvo. No puede…

Carolina seguía escuchando, pero se perdió parte del monólogo de Maguire. De pronto se sintió desbordada. Aunque no tenía todas las respuestas que necesitaba, ni tenía tiempo para obtener todas las que le faltaban, sabía ya lo suficiente.

Su secuestrador era un buen hombre. Un caballero andante decidido a salvar a una dama en apuros, aun cuando ella no fuera una dama ni jamás hubiera contado con ser salvada por un hombre.

De hecho, ni siquiera necesitaba ser salvada. Sólo necesitaba desesperadamente tener un poco de tiempo para organizar su vida sin estar sometida al bombardeo de presiones y exigencias de quienes la rodeaban.

—¿Maguire?

—¿Sí?

—Creía que Maguire era tu apellido. No me habías dicho que te apellidaras Cochran.

—Quería evitar que tuvieras una mala opinión

de mí. Después de todo, no elegí nacer en mi familia. Te aseguro que habría preferido ser un Smith o un Jones.

Carolina supo que esperaba que se riera, pero estaba demasiado ocupada pensando.

—Todo este tiempo he intentado entender por qué confiaba en ti instintivamente en lugar de temerte a pesar de que me hubieras secuestrado.

—Sólo te he tomado «prestada» —le corrigió Maguire.

—Pero tenía motivos para pensar que querías mi dinero, igual que el resto. ¿Qué sentido tenía que me raptaras si no era para pedir un rescate? Cualquiera habría llegado a la misma conclusión. Sin embargo, me resultaba inconcebible. No encajaba.

—Has estado casi inconsciente. No puedes esperar que tu mente funcione con claridad.

—Es posible, pero aun así sabía que no me harías daño, que no querías nada de mí —Carolina se inclinó hacia adelante—. Maguire, ¿cómo está Tommy?

—Muy bien. Está en Seattle. Tras la muerte de mi padre solicité su custodia, pero como te he dicho, Gerald y yo teníamos problemas. Por ahora, lo veo al menos dos veces al mes y a veces pasa conmigo varias semanas.

—¿Y el resto del tiempo con quién está?

—Aunque suene extraño, con la ex mujer de Jay. Con una de ellas: Shannon. Lo que Tommy necesitaba y que no podía comprarse con dinero era el calor y la atención de una madre. Tommy adora a Shannon, así que era la mejor opción. Los Cochran no se caracterizan por su buen juicio como padres.

—¿Se ofreció voluntaria? ¿Se le dan bien…?

De pronto Carolina oyó un teléfono. Sólo eso, el timbre de un móvil, pero reaccionó como si hubiera oído un disparo. Se acurrucó y se cubrió la cabeza.

—Carolina, tranquila. Ahora mismo lo apago. Había olvidado que lo tuviera conmigo.

Pero Carolina parecía tener un botón en el cerebro que acababa de ser apretado para que no oyera. Ya no oía ni la voz de Maguire ni el crepitar del fuego. Nada. Había vuelto al pozo silencioso hasta el que no llegaba ningún sonido.

Sintió que temblaba de los pies a la cabeza. El corazón se le aceleró como si corriera para salvar su vida y no le quedara aliento ni lugar en el que esconderse.

Vio a Maguire inclinarse hacia ella y mover los labios. Intuyó que articulaban un juramento, pero eso fue todo.

En menos de una hora desde que Henry había llegado, Maguire tenía la mesa del comedor cubierta por contratos, correspondencia y documentos legales que exigían su atención inmediata.

Cuando Henry entró en la casa, miró a su jefe y, sin decir palabra, fue directo al frigorífico. Después de revisar el contenido, se preparó un café, se apoyó en la encimera y permaneció en silencio. Llevaba suficiente tiempo trabajando para Maguire como para saber cuándo estaba de tan mal humor que era mejor no hablarle.

Maguire no había dormido y no creía que fuera a

dormir por un tiempo. El plan estaba descarrilando aunque hubiera funcionado a la perfección hasta que Carolina había oído el maldito teléfono.

Que hubiera perdido la audición no era lo más grave. Dos médicos distintos le habían advertido de que podría suceder y que, de hecho, era esperable. Carolina tenía que evitar cualquier forma de estrés durante un tiempo prolongado, y la llamada del teléfono había bastado para disparar la reacción.

Pero eso no era un problema pues volvería a recuperar la audición. El problema lo tenía él. En lugar de considerar a Carolina una responsabilidad, una tarea que tenía que cumplir, no podía evitar sentirse atraído por aquellos cálidos ojos azules. Le bastaba rozarla o pasarle el brazo por los hombros para excitarse como un adolescente, y cada vez que estaban en la misma habitación sentía la sangre fluir por sus venas.

Necesitaba que Carolina confiara en él y para ello tenía que ganarse su confianza, lo que resultaría imposible si empezaba a temer que la asaltara cada vez que la veía. Algo que no pensaba hacer de ninguna manera. Pero lo importante era que ella ni siquiera tuviera la mínima sospecha.

—¿Dónde está? —se atrevió a preguntar Henry a pesar de que seguía guardando las distancias y ni siquiera se había quitado la cazadora de aviador.

—Arriba. He oído la ducha hace poco —Maguire intentó volver a concentrarse en los documentos que tenía ante sí.

Si perdía la capacidad de concentración, sufriría las consecuencias, lo que, en relación a los asuntos que tenía entre manos representaba la pérdida de una considerable cantidad de dinero.

Desafortunadamente, en aquel momento le tenía sin cuidado. Hacía tiempo que sabía que había cosas mucho peores.

—Henry, debes descansar antes de volver a volar.

—Sí, señor.

—En cuanto a lo que hablamos sobre la casa de Carolina…

—Está todo hecho. Además, he tomado la iniciativa de organizar a alguien que vaya a cuidar de ella porque apenas llevaba unos minutos cuando han empezado a llamar a la puerta y al teléfono. Tiene unos familiares que están como una cabra.

—Estoy seguro. Has hecho muy bien.

—Su hermana estaba empeñada en entrar. Decía que Carolina tenía unas cosas suyas que debía recoger.

—Muy bien. Si alguno de ellos tiene algún problema con el seguro médico ocúpate de ello o llámame. Aparte de eso, nadie puede llevarse nada de su apartamento, a no ser que sea comida perecedera del frigorífico. ¿Alguna crisis con las facturas o sus asuntos personales?

—No, he cancelado una cita con el dentista la semana que viene. Y también con la peluquería el próximo jueves.

—Pelo —por primera vez Maguire miró a Henry alarmado—. Ya sabes cómo son las mujeres con el pelo.

—La verdad es que no, señor.

—Nada las pone de peor humor que tener mal el pelo. Es una fuente de estrés que tenemos que evitar.

—¿Cómo, señor?

—Y yo qué sé.

Maguire atacó otra pila de documentos.

—¿Le ha llamado algún hombre? —preguntó de pasada.

—Sí señor, como he dicho…

—Quiero decir aparte de dentistas y representantes de seguros. Otro tipo de hombres: novios, amigos.

—No creo —Henry se dio un tirón al lóbulo de la oreja—. Señor Cochran, no recuerdo que me pidiera que recopilara ese tipo de información, así que no me he preocupado de buscarla. No tenía ni idea de que le interesara.

—No te dije ni te pedí que lo hicieras. Ni siquiera es asunto mío. Sólo acaba de pasárseme por la cabeza que debería haberlo tenido en cuenta. Tú la has visto y es difícil pensar que no haya alguien en su vida. Si mi mujer desapareciera, removería cielo y tierra para…

—Comprendo, señor. Supongo que en este momento no mantiene ninguna relación.

—Es posible —Maguire seguía ojeando documentos—. Tengo una nueva lista de cosas que quiero que hagas. Algunas van a ser divertidas.

—Divertidas —repitió Henry con incredulidad, dándose otro tirón a la oreja.

—Así es —dijo Maguire—. Necesito un MG IV TD de 1953 para dentro de siete días.

—¿En siete días?

—Sí. Y que sea rojo.

—Eso simplifica las cosas…

—Luego quiero que localices una cabaña en un árbol, no una cabaña de niños, sino una en la que pudiera vivir un adulto. Me da lo mismo dónde esté. Me basta con que la encuentres.

—Supongo que eso está en la lista de cosas divertidas que tengo que hacer —Henry lo apuntó en un cuaderno sin parpadear.

—Sonríe, Henry. ¿En qué otro trabajo harías cosas tan variadas?

—Estoy seguro de que en ninguno.

—Muy bien… Puedes localizarme durante toda la semana, pero preferentemente por correo electrónico. Si es necesario, te llamaré, pero no voy a tener conectado el móvil. Pasaré los próximos cuatro o cinco días en Europa. No sé exactamente cuánto tiempo porque depende de lo fuerte que Carolina esté físicamente. Por el momento quiero que esté lo más alejada posible de cualquier ruido perturbador.

—Pero si no puede oír, señor.

—Te equivocas. Oye demasiado. Ése es el problema, Henry. La cuestión es que no puedo darte un plan detallado de dónde estaré la próxima semana, aunque supongo que en algún momento lo sabré.

—¿No me necesita la semana que viene?

—Sí, pero para que hagas algunas cosas. Volaré con el avión de la empresa Cochran.

Por primera vez el rostro de Henry se contrajo en un gesto de contrariedad.

—Sabe que puedo pilotarlo.

—Claro que lo sé, pero necesito aquí a alguien en quien pueda confiar plenamente y que sea discreto, y sabes que sólo tú reúnes ambas características. Este proceso va a requerir unas cuantas maniobras.

—Si quiere que le sea sincero, lo que exige es un hombre que haya perdido la cabeza.

—Eso también. Me extraña que la hermana de Carolina no haya amenazado con denunciar…

—Lo ha hecho, señor Cochran —Henry miró a Maguire alarmado—. ¿No se lo había dicho?

—Lo habrías hecho más tarde o más temprano. Se nos presentarán más problemas de ese estilo, así que no dejes que te provoquen.

—No se preocupe, aunque… —Henry se irguió bruscamente y se quedó mirando fijamente a la puerta.

Allí estaba Carolina con un libro, una manta sobre los hombros y descalza, como un golfillo de la calle.

Un golfillo. Ni mujer fatal, ni mujer segura de sí misma que sabía cómo comportarse para atraer a los hombres.

Una simple golfilla.

Y aun así, el pulso de Maguire se aceleró hasta niveles alarmantes.

Capítulo 4

TENIENDO en cuenta que su vida estaba sumida en el más espantoso caos, a Carolina le costó creer lo bien que había dormido. Para cuando abrió los ojos eran casi las doce, y sacudió el despertador para asegurarse de que funcionaba.

Por primera vez en semanas, sentía que había recuperado energía. Quizá no bastante como para ponerse a escalar montañas, pero sí como para vestirse y bajar precipitadamente.

A mitad de las escaleras vio a Maguire sentado ante la mesa y el corazón le dio un salto. Todo lo que le había contado la noche anterior había poblado sus sueños, sueños plácidos y divertidos con un tema dominante. Ella no era la única secuestrada, Maguire había sufrido el rapto de su alma mucho tiempo atrás y estaba atrapado por un rescate no exigido, igual que ella. Carolina tenía muchas cosas que decirle, y muchas otras que quería hacer.

Pero súbitamente se dio cuenta de que no estaba solo. Había otro hombre… Henry, si no recordaba mal. Era el hombre que había pilotado el avión, pero Carolina intuía que era además un empleado fundamental para Maguire. Cuando lo saludó con un animado «hola», él se ruborizó como un niño.

La reacción tímida de Henry no tuvo nada que ver con la de Maguire, que saltó de la silla y fue hacia ella.

—¡Carolina, empezaba a temer que estuvieras en coma! Debes estar muerta de hambre y de sed. Vaya, había olvidado que no podías oír. Voy a por el ordenador…

Carolina no se inclinó porque se mareara ni porque se sintiera mal, sino que se limitó a dar un paso para hacer un instintivo gesto tranquilizador. Pero se tropezó… con nada, con el aire, con su propio pie o una mota de polvo.

Maguire reaccionó como si hubiera provocado un incendio. Gritó algo a Henry a la vez que la tomaba en brazos y subía precipitadamente las escaleras.

—Maguire…

Aunque ella no pudiera oírlo, estaba segura de que Maguire no tenía ningún problema de audición y, sin embargo, en ese momento no escuchaba a nadie porque estaba demasiado ocupado teniendo un ataque de nervios.

Entró en el dormitorio como una exhalación, la depositó sobre la cama como si fuera una figura de porcelana y posó una mano sobre su frente al tiempo que con la otra la cubría con las mantas. Si no lo detenía, Carolina acabaría aplastada por el peso o por calor. Era evidente que pensaba que estaba frágil, débil y traumatizada.

Y aunque pudiera ser verdad, lo que la sacaba de sus casillas era la sordera, sobre todo en un momento como aquél en el que todo lo que quería era poder comunicarse, decir que estaba bien, que no había sufrido un desmayo, que sólo había tropezado.

Lo que no había pensado en ningún momento fue en besarlo. Sólo que… un beso le pareció la única forma de conseguir que se detuviera.

Y tuvo un efecto milagroso.

Bastó que Carolina le tomara el rostro entre las manos y posara sus labios sobre los de él para que Maguire se quedara paralizado como una estatua.

La inesperada e instantánea consecuencia fue que el corazón de Carolina se aceleró como si fuera a sufrir un ataque cardíaco. Aquel leve contacto fue suficiente para que se diera cuenta de que Maguire no tenía nada que ver con ningún otro hombre que conociera. Su cuerpo lo supo una fracción de segundo más tarde.

Llevaba meses sintiéndose atrapada en una jaula, sin encontrar escapatoria. Maguire había asumido el papel de caballero andante-secuestrador, pero no era a ese hombre al que se descubrió besando. Tampoco fue un héroe quien le devolvió el beso, sino un hombre desconcertado por responder; un hombre acostumbrado a ser quien tomaba la iniciativa, a controlar, pero jamás a ser pillado por sorpresa. Carolina percibió todo eso en una oleada de sensaciones.

Luego, otros instintos se adueñaron de ella.

Maguire tenía un sabor peligrosamente exótico. Desconocido. El corazón se le paró como si acabara de acariciar a un tigre. Vio un resplandor de alarma, de consciencia, en su mirada justo antes de cerrar los ojos. Carolina nunca había probado el peligro. Siempre había sido impulsiva, poco convencional y arriesgada en todo lo relativo a los niños con necesidades especiales. Pero no con los hombres.

Sin embargo, cuando sintió la áspera mejilla de Maguire y su pulso bajo los dedos, cuando notó la suavidad de sus labios y olió la mezcla de jabón y del humo de la hoguera que había encendido la noche anterior, fue consciente de que estaba con todo un hombre. Y que jamás había estado con otro igual.

Quizá se trataba del único hombre que despertaba en ella sensaciones que no había sabido que existían. Ni siquiera sabía cómo describirlo, pero era como si se sintiera inundada por su presencia, por su aroma, por su piel.

Maguire rompió el contacto y la miró con el ceño fruncido. Primero empezó a decir algo, pero al recordar que no oía, empezó a sacudir la cabeza.

Carolina volvió a besarlo.

Podía ser su secuestrador, pero no tenía todo el poder. Ella llevaba un montón de tiempo sin tener ninguno. Todo y todos la habían hundido y estaba harta de ser una marioneta.

Sentirse superada por las sensaciones como en aquel momento era completamente distinto. Saber que podía ejercer cierto poder sobre Maguire era excitante. Más que eso. Era la primera vez en su vida que se sentía osada, y descubrió que le gustaba.

Maguire debió cansarse de la incómoda postura en la que se encontraba, porque cuando Carolina fue de nuevo hacia él para robarle otro beso, perdió el control que había logrado mantener hasta entonces. Un segundo antes, Carolina intentaba que la besara. Al siguiente, Maguire había caído sobre la cama, sobre Carolina y la reclamaba. Enredándose con las mantas, Carolina se encontró rodando con él, pegada a él, con sus brazos rodeándola y su boca buscando la de ella.

Uno de los brazos de Carolina se quedó atrapado en el nudo de mantas y cuerpos. No era justo que él tuviera las dos manos libres; que con una le acariciara el cabello y con la otra le recorriera la espalda.

Maguire la besó de una manera muy distinta a como lo había hecho ella. Sus besos incluían lenguas y dientes, presión, seducción, exigencia. Eran besos sin ninguna sutileza, tan arriesgados como una invitación a tirarse desde un avión sin paracaídas.

Increíbles. Absolutamente increíbles.

—Escucha —Maguire rompió súbitamente el contacto y dijo, jadeante—. No podemos…, no puedo…, no puedes.

Estaba acalorado, sus ojos refulgían… Por ella. Para ella. Sus facciones parecían las de un guerrero: un guerrero que cuando se incorporó y se separó de ella parecía contrariado. Tiró de las mantas para cubrirla hasta la barbilla y saltó de la cama como si huyera del fuego.

Tras recorrer la habitación arriba y abajo, volvió hacia ella y la señaló con el dedo, haciendo una señal de negación. Luego salió y cerró a su espalda de un portazo.

Puesto que oyó el ruido, Carolina confirmó que su audición se iba y venía intermitentemente. De hecho, estaba segura de que debía haberse oído en Siberia.

Carolina no sabía qué estaba pasando ni qué estaba haciendo o qué riesgos estaba corriendo, pero estaba convencida de que su secuestrador era un hombre excepcional.

Le había oído contar cómo se había alejado de su familia durante muchos años, menos de Tommy. Y Maguire a su vez, conocía su historia, al menos la parte de que había ayudado a Tommy y de que su padre le había dejado aquella descabellada herencia.

Así que Maguire no era un secuestrador normal. Tenía más dinero del que necesitaba y era evidente que no le importaba que ella hubiera recibido una parte del de su padre, puesto que la había tratado como a una princesa.

Se incorporó mientras se decía que aunque hubiera recopilado mucha información, las preguntas se habían multiplicado. No podía evitar pensar que Maguire era quien la necesitaba a ella y no a la inversa, lo que era completamente absurdo.

Su mente seguía confusa, su cuerpo no llegaba a sentirse descansado. No estaba en posición de pensar claramente por más que lo intentara. Como en aquel mismo instante en que sentía los labios sensi-

bles por los besos y la piel electrizada allí donde
Maguire la había tocado, además de una extraña
sensación de estar paseando al borde de un precipicio… Carolina cerró los ojos y aspiró con fuerza,
disfrutando de la paz que la invadió. Por primera
vez en semanas, tuvo hambre. Y por primera vez
desde hacía todavía más tiempo, sintió aflorar una
sonrisa a sus labios desde su interior.

Estaba claro que seguía estando débil y que le
faltaba criterio, y que Maguire representaba la cordura.

Aun cuando en aquel instante no lo tuviese nada
claro…

Dos días más tarde, Carolina se encontraba en
un avión distinto al que habían usado con anterioridad. Era más grande, lo pilotaban un piloto y un copiloto, y además había un asistente de vuelo que
cumplía la función de camarero. Se llamaba Wilbur,
parecía un mayordomo británico, tenía el cabello
blanco, el rostro surcado de arrugas y una encantadora manera de guiñar el ojo. Había empezado a
servir la cena hacía diez minutos.

La mesa estaba cubierta de platos con cubiertos,
varios cuencos con mantequilla y fuentes llenas de
bueyes de mar, y Carolina y Maguire se cubrían el
pecho con dos enormes baberos.

Maguire apenas le había dirigido la palabra desde el inesperado episodio de los besos, hacía dos
días. Había desplegado una actividad frenética, frun-
ciendo el ceño permanentemente y actuando como

si estuviera muy ocupado. Por medio del ordenador, le había dicho que volarían hacia el este, que sería un viaje agradable y que no tenía nada que temer. Carolina no estaba preocupada, así que no se molestó en hacer preguntas. Quería reflexionar sobre lo que había pasado antes de intentar hablar con él.

Pero una vez empezaron a comer y a disfrutar de aquellos jugosos y suculentos bueyes, que era una de sus comidas favorita, comentó:

—Estoy empezando a oír de nuevo.

Maguire la miró.

—Me alegro —se limitó a decir.

A Carolina no le importó porque prefería ser ella quien dirigiera la conversación.

—Me gustaría saber algo más de cómo le va a Tommy.

Maguire vaciló brevemente antes de empezar.

—Creo que el progreso que ha hecho desde el verano pasado te parecería increíble. Aunque nunca llegue a ser normal…

—En lo que a mí respecta, «normal» es una palabra vacía de contenido. Era un niño muy feliz por naturaleza.

—Y todavía lo es. Pero ha empezado a hablar y puede comunicarse. Ya no tiene convulsiones ni migrañas. Tiene un problema de conexiones neuronales que nadie es capaz de diagnosticar, pero gracias a ti está muchísimo mejor y tiene un futuro mucho más esperanzador.

—No pretendía que me dieras las gracias, Maguire. Sólo quería saber de él porque me interesa y me importa.

Maguire era mucho más habilidoso que ella con los bueyes. Necesitaba la mitad de esfuerzo para sacar un trozo de la blanca y tierna carne, pero a Carolina le daba lo mismo porque le resultaba divertido pelear con el animal.

—Mi padre siempre decía que quería a Tommy, pero sólo lo demostraba pagando tratamientos y centros especiales. Nada le parecía caro. Pero eso significó que Tommy fue criado por profesionales, y no por gente a la que verdaderamente le importaba, que lo escuchara y que lo cuidara a diario. Tú lo escuchaste.

—Para ya, Maguire. Te he dicho que no busco que me halagues. ¿Ha participado en algún otro programa desde la operación?

Maguire asintió.

—Espero que puedas verlo en un par de semanas.

—¿De verdad? Me encantaría —por unos segundos Carolina dejó en suspensión el trozo de carne untada en mantequilla que iba a llevarse a la boca—. No sé si se acordará de mí, pero…

—Te aseguro que sí.

Wilbur les había llevado cuencos con agua y limón para que se aclararan las manos. Carolina habría querido seguir comiendo, pero sabía que podía tratarse de la única oportunidad que tenía de hablar con Maguire sin que éste pudiera buscar una excusa para marcharse, así que se limpió, se quitó el babero y se apoyó en el respaldo de la silla.

—Está claro que estás contento con lo que hice por Tommy, pero sigue perturbándome que decidie-

ras meterte en mi vida… cuando se me fue la cabeza. Así que me gustaría explicarte lo que pasó.

—No es necesario.

—Para mí sí —dijo ella con voz queda. Tomó
aire y continuó—: El día que llamó el abogado para
contarme lo de la herencia me quedé… perpleja. Es
verdad que había ayudado a tu hermano, pero no
había hecho nada valeroso o espectacular. Fue cuestión de… suerte. Trabajo con suficientes niños
como para darme cuenta de que sus síntomas eran
peculiares.

—Puede que la suerte jugara un papel en todo
ello, pero Tommy te importó lo bastante como para
que decidieras intervenir y luchar por él —dijo Maguire bruscamente.

—Está bien. La cuestión es que todo el mundo se
alegró enormemente por mí. Mis padres, mi hermana, mis tíos y tías, mis amigos… Como nunca habíamos tenido demasiado dinero, lo primero que hice
fue comprar un coche nuevo a mi padre, que siempre
había tenido coches de segunda mano. Y a mi madre,
que llevaba años soñando con cambiar la cocina y
poner un horno doble, le di el dinero para la obra. En
un principio lo pasé en grande. Pero eso cambió muy
pronto.

Maguire terminó de comer a su vez y se acomodó en su asiento mientras Wilbur retiraba los restos
del festín. Carolina continuó:

—Empecé a recibir continuas llamadas. De un
colegio para niños discapacitados que quería un do-
nativo, de mi padre, que quería que lo nombrara mi
administrador en lugar de que contratara a un conta-

ble; de mi hermana, para que pagara la universidad de sus hijos… Y lo hice encantada… Pero el problema fue que las peticiones no acababan.

Maguire le tendió un vaso de agua como si intuyera que la garganta se le estaba secando. Y así era.

—El hijo de un primo lejano se metió en líos con la policía. Ni siquiera recuerdo haberlo visto en toda mi vida, y sin embargo, me llamó para que pagara la minuta de sus abogados. Entonces mi hermana quiso que le comprara una casa nueva. El teléfono no paraba de sonar. Llamaban de compañías de seguros, de seguridad; de inmobiliarias, agentes de Bolsa, asociaciones de todas las enfermedades que puedas imaginar. No me preguntes cómo todos aquellos desconocidos habrán descubierto lo de mi herencia. Y además, todas eran buenas causas, Maguire, cosas que me importan. Pero perdí el control de mi vida. No podía ni darme un baño ni leer un libro. No podía estar en casa sin que llamaran por teléfono o a la puerta —Carolina levantó una mano—. Una mañana salí de casa y me encontré una indigente en la puerta.

Maguire la escuchaba en silencio, con sus ojos azules clavados en ella como si estuviera plenamente concentrado en lo que decía.

—Durante un tiempo seguí dando clases. Creía que podría seguir con mi vida. Había ganado seguridad y podría permitirme algunos lujos, pero quería seguir siendo profesora. Es lo que me gusta hacer, es lo que soy. Pero los niños a los que enseño son especialmente vulnerables, y cuando la gente empezó a importunarme durante el trabajo, también los perturbaban a ellos. El director me dio un informe magnífico sobre el trabajo que realizaba, pero me insinuó que me fuera. Todo había cambiado. Todo el mundo, mis amigos, mis compañeros de trabajo esperaban que yo pagara cuando salíamos a comer; o no me llamaban para hacer planes porque me percibían como diferente. Empezaron a llamarme hombres a los que ni siquiera conocía y a los que no tenía el menor interés en conocer. Y entonces entraron en mi casa. Apenas había cambiado nada. Me había comprado un ordenador nuevo porque el mío era muy viejo y…

Maguire no llegó a poner los ojos en blanco, pero Carolina entendió el mensaje. No tenía por qué excusarse ni entrar en detalles.

—Está bien —siguió—. Que entraran en casa me afectó mucho, pero peor aún fue la lista de abogados y servicios de seguridad que me contactaron desde ese momento. Y me olvidaba de una vecina que acababa de quedarse viuda y que me pedía que le pagara el alquiler. Entonces la mujer del nieto de la tía segunda de mi padre se quedó embarazada y el niño necesitaba una operación cara…

—Carolina…

—¿Sí?

—Lo sé todo —dijo Maguire en tono amable—. Lo que no sé es cómo no enfermaste antes de lo que lo hiciste. Los médicos explicaron tu sordera como la forma que tenía tu cuerpo de acallar todas las peticiones que estabas recibiendo. La pérdida de audición fue un mecanismo de defensa.

—Sea lo que sea, lo que quería decirte es que

puesto que se trata del dinero de tu familia, ¿por qué no te lo devuelvo?

—No es posible.

—¿Por qué no? He perdido todo aquello que me importa: mi trabajo, mis relaciones familiares, mis amigos; las actividades con las que solía disfrutar y de las que me gustaba formar parte. ¿Y sabes qué?

Maguire se pasó una mano por la cara y apoyó la barbilla en el puño.

—¿Qué?

—Cuando me secuestraste, me pareció extraño no sentir miedo, pero ahora lo entiendo perfectamente: soy una secuestrada feliz porque no tengo el menor deseo de volver a casa.

—Ni tienes por qué hacerlo.

—Pero todos los problemas desaparecerían si te quedaras con el dinero. ¿No lo quieres? —preguntó Carolina, expectante

Maguire pareció contener las ganas de reír.

—Tengo más dinero del que necesito, así que la respuesta es «no».

—¿Y para Tommy?

—Tommy tiene aún más.

Carolina estaba cada vez más convencida de que era el mejor plan.

—Podrías quemarlo o tirarlo. Siempre quise ser rica y poder comprar lo que quisiera. Estaba convencida de que me sentiría mucho más segura si tuviera dinero en el banco. Y resulta que ni me divierto ni me siento segura, sino todo lo contrario.

—Pero no siempre será así —dijo Maguire con convicción—. Puedes tomar distintas decisiones…

—Lo sé, lo sé. Podría regalarlo, y en principio, eso es lo que me gustaría hacer: elegir las personas y las causas que más lo necesiten. Pero he descubierto que no es tan sencillo, porque lo dé a quien lo dé, siempre habrá alguien que se enfade conmigo.

—Pero queda otra opción.

—Ya lo sé. ¿Crees que no le he dado vueltas? Podría comenzar de nuevo bajo otra identidad. Supongo que piensas que sería lo mejor, y es tentador. Supongo que puesto que me he quejado del comportamiento de mi familia y mis amigos, debería resultarme sencillo olvidarme de ellos. Y sin embargo, no puedo. Al menos por ahora. Después de todo, son mi vida. Y por muy destrozada que ésta esté, no sé si tiene sentido terminar de hacerla añicos.

—No. Sobre todo porque tienes otra opción.

—¿Cuál?

En se momento, Wilbur se asomó y les rogó que se pusieran el cinturón porque «aterrizarían inminentemente».

Carolina miró por la ventana por primera vez en varias horas. No se había preocupado de preguntar dónde iban porque le daba lo mismo y su reloj biológico estaba tan alterado que no tenía ni idea de qué hora era. Pero en el exterior había una pálida luz lo bastante fuerte como para divisar impresionantes montañas cubiertas de nieve.

—¿Dónde estamos?

—En un lugar donde puede que encuentres respuestas a tus preguntas.

—Odio las respuestas crípticas.

—Está bien. Vamos a un sitio donde te van a cuidar y donde te vas a embarrar más que en toda tu vida.

—¿A embarrar? Suena interesante.

Capítulo 5

DEFINITIVAMENTE, Maguire estaba lo bastante loco como para hablar en serio. Carolina recordó las dos listas que le había pedido que hiciera, y que en una de ellas había escrito algo sobre dormir en un castillo de verdad y pasar un fin de semana en un spa. En el momento se lo había tomado a broma, algo que nadie se tomaría en serio.

Sin embargo, el barro verde que la cubría de arriba abajo era absolutamente real. Igual que lo era el castillo.

—¿Tiene frío o calor, señorita?

—Estoy perfectamente —dijo Carolina a la masajista de ojos azules y manos de acero.

—¿Tiene sed? ¿Quiere beber algo?

La última vez que había admitido tener sed, Greta le había dado una espantosa infusión, así que decidió no admitir ninguna necesidad.

—No, gracias.

—Muy bien. Ahora cierre los ojos. Volveré en media hora, cuando el barro se haya secado.

El barro había empezado a secarse y Carolina se sentía como una momia desnuda. El castillo estaba situado en los Alpes, aunque no sabía si en los suizos, los franceses o los italianos, pero estaba en lo alto de un acantilado al que sólo podía accederse en helicóptero, y había sido transformado en un elegante y sofisticado balneario. Había una gran sala con las paredes cubiertas por tapices de seda y las chimeneas que tenían las habitaciones eran más altas que la propia Carolina. Los suelos eran de piedra o de mármol y había calefacción radiante, así que incluso se podía estar descalzo y no tener frío. En casi todas las habitaciones había fuentes y velas. Las vistas estaban dominadas por escarpadas montañas con las cumbres nevadas, mientras en el interior se disfrutaba del lujo, de una atención exquisita y de una suave música.

—¿Qué tal te va, Ce?

Carolina reconoció la inconfundible voz de tenor de Maguire. Estaba en la habitación contigua, que había transformado en un improvisado despacho con ordenadores, impresoras, faxes y todos los útiles necesarios, aunque Carolina no recordaba haber oído sonar el teléfono ni una sola vez y llegó a la conclusión que Maguire había prohibido su uso en su proximidad.

Había desaparecido en cuanto Greta se había presentado para cubrirla de barro y algas, pero permanecía cerca y ocasionalmente la llamaba para asegurarse de que estaba bien.

No había mirado ni una sola vez desde que Carolina había sido desnudada, masajeada con aceites, envuelta en toallas calientes y finalmente, cubierta por barro. Era una sensación extraña desnudarse con desconocidos, pero resultaba excitante saber que Maguire estaba al otro lado de la pared y que si lo necesitaba podía llamarlo.

Estaba segura de que él era consciente de que estaba desnuda, aunque lo cierto era que el vestido de barro verde que la cubría no era precisamente sexy. De hecho, lo más seguro era que si la viera, saliera corriendo.

—Estoy muy bien. ¿Y tú? ¿Estás trabajando?

—Sí. Es increíble que sea posible hoy en día trabajar desde cualquier sitio y poder comunicarse con quien haga falta.

—Maguire.

—¿Sí?

—¿Has organizado esto porque estaba en mi lista?

—Claro. Era la forma más sencilla de juntar el dormir en un castillo con el spa.

—Quiero que me devuelvas la lista.

—No.

—Pensaba que era un juego tonto. No quiero que hagamos nada más de lo que he puesto en ella.

—Vale. Perdona, pero está entrando un fax y voy a estar ocupado por un tiempo.

Carolina no le creyó, pero ya estaba acostumbrada a que contestara sólo lo que quería y aunque ya habían pasado tiempo juntos, seguía sin saber dónde vivía o a qué solía dedicar su tiempo. Ni si había alguna mujer en su vida, ni qué pensaba de los besos que se habían dado días atrás a pesar de que ansiaba preguntarle si, como ella, no conseguía olvidarlos.

Pero por el momento, aquellas preguntas tendrían que esperar pues Greta volvió para continuar con el tratamiento. En primer lugar le quitó el barro y la masajeó con aceites perfumados calientes. Después, le envolvió las manos y los pies en unas bolsas calientes y le puso en el cabello una mascarilla que parecía mayonesa y olía a vainilla.

Para cuando empezaba a sentirse como el ingrediente de una receta de cocina, Greta le dejó ducharse. Luego le secó el cabello y le hizo la manicura y la pedicura, y tras ponerle una bata de satén negro como si fuera una actriz de los años cincuenta, la llevó hasta un ascensor y le dijo que para rematar el tratamiento debía disfrutar de una prolongada siesta.

Su suite estaba en el tercer piso. La primera vez que Carolina la había visto se había quedado sin aliento. Tanto su dormitorio como el de Maguire tenían su propio cuarto de baño; en la sala de estar central, había una chimenea, una mesa redonda medieval y un tapiz en la pared que ocultaba un pequeño frigorífico. Su cama estaba elevada sobre una plataforma y tenía un dosel con cortinas de terciopelo y almohadas con fundas bordadas.

Greta tenía razón. Apenas se tumbó, se quedó profundamente dormida.

Sin embargo, cuando despertó, había desaparecido la sensación de bienestar. Le dolía la cabeza y el corazón le latía aceleradamente. El tacto de la bata de satén seguía resultándole agradable y sensual, y el edredón de plumas era fabuloso, pero se levantó, fue a la sala y se sentó en el suelo, delante de la chimenea.

Aquella última semana había sido perturbadora, maravillosa, aterradora y, sobre todo, le había servido para distraerse. Pero su caótica vida la esperaba en su casa. No se había evaporado. Podía ser verdad que necesitara un descanso desesperadamente y hasta era admisible que se hubiera querido esconder por unos días. Pero había llegado el momento de tomar decisiones y enfrentarse a sus problemas.

Tenía que apretar el botón de parada y dejar de apoyarse en un hombre que no era suyo y de vivir una vida de fantasía que no le correspondía, dejar de comportarse como la mujer que no podía ser.

Maguire apagó todos los aparatos, cerró el despacho y tomó el ascensor.

El personal le había asegurado que Carolina dormiría al menos dos horas, pero hacía un rato que no sabía nada de ella y quería ver cómo se encontraba antes de organizar el resto del día.

Al llegar al tercer piso se dio cuenta de que no le iría mal echar una siesta. Le dolía el cuello y sentía un incipiente dolor de cabeza en las cuencas de los ojos. Estaba acostumbrado a dormir poco, pero llevaba días trabajando a la vez que viajaba y que se adaptaba a los cambios horarios.

Incorporar a Carolina a su vida le había causado todo tipo de complicaciones. Algunas, previsibles, mientras que otras lo habían tomado por sorpresa.

La puerta de la suite era de madera en forma de arco, muy medieval, y consecuentemente, imposible de abrir sin hacer ruido. Aun así lo intentó. Entró sigilosamente… y se quedó paralizado.

—Hola —dijo, mientras se decía «maldita sea».

En lugar de encontrarla durmiendo, descubrió a Carolina encogida sobre la alfombra que había delante de la chimenea, meciéndose atrás y adelante. Sus pies asomaban de una bata cuyo uso en público, se dijo Maguire, debería estar prohibido. Aunque de ella sólo asomaban sus uñas pintadas de rosa, el tejido dejaba percibir cada milímetro de su cuerpo, sus pezones, la curva de sus caderas.

A Maguire le hubiera encantado poder dedicar tiempo a la contemplación de aquella adorable imagen, pero el estado de desasosiego de Carolina era evidente. Tenía la mirada perdida y parecía un cachorro abandonado.

—Hola —volvió a saludar, intentando sonar animado. Se acercó y se puso en cuclillas a su lado—. El cuento no debía desarrollarse así. La idea era que te encantara dormir en un castillo, el spa…

—Y me encanta, Maguire, pero no puedo seguir jugando. Tengo que volver a casa.

Maguire, que esperaba que hubiera sufrido un ataque de ansiedad, se sintió aliviado al considerar aquello una pequeña crisis.

—Y volverás, por supuesto —dijo. Y se inclinó hacia adelante para remover un leño, que chisporroteó lanzando chispas y una llamarada que iluminó el rostro de Carolina con un resplandor dorado—. Pero todavía no. Recuerda que en tu casa te está esperando toda esa gente que quiere aprovecharse de ti, que es lo que pasa cuando uno hereda una gran suma de dinero. Hasta la gente más normal se convierte en un pájaro carroñero. ¿Y sabes cuál es el problema?

—Todo es un problema.

—No —Maguire le pasó un brazo por el hombro evitando aproximarse demasiado o tocar lo que no debía—. El verdadero problema es que, en el proceso, tú has perdido el rumbo. Llevas todo este tiempo oyendo lo que otros quieren o esperan de ti. Ahora necesitamos invertir el orden de prioridades y averiguar qué quieres tú. El dinero debe darte la oportunidad de decidir qué es lo que de verdad te importa. Y a eso nos vamos a dedicar. Sólo entonces volverás a casa. Cuando te sientas segura y fuerte. Entretanto, puedes esconderte y dejar que Maguire, es decir yo, se ocupe de los detalles incómodos.

—Eres un bobo, Maguire.

—Te aseguro que he recibido peores insultos —dijo él, mirando a su alrededor para ignorar la piel de seda de Carolina, su fragancia, el roce de su suave y despeinada mata de pelo rubio.

—No quiero ser una carga para ti. No me debes nada, y mucho menos todo el tiempo que me estás dedicando.

—Esto no tiene nada que ver con estar en deuda, sino de comprensión. Sé exactamente cómo te ha afectado esa herencia porque sé cómo afectó a mi familia. Ha interferido con todo lo que hemos hecho o hemos sido. Por eso mismo puedo ayudarte a que eso no te pase a ti, y a que se convierta en algo positivo.

—No es verdad.

—Te equivocas, Carolina. Puedo enseñarte a ser fuerte y a lidiar con ello precisamente porque sabes bien que ni necesito ni quiero nada de ti.

Carolina frunció el ceño.

—Siempre suena tan lógico todo lo que dices… Y sin embargo, también es lógico lo que yo digo: haga lo que haga, siempre va haber alguien a quien le moleste.

—¿Y eso te preocupa mucho?

—Puede que a ti no, Maguire, y no se trata de que esté intentando ganar un concurso de popularidad como si tuviera trece años. Sólo quiero vivir una vida normal y hacer las cosas que me importan.

En algún lugar tenía que haber algo de beber que no fuera una infusión amarga o un misterioso líquido gris «bueno para la salud». Maguire se puso en pie y abrió varios armarios hasta que encontró una botella de agua normal y corriente y unos vasos.

—Quiero que reflexiones un instante —dijo, pasándole un vaso.

—Te escucho —dijo ella, bebiéndolo con fruición.

—Si te convertiste en profesora de educación especial fue porque creías que podías hacerlo. Eso determinó la universidad a la que fuiste, los objetivos que te pusiste y los lugares en los que solicitaste trabajo. Es decir, tuviste unas opciones limitadas.

En cambio ahora, ya no hay límites. Imagina que pudieras haber ido a cualquier universidad del mundo, ¿habrías ido a la que fuiste?

Carolina dio otro sorbo al agua.

—Es imposible saberlo.

—Exactamente. Lo que era imposible antes sería posible ahora. Si quisieras, como creo que quieres, hacer algo por niños que necesitan educación especial, hoy en día tendrías abiertas un montón de posibilidades. Puedes seguir enseñando, si eso es lo que quieres, o puedes reunir a un grupo de expertos y diseñar un programa educativo nuevo. No hay límite a lo que puedes hacer.

Carolina frunció el ceño.

—Me estás aturullando, Maguire.

—Eso es lo que quiero hacer contigo las próximas semanas, enseñarte cómo usar el dinero en lugar de que éste te use a ti. Ayudarte a conseguir lo que quieres.

—¿Maguire, y si quisiera algo con lo que no estuvieras de acuerdo?

—No habría problema. No se trata de mí ni de que yo esté o no de acuerdo. Si es lo que quieres, encontraré la manera de ayudarte a que lo consigas.

Maguire pensó que estaba expresándose bien y que la conversación iba bien encarrilada, pero la expresión de Carolina cambió. Lo miró fijamente, escrutándolo, reflexionando… demasiado. Era evidente que era el tipo de mujer que se metía en problemas si pensaba demasiado, así que Maguire preguntó con impaciencia:

—¿Qué?

—Podría ser que quisiera algo escandaloso, que quisiera arriesgarlo todo y que sí representara un problema para ti.

—¿Como qué?

—Como que te quisiera a ti, Maguire. ¿Qué pasaría si quisiera enamorarme de ti?

Su voz sonó tan suave como una caricia y Maguire estuvo a punto de sufrir un ataque al corazón, pero afortunadamente el teléfono le vibró en ese preciso momento en el bolsillo. Lo abrió con la mano sudorosa, y apenas sí pudo mantener una conversación coherente.

Para cuando colgó, se había ido al otro extremo de la habitación, dejando la gigantesca mesa medieval como barrera entre él y Carolina. No porque la temiera, por supuesto que no. Sino porque se sentía más seguro a varios metros de ella. Al menos hasta que se recuperara de las palabras que acababa de oír.

—Podemos hablar en serio o en broma de muchas cosas —dijo—. Pero ahora mismo tenemos que recibir a unas personas que vienen a vernos.

—¿Quiénes? ¿Por qué?

Maguire no podía sentirse más agradecido a sus visitantes. Inicialmente había pensado que era un poco pronto para cumplir el sueño de los zapatos, pero «zapatos italianos» era uno de los primeros en la lista, así que en lugar de ir a Roma o a Milán de compras, había decidido que sería más práctico hacer que le llevaran los zapatos a ella. Averiguar cuál era su número no había supuesto el menor problema.

En cuanto llamaron a la puerta fue a abrir y la procesión comenzó. Casi todos los vendedores eran hombres con cajas y carretillas con etiquetas en las que se podía leer: *JP Tod, Miu Miu, Fendi, Versace, Casadei*.

Carolina, la frágil mujer a la que había encontrado acurrucada en posición fetal en la cama del hospital, se puso a dar saltos y chillidos como una niña en el recreo.

Maguire fue al bar y se pidió un whisky antes de volver y quedarse en una esquina.

En cuestión de segundos, el tranquilo ambiente que los rodeaba se transformó en puro caos lleno de cajas abiertas, papeles y zapatos. Carolina fue atendida, animada y empujada a probarse y a recorrer la habitación con varios pares de zapatos.

Maguire no tenía ni idea de que hubiera tanto vocabulario relacionado con el calzado: «zapatos de salón Dorsay», «bailarinas con hebilla Swarovski». Un *Miu Miu* fue descrito como «zapato pluma», y para Maguire no era más que un absurdo ramillete de plumas, por lo que resultaba incomprensible que costara cinco mil dólares. Unas sandalias color lavanda de Versace hicieron gemir a Carolina como si estuviera teniendo un orgasmo. Entonces apareció lo que los vendedores identificaron como un «cuero rojo patentado de atadura alta», y se echó a reír y a bailar como si estuviera borracha.

Mientras la observaba, Maguire se dio cuenta de que hasta entonces no había prestado la atención que se merecía a sus piernas. Tenía los tobillos finos y las pantorrillas y muslos torneados y estilizados. Las piernas perfectas para hacer realidad el sueño erótico de un hombre que tuviera fetichismo por las piernas.

En cuanto sus pensamientos tomaron ese rumbo, Maguire los frenó. No podía pensar en sí mismo ni en cómo lo afectaba.

De hecho, su comportamiento infantil e ingenuo, era una señal de que no podía perder la perspectiva. Carolina tenía un serio problema de personalidad, que era ser una buenaza empedernida. De acuerdo a las pruebas que iba acumulando, siempre pensaba en los demás y en cómo ayudarlos. Y si él no encontraba la manera de endurecerla, el mundo iba a aplastarla. Su espontánea advertencia de que podría enamorarse de él no era más que un eco de su propia conciencia. Carolina no sabía cómo defenderse de nada, especialmente de los sentimientos.

Sólo un hombre manipulador y sin escrúpulos se aprovecharía de eso. Así que él no pensaba tocarla.

—¡Maguire! —gritó Carolina en aquel momento—. ¿Qué te parece?

Se acercó y se recogió la bata para que viera mejor su pie derecho con un zapato de tazón de cocodrilo morado, y el izquierdo con una sandalia roja.

—Que te vas a matar —masculló él.

Los tacones eran altísimos. Debía ser imposible caminar sobre ellos.

—¿No te parecen preciosos?

—Desde luego que sí.

Maguire no comprendía cómo no lo había notado desde el primero momento, pero el caso era que cuando Carolina sonreía, la habitación se iluminaba. Poco a poco iba haciéndose un retrato más preciso de cómo debía haber sido antes de recibir la herencia: una mujer entusiasta y feliz, una amante desinhibida y divertida. Habría apostado lo que fuera a que cuando estaba sola en el coche cantaba a pleno pulmón.

Carolina volvió junto a los especialistas en calzado y se probó otro par hasta que... pasó algo inesperado.

Maguire no pudo oír cuál era el problema, pero le vio dejar un zapato sobre la mesa y palidecer. Él cruzó la habitación a toda velocidad.

—¿Qué ha pasado?

Carolina lo miró con el rostro desencajado.

—Esos zapatos de ante... —dijo, señalándolos.

—¿Los morados? —preguntó Maguire.

—Sí. Acabo de preguntar cuánto cuestan... ¡Ochocientos cuarenta y tres dólares! Dios mío, madre mía, por Dios.

Maguire comprendió al instante. Evidentemente Carolina siempre había considerado que los zapatos italianos eran un lujo, pero jamás había imaginado que fueran ese tipo de lujo.

—Puedes permitírtelos —dijo él.

—Ésa no es la cuestión. Yo...

Maguire le pasó el brazo por los hombros y dio la espalda a los vendedores para conseguir una mínima privacidad. Carolina estaba temblorosa y angustiada.

—Un par cuesta tanto como la compra de dos meses. Es una locura, Maguire. Es tirar el dinero. Sobre todo para comprar un mero capricho, algo que ni siquiera necesito. Escucha, cuando puse «zapatos italianos» en la lista, fue porque una vez me probé un par de una amiga que me quedaban como un guante y nunca he olvidado lo maravillosamente cómodos que eran. Pero eso es todo. Una fantasía. Nunca me había preguntado cuánto costaban porque...

Era sencillo adivinar el final de la frase.

—Porque nunca habías pensado en gastar dinero en ti misma.

—Pero claro que he gastado dinero en mí misma, pero comprarme unos pendientes de diez dólares es completamente distinto a...

Maguire podía sentir el calor de su piel bajo el brazo, y con él, el impulso instintivo de cualquier hombre queriendo proteger a su pareja, además de una súbita erección.

—Carolina —dijo con vehemencia—. Cómprate un par.

—No puedo.

—Claro que puedes. Te reto a que lo hagas. Demuéstrate a ti misma que el mundo no va a colapsar porque hagas algo frívolo.

—Pero...

—Si no te reafirmas en lo que quieres, seré yo quien te compre dos pares. Así gastaré el doble.

Carolina lo miró boquiabierta.

—¡Ni se te ocurra, Maguire! No compres nada. No tienes por qué...

Maguire indicó con la mano las numerosas cajas de zapatos.

—Si no quieres que lo haga yo, elige un par. O

dos. Puedes permitírtelo. Te prometo que no te va a matar.

—Pero, Maguire...

—Vamos, sé fuerte, sé inmisericorde, sé avariciosa.

—Pero Maguire…

—El coste de dos pares de zapatos no va a resolver el hambre en el mundo. Vas a tener numerosas oportunidades de hacer cosas buenas con tu dinero. Pero tienes que empezar contigo misma, dándote permiso para disfrutar, para pasarlo bien. Permiso para hacer cosas sin que te importe la opinión de los demás.

Carolina hundió los hombros.

—No me gusta que me manejes. Eres agotador, Maguire.

Ya, ya. Conseguir que aquella mujer hiciera algo egoísta era como intentar que una monja participara en un combate en el barro. Hacía falta chantajearla, animarla, tentarla y amenazarla.

Y después de eso, las cosas sólo empeoraron.

Capítulo 6

CAROLINA bebía un zumo de piña y mango mientras, mirando por la ventanilla del avión, pensaba en todo lo que había descubierto sobre Maguire en las últimas veinticuatro horas. Conocía sus defectos. Era autoritario, manipulador y mandón. Cuando se le metía algo en la cabeza era imposible hacerle cambiar de idea.

Pero su total y absoluta bondad era indudable.

Y Carolina se estaba enamorando de él y la culpa no era suya. De no haber sido por aquella maldita herencia, sus caminos jamás se habrían cruzado. Maguire era excepcional. Carolina no conocía a nadie que se esforzara tanto por ocultar las características más positivas de su personalidad, como la amabilidad, la compasión y la ternura; o que se empeñara tanto en presentar una fachada de fortaleza. ¿Cómo no se habría dado cuenta desde el primer momento de que era un hombre que se merecía ser amado, y que a su vez rebosaba amor?

—¿Qué pasa, dolor de cabeza?

Durante veinte minutos Maguire había estado a su lado, cabeceando. Carolina lo miró.

—No te referirás a mí…

Maguire sonrió con picardía.

—Pues sí. Sólo quería saber si es que no piensas quitarte nunca esos zapatos.

—No digas tonterías, Maguire, una chica no se compra unos zapatos así para luego guardarlos en un armario.

—¿Dormiste anoche con ellos puestos?

Maguire sonaba divertido. Y ya que el asunto de los zapatos le hacía reír, Carolina decidió animarlo.

—Deja que te lo explique: allí donde vaya irán estos zapatos. Si me los quito, dormirán conmigo en la cama.

Maguire le robó un sorbo del zumo y al descubrir que no tenía alcohol hizo una mueca de desagrado.

—He vuelto a sacar el tema de los zapatos porque…

—¿Quieres provocarme?

—No, que va. Pero quizá debieras tener en cuenta que van bien con cualquier conjunto de ropa.

—Claro que sí —Carolina miró por la ventana al notar que el avión descendía y describía un círculo.

Por debajo se veía Mónaco, que parecía más salido de un cuento de hadas que de la realidad. La

ciudad de Montecarlo estaba situada entre el mar y
la montaña, y grandes yates blancos perfilaban la
curva de la Costa Azul.

La luz del atardecer teñía las montañas de un
resplandor dorado. Castillos con torretas y tejados
turquesa salpicaban el paisaje, rodeados de grandes
jardines con macizos de flores y fuentes.

Cuando Carolina volvió a mirar a Maguire, confirmó que había perdido la cabeza, pues no dudó
que prefería mirarlo a él que al espectacular paisaje.

—No me has dicho cuánto tiempo vamos a pasar
aquí.

—Porque no estoy seguro. Inicialmente había
pensado que un par de días, pero si quieres pueden
ser más. Había pensado que hoy podríamos cenar
en el restaurante Ship and Castle, que es un clásico
de la Costa Azul. La comida tiene toques étnicos y
es de las mejores del mundo. Luego podemos ir al
casino para comprobar si tienes espíritu de jugadora
—Maguire suspiró—. No hace falta que vayas cubierta de diamantes, pero te sentirás más cómoda si
llevas un vestido negro, o algo por el estilo.

—Aunque no lo creas, Maguire, lo habría adivi-
nado sin que me lo dijeras —Carolina sonrió al ver
que Maguire se pasaba una mano por la cara.

—Sólo pretendía ayudar, te lo prometo. Y no estaba seguro de que esos zapatos fueran con un vestido negro.

—Escucha, Maguire, hazte a la idea de que no
pienso quitármelos —dijo ella con una firmeza que
contradecía el brillo malicioso de sus ojos al mirar-

se los zapatos rojos de Versace que le habían costado cuatrocientos dólares.

Aunque no eran ni remotamente los más caros que le habían mostrado, seguía considerándolos un capricho imperdonable. Pero también tenía que reconocer que nunca había poseído nada tan bonito.

—Por cierto… —empezó Carolina, pensando que ya que Maguire estaba despierto tenía que tratar con él algunos asuntos.

Pero el cerebro se le quedó en blanco al darse cuenta de que Maguire le estaba mirando los zapatos. O quizá no se trataba de los zapatos, sino de sus piernas.

—Por cierto —empezó de nuevo Carolina, pero la atención que Maguire prestaba a su físico proyectó una bola de fuego hacia su vientre que la distrajo de su objetivo—. Me preguntaba —empezó por tercera vez—, si la mujer que forma parte de tu vida está molesta porque pases tanto tiempo conmigo.

Maguire ni parpadeó.

—Claro que lo está. Pero es tan obediente y está tan bien entrenada que ni se le pasa por la cabeza protestar.

Maguire se apresuró a darle una palmada en la espalda cuando Carolina se atragantó. Afortunadamente se recuperó pronto y fue lo bastante generosa como para no clavarle el codo en las costillas.

—Así que no hay ninguna mujer importante en tu vida en este momento. ¿Cómo es posible?

—¿Puede que la mayoría de las mujeres tenga mejor criterio que tú en cuanto a los hombres?

—Imposible. Soy muy buena juzgando a las personas —dijo ella con vehemencia.

—Estoy seguro. Aunque sospecho que si os enfrentara a ti y a un cordero, sospecho que éste sería mucho más peligroso que tú.

—¡Qué buen insulto! —concedió Carolina—. Pero te estás yendo por la tangente. ¿Has estado casado alguna vez?

—¿Cómo es que no me había dado cuenta antes de que eras una cotilla?

—¿De verdad que no has estado casado nunca?

Maguire le lanzó una mirada centelleante.

—Eras mucho más manejable cuando estabas sorda.

Carolina no pensaba dejar que la distrajera. Si le dejaba contestar tonterías, estaría entregando todo el poder. Así que siguió con el tema como si fuera un perro con un hueso.

—Estoy segura de que más de una habría hecho cualquier cosa por convertirse en tu esposa.

—Quizá por mi dinero. A mí nunca me ha importado que lo tuvieran o no.

—¡Aha! Acabas de proporcionarme información, Maguire. Estás perdiendo habilidades —le guiñó el ojo—. ¿Quieres echar otro ojo a mis preciosas piernas?

—¿Tus padres no te dieron nunca un azote? ¿Nunca te dijeron: cariño, cuidado con el fuego no vaya a ser que te quemes? ¿No abras la jaula de un tigre?

—¿Y los tuyos? ¿Por eso pareces siempre tan preocupado? Maguire, eres demasiado adorable para estar solo. Deberías estar rodeado de mujeres dispuestas a hacer cualquier cosa para llamar tu atención, decididas a que no vuelvas a pasar ni una noche solo en tu cama.

—Estás mejorando a mucha más velocidad de lo que había imaginado, Ce. Empiezo a pensar que los zapatos han influido.

—Yo también. Acuérdate de lo importante que fueron los zapatos para Dorothy en *El Mago de Oz*. Claro que en su caso, ella sólo quería volver a su casa en Kansas.

Maguire dijo con voz pausada.

—Igual que tú. ¿O no? Puede que Kansas no sea tu destino, pero sí quieres encontrar el camino a casa.

Carolina reflexionó sobre ello en el recorrido del aeropuerto al hotel.

Maguire tenía razón. Con aquel viaje al que la había llevado pretendía que se fortaleciera lo bastante como para poder volver a su casa.

Y lo cierto era que cada día se sentía más fuerte.

Aunque todavía no tuviera un plan para enfrentarse a los dragones que la esperaban al volver, empezaba a sentirse fuerte, a sostenerse por sí misma, a recuperar su corazón.

Pero no estaba preparada para dejar a Maguire.

Aun cuando al final de aquel camino se encontrara con el corazón roto, lo cierto era que se encontraba suficientemente bien como para poder reconocer lo importante que era para ella. No se hacía la más mínima ilusión de que él sintiera lo mismo. Sólo sabía que pensaba pasar todo el tiempo que pudiera robarle o tomar prestado.

La peor característica de Maguire era mucho más fascinante para ella que la mejor de cualquier otro hombre que hubiera conocido.

Carolina no esperaba ver su peor faceta tan pronto, pero en cuanto entraron en el hotel, Maguire se transformó en un monstruo de hiperactividad. Le esperaban media docena de mensajes, todos ellos urgentes. Las habitaciones que había solicitado no estaban listas. Nada había salido de acuerdo a sus planes.

Por supuesto, en lugar de estallar, se apresuró a buscar soluciones con su habitual eficiencia. Solicitó una habitación temporal para Carolina para que pudiera echar una siesta y cambiarse antes de volver a encontrarse con él para la cena.

Él ocupó otra para montar un despacho improvisado y la situación se dio por resuelta temporalmente. De hecho, todo salió a las mil maravillas.

Cuatro horas más tarde Carolina estaba sentada en un lugar maravilloso, un restaurante en un edificio que parecía un castillo y al que la luz del atardecer envolvía en una refulgente luz dorada. Cenaron en una mesa en el exterior, junto a la barandilla de una amplia terraza situada sobre la bahía. Cada detalle, los manteles blancos, las copas de fino cristal, la cubertería de plata, creaba un ambiente de exquisita elegancia.

Aunque las demás mesas estaban ocupadas, mayoritariamente por parejas que disfrutaban como ellos de la espectacular vista y de la deliciosa comida, sólo se oía el murmullo de las conversaciones. Carolina nunca había visto tantas joyas reunidas en un solo sitio. Había los bastantes diamantes como para provocar lesiones de cuello y de orejas.

Maguire se comportaba con su habitual serenidad.

—¿Estás segura de que quieres mezclar el sushi japonés con el curry thai?

—Dudo que vaya a volver aquí en toda mi vida, así que quiero probarlo todo.

A Carolina le costaba apartar la mirada de Maguire. Había resuelto sus asuntos de negocios y había abandonado la actitud resolutiva y eficaz, hasta el punto de que casi parecía relajado. Pero, vestido con un esmoquin, estaba tan espectacular que no dejaba de admirarlo.

Juzgando por la proporción de hombres que lo llevaban, el esmoquin debía ser el uniforme de Mónaco. Pero sólo Maguire atraía su atención. La reluciente camisa blanca en contraste con el negro de la chaqueta causaba un efecto espectacular. Le daba el aspecto de un hombre de mundo, un pícaro enmascarado bajo el disfraz de caballero. Había algo primario en su barbilla, en su caminar, en el arco de su frente.

Carolina había hecho un esfuerzo para arreglarse para la cena, pero era imposible competir con las mujeres que los rodeaban. Maguire había encargado a Henry que empaquetara parte de su ropa antes del viaje, pero aun así sus posibilidades de elegir eran limitadas. Los pantalones de satén negros y el top que llevaba los había comprado el verano anterior en las rebajas de T.J. Maxx, y por casualidad iban a la perfección con los zapatos Versace.

El cuello vuelto holgado habría lucido más con una joya, pero no tenía ninguna apropiada para las circunstancias, así que llevaba el cuello y las muñecas desnudas. Se había puesto espuma en el cabello para darle más cuerpo y se lo había recogido con un sencillo pasador de cristal para conseguir un efecto más formal, pero eso era todo lo que había conseguido hacer por su aspecto.

En cualquier caso, su objetivo no era intentar impresionar a Maguire, ni fingir que era quien no era. Estaba convencida que pretender engañar a Maguire era una pérdida de tiempo puesto que no respetaba a aquéllos que le mentían o que querían manipularlo.

Así que sólo le quedaba ser ella misma. Una chica normal que estaba decidida a probar todo lo que el menú le ofrecía si nadie se lo impedía. Hasta el momento, el camarero estaba totalmente de su lado.

—Al ver que el menú no indicaba los precios, he imaginado que sería carísimo. Y puesto que estoy aprendiendo a derrochar, ¿qué te parece que me pague mi cena?

—Buen intento. Pero no cuela.

—¿Has estado aquí antes?

—En Mónaco sí, pero no en este restaurante. Tiene fama mundial.

—No me extraña.

A mitad de la cena, el teléfono de Maguire vibró. Poniéndose en pie, se alejó de las mesas y contestó. Por la forma de hablar, Carolina dedujo que se trataba de trabajo. Escuchaba con gesto severo y luego contestaba con firmeza. Debía tratarse de algo relacionado con las llamadas de la tarde, y Carolina pensó que no le gustaría estar al otro lado de la línea.

La interrupción le dio la oportunidad de levantarse de la mesa. No estaba segura de cuántos platos habían tomado, aunque debían ser seis o siete y estaba saciada. Fue hasta la barandilla con su copa de vino. Había oscurecido completamente; algunas nubes se enredaban entre los collares de estrellas y las aguas turquesa de la Costa Azul se habían transformado en negro satén. Al aparcamiento que quedaba más abajo seguían llegando coches con clientes, modelos que ella no había visto nunca antes.

Debía llevar varios minutos contemplando las vistas antes de que se diera cuenta de que Maguire se apoyaba en la barandilla junto a ella.

—¿Ves aquel coche que todo el mundo está mirando? Es un Bugatti Vieron —comentó—. Es el coche más caro del mundo. Cuesta casi un millón. Es el único coche que puede alcanzar una velocidad de cuatrocientos kilómetros por hora.

—¿Dónde demonios puede conducirse a esa velocidad?

—Eso es lo de menos.

Carolina señaló otro.

—¿Y ese amarillo?

—Es un Porsche 911, un modelo de este año. Detrás de él hay uno rojo: el nuevo Ferrari. Ése también cuesta cerca de un millón. ¡Dios mío!

Carolina miró para ver qué coche le había causado tal impacto, pero sólo vio uno gris con aspecto de insecto.

—Un Pagani Zonda —dijo él—. Puede pasar de cero a cien kilómetros por hora en tres segundos. Hace unos meses lo probé. Un amigo mío, que es idiota, compró uno. Vino a verme para pavonearse y hacerme sufrir.

—¿Y lo consiguió?

—Desde luego. Es una maravilla. No me importaría nada tenerlo en mi garaje.

Carolina estaba entusiasmada de haber descubierto una mella en su armadura.

—¿Tuviste la tentación de comprarte uno?

—Bueno… no. Es fabuloso, pero no podrías conducirlo por caminos de montaña, ni mucho menos en una tormenta de nieve.

—¿Te han dado malas noticias? —preguntó Carolina.

—¿Perdón?

—Has recibido muchas llamadas de trabajo, pero sólo ésta última parece haberte irritado.

—No. Sólo tenía que resolver algunos problemas, que es a lo que me dedico —Maguire se irguió—. Y mi problema inmediato que tengo es ver qué tal se te da el juego.

—Eso te lo puedo decir yo: soy una jugadora empedernida.

—Tendré que verlo para creerlo.

—Puesto que has invitado a la cena, seré yo quien compré las fichas —sugirió ella.

—Yo compraré las mías, Carolina. Pero me parece bien que juegues con tu propio dinero. Haré la primera apuesta por ti para que aprendas las reglas del juego.

—Ni hablar. Estoy loca por probar y voy a apostar yo. Punto.

Maguire la miró fijamente.

—Caramba, te recuperas a pasos agigantados.

Carolina se había acostumbrado a que le tomara el pelo, pero en aquella ocasión la contrarió. Que hubiera pasado una mala racha y las circunstancias la hubieran superado, no significaba que no tuviera carácter, fortaleza o capacidades. Al menos por una vez, le habría gustado que Maguire no la tratara como a una frágil figura de cristal.

Para cuando llegaron al casino, Carolina estaba ansiosa por jugar. Maguire la tomó por el codo para escoltarla a través de un patio con fuentes y fuerte iluminación.

El nerviosismo de Carolina se intensificó al sentir el calor de su mano en el brazo. Por cómo caminaban, cualquiera habría pensado que eran una pareja.

—¿Sabes a qué quieres jugar o qué juego quieres aprender?

—Te aseguro que no necesito que nadie me enseñe a jugar a las cartas.

—¿Por qué será que me cuesta creerte? Espera aquí hasta que vuelva con las fichas. Mientras, elige el juego. A mí me da lo mismo.

—Bacará —dijo ella.

—Vale. Yo también he visto jugar a James Bond en las películas. ¿Estás cansada? —preguntó Maguire al ver que perdía el equilibrio.

—¡No! —cabía la remota, muy remota posibilidad, de que sus pies estuvieran cansados de llevar los zapatos nuevos tanto tiempo, pero no estaba dispuesta a reconocerlo por temor a que Maguire insistiera en que se cambiara—. Voy a echar un ojo mientras tú compras las fichas.

—Está bien, pero permanece donde pueda verte. Aunque este sitio sea seguro, en todas partes hay tiburones. Sólo se diferencian de los habituales en que es más difícil reconocerlos. Quiero que lo pases bien, pero tenemos que evitar cualquier situación de tensión.

Carolina no estaba en absoluto preocupada. Eligió una mesa de bacará y se hizo un hueco entre una mujer cubierta por zafiros y un caballero japonés con un esmoquin blanco. Como no había un asiento a su lado, Maguire se sentó en el otro extremo.

Se trataba de una de las mesas más concurridas. Carolina pensó que el crupier debía gastar más dinero en peluquería que ella. También era mucho más mono.

Carolina se acomodó en el taburete de terciopelo decidida a no sólo a pasarlo bien, sino a demostrarle a Maguire que no era ni tan floja ni tan modosita como creía.

El crupier barajó y repartió las cartas. Maguire la miró desde el otro lado y articuló con los labios: «¿Te molesta el ruido?»

Carolina negó con la cabeza, sorprendida de contestar con tanta rotundidad. Lo cierto era que el ruido del casino era amigable, no amenazante. Sólo habían pasado dos semanas desde que el más mínimo ruido la aterrorizara. Y le resultaba increíble comprobar cuánto había cambiado.

Vio que tenía un cinco y al comprobar qué fichas le había dado Maguire, descubrió horrorizada que la de menor valor era de cincuenta dólares. Tomó aire, se calmó y apostó una.

La primera carta de Maguire no tenía ningún valor, así que decidió esperar a la segunda.

Carolina esperó su turno. Cuando el crupier le dio la segunda carta, tuvo que reprimir un gritito al descubrir que se trataba de un cuatro, y que, por tanto, tenía bacará. El crupier rió al ver su entusiasmo y le pagó la apuesta.

Veinte minutos más tarde, Maguire salió a la terraza con cara de preocupación.

—¿Se puede saber dónde te habías metido?

—Aquí, disfrutando de la noche —dijo ella. Al darse cuenta de que lo había inquietado, se disculpó—: Perdona. Sólo quería dejarte tranquilo un rato para que jugaras mientras yo disfrutaba de la vista.

—Pero si has ganado, ¿por qué te has retirado?

—Precisamente porque he ganado.

—Sólo has ganado una mano.

—Por eso mismo —Carolina alzó la barbilla, sin llegar a entender qué insinuaba Maguire—. Acabo de ganar quinientos dólares, Maguire, ¿por qué habría de apostarlos y arriesgarme a perder?

Maguire le pasó un brazo por los hombros.

—Ven aquí, jugadora empedernida. Te invito a otra copa de vino antes de marcharnos.

—¡Te invito yo! Recuerda que esta noche soy rica.

La sombra que empezaba a oscurecer la barbilla de Maguire le daba un atractivo aspecto desaliñado. Volvió con el vino y ambos aspiraron profundamente la tibia brisa de la noche apoyados en la barandilla.

—He visto otro Porsche —dijo Carolina—. Amarillo canario.

Cada vez le resultaba más sencillo arrancarle sonrisas, que charlara, que se relajara. A partir de cierto momento pasaron de una charla banal a tratar temas más serios.

—¿Sabes qué? Estaba pensando… —empezó Carolina.

—Las mujeres no deberíais hacer eso. Cada vez que pensáis nos metéis a los hombres en algún problema.

—Veo que tienes miedo —Carolina se inclinó hacia delante y sintió el frío de la piedra contra los muslos y el resplandor de la luna en el rostro. Aquel era un lugar de ensueño para gozar del instante, de la compañía de Maguire, de estar a solas con él—. Agárrate.

—Está bien. ¿Qué se te ha pasado por la cabeza?

—Siempre me ha gustado trabajar con niños con necesidades especiales.

—¿Esto es lo que se supone que debería darme miedo? Resulta que ya lo sabía.

—Ahora viene lo importante. Cállate y déjame hablar. He trabajado en dos escuelas y en cuatro campamentos distintos de verano. El último trabajo que he tenido fue el mejor, pero ¿sabes una cosa?

—No, pero estoy deseando que me la digas.

—Creo que sé por qué nadie se dio cuenta de lo que le pasaba a Tommy. Los especialistas de mi campo están preparados para diagnosticar los problemas de los niños que tratamos. La mayoría de las clases tienen un déficit de financiación y de trabajadores, pero eso no es lo peor; hay algo aún más importante que la falta de dinero.

—¿El dinero no resuelve todos los problemas? ¿Cómo puedes ser americana y hacer esa afirmación? Estoy deseando oírte.

—El caso es que tenemos grandes proyectos para niños de educación especial. Pero en ocasiones nos equivocamos porque no estamos implicados en el diagnóstico de los niños. Ningún caso encaja exactamente en la norma. Incluso un niño con un coeficiente intelectual bajo, puede ser brillante en algunas áreas. O se da el caso de que niños con un diagnóstico muy preciso tienen problemas de salud o de personalidad que ese diagnóstico no explica. Me gustaría plantear todas estas cuestiones al Departamento de Educación

—Vaya, empiezas a asustarme.

—Ya sé que no tengo poder como para conseguirlo sola. Pero ahora tengo dinero. Con él podría atraer a algunos de los mejores profesionales, seleccionar los mejores proyectos, investigar la manera de desarrollar las múltiples dimensiones de cada niño. Puesto que soy una defensora de los niños con discapacidades, podría actuar. Con un poco de dinero y poder, puedo llegar a influir a un nivel más global que desde mi aula.

Maguire se irguió.

—Muy bien. Tengo que admitir que ni en sueños habría imaginado que llegaras tan lejos tan pronto. Has puesto a calentar los motores. Me parece magnífico.

—Soy una chica lista, Maguire. ¿Dudabas de que fuera a tener buenas ideas?

—No he dudado que fueras lista ni un instante, pero me preocupaba que las pirañas te hubieran devorado —Maguire tendió una mano que Carolina aceptó—. ¿Volvemos al hotel? Ha sido un día muy largo.

Así era. Pero el corazón de Carolina palpitaba al tempo de un sensual ritmo de *blues*. Y aunque Maguire no lo supiera, para ella la velada no había concluido.

Capítulo 7

DE vuelta al hotel, subieron al tercer piso en el ascensor. Maguire era consciente de que Carolina estaba agotada y eso era lo que había pretendido al organizarle un día repleto de actividades que la distrajeran de sus temores y preocupaciones.

Aquel hotel, como la mayoría de los de Mónaco era lujoso y opulento, un estilo con el que Maguire no se identificaba, pero que había considerado apropiado para que Carolina se sintiera atendida y cuidada.

El pequeño traspiés que había sufrido unos minutos antes había pasado. Maguire sacó la llave de Carolina, le abrió la puerta y entró en el umbral para asegurarse de que todo estaba en orden.

La cama estaba abierta; sobre la almohada había unos bombones y sobre la colcha, un camisón. La luz del cuarto de baño estaba encendida y proyectaba un agradable resplandor sobre el suelo de mármol, al igual que la lámpara de la mesilla que daba a la cama un aire cálido y acogedor. En un jarrón de marfil había dos docenas de rosas color salmón. Sobre una mesa había una cesta de bienvenida, con vino, queso, fruta y aperitivos.

Satisfecho con la inspección, Maguire retrocedió.

—Perfecto. Puedes dormir todo lo que quieras. Yo estoy en la habitación de al lado.

Carolina arqueó las cejas.

—¿Está vez no compartimos suite?

Maguire había desarrollado estrategias a la misma velocidad que ella iba adquiriendo desparpajo.

—Estoy en la de al lado. Tenemos una puerta de comunicación cerrada por ambos lados. Si me necesitas, basta con que llames. Pero ya no necesitas tener a alguien pendiente de ti todo el tiempo.

—Así que de verdad crees que estoy más fuerte —dijo Carolina en tono de satisfacción.

—Así es. Pero tenemos que evitar que sufras recaídas.

Y además cuanto más lejos estuviera de aquel cuerpo envuelto en un vestido que se le pegaba a los lugares precisos con cada movimiento, mejor.

—Cuando mañana estés lista para salir, llama a la puerta de comunicación. He traído trabajo, así que estaré ocupado si es que quisieras dormir todo el día.

—¿Eso es todo, Maguire? —musitó ella—. ¿No vas a darme un beso de buenas noches?

Al ver la forma en que lo miraba, Maguire tuvo que tomar aire antes de poder bromear.

—Eh, tú, compórtate.

Entró en su dormitorio, cerró con llave y se quitó los zapatos. Comenzó a repetirse palabras que lo ayudaran a concentrase en el color blanco. Leche, nieve, nata.

Era consciente de que Carolina había establecido un vínculo con él. No podía seguir haciéndose el ciego. Pero Carolina era demasiado vulnerable, demasiado buena. Él había nacido contaminado. La vida le había ofrecido la oportunidad de rescatar a Carolina y proporcionarle una vida de princesa durante unos días. Maguire se daba cuenta de lo fácil que era que lo percibiera como un caballero andante.

Pero él no tenía nada de caballero andante. Y no iba a formar parte de la vida de Carolina por mucho tiempo, así que le correspondía asegurarse de que no sufriera.

Se quitó bruscamente la chaqueta del esmoquin, luego la banda de la cintura y la estúpida pajarita. Lejía, rocío, calcio, perlas… No, el brillo y el tacto de las perlas le recordaban demasiado a la piel de Carolina.

Necesitaba palabras blancas que… lo enfriaran. Asexuadas, como… hielo, pasta de dientes, yeso. Se quitó los gemelos y empezó a desabotonarse la camisa.

Súbitamente oyó una llamada a la puerta de comunicación y fue a abrirla.

—¿Qué pasa? ¿Te encuentras mal?

Al ver a Carolina se quedó boquiabierto. Se había quitado el conjunto negro y llevaba un camisón de satén y encaje color melocotón. Estaba descalza, desmaquillada, y con un brillo en los ojos de total y absoluta determinación.

—Me has dicho que podía conseguir lo que quisiera, que tenía que ser lo bastante fuerte como para exigirlo si era necesario. Pues escucha, Maguire, quiero mi beso de buenas noches y lo quiero ahora mismo.

Era innegable que era preciosa, pero Maguire se consideraba capaz de resistir cualquier tentación si se lo proponía e incluso actuar con la más aséptica frialdad en cualquier circunstancia.

Al menos normalmente.

Aquella mujer era un peligro.

Carolina se alzó sobre las puntas de los dedos, lo asió por la camisa entreabierta y presionó sus labios temblorosos contra los de él. Tenía las manos frías y el camisón era tan sexy como para provocar un ataque al corazón, pero Carolina se pegó a él tan estrechamente como si no quisiera dejarle apreciar el cuerpo que ocultaba.

Maguire insistió en intentar pensar en nieve, calcio, leche. Cualquier cosa blanca que lo ayudara a enfriarse. Cualquier cosa que le recordara que Carolina estaba confusa sobre lo que en realidad deseaba.

Pero ella bajó las manos hacia sus caderas, le asió las nalgas, atrayéndolo más hacia sí. Y el cuerpo de Maguire reaccionó automáticamente.

Carolina, con sus dedos y su lengua, podía hacer estallar fuegos artificiales. Su lengua se abrió camino entre los dientes de Maguire, encontró la de él y se retiró. Enseguida, volvió a por más. Emitió un gemido gatuno y frotó sus senos contra su pecho como si le picaran y el roce con él fuera la única forma de aliviarse.

Blanco, se dijo Maguire con firmeza. «Piensa en blanco, Maguire», se repitió

Carolina parecía no darse cuenta de que si seguía asiéndose a él acabarían cayéndose. Y si no lo hicieron fue porque Maguire la sujetó para evitarlo. Eso fue todo lo que hizo. Rodearla con sus brazos, sólo un microsegundo.

Pero por más que al mismo tiempo gritaba a pleno pulmón dentro de su cabeza: «blanco», Armageddon lo poseyó.

—Está bien —Maguire tomó aire—. Está bien. Carolina, escúchame...

—No —dijo.

No dijo más. Sólo «no». Y luego lo empujó para que retrocediera hacia el interior.

Su dormitorio era similar al de ella, aunque con colores más masculinos, pero tenía la misma cama gigante, un sofá y un sillón a un lado, además de todos los elementos propios de un hotel de ultra lujo.

Carolina no se molestó en mirar ni en preocuparse de si se chocaba con las patas de una silla o con el borde de una mesa. Lo único en lo que se concentraba era en seguir empujando a Maguire. Y cuando la parte de atrás de sus rodillas chocó contra el borde de la cama, se limitó a darle un último empujón antes de caer sobre él, en la cama, e inclinarse para reclamar su boca con los ojos cerrados.

Maguire se dijo que tenía que mantener el control, que un hombre como él podía resistirse a ser seducido, que jamás cedía el poder a nadie. Y a Carolina menos aún.

Por eso volvió a poner las manos sobre ella. Para cambiar de posición y colocarla bajo él, para que dejara de frotarse contra su sexo y de estrechar su cuerpo de satén contra su pecho; para dejar de aspirar su aroma, de probar el sabor de su lengua, de embriagarse con el deseo que emanaba de ella como un torrente.

Pero algo falló.

Pretendía separarla de sí. Siempre había tenido una especial habilidad para ahuyentar a las personas, y sin embargo… ¿Se trataría de magia? ¿De un milagro? ¿De un golpe de mala suerte? O simplemente de que Carolina cambiara de postura en el momento equivocado... El caso fue que Maguire se encontró sobre ella y una vez la tuvo allí, sus piernas se enlazaron a la cintura de él invitándolo a acercarse más y más. Arqueó la espalda para que sus senos lo torturaran al frotarse contra su pecho. Su piel ardía, sus labios temblaban. Y de nuevo escapó de su garganta uno de aquellos gemidos ronroneantes… Hasta que Maguire consiguió rebuscar en su caótico cerebro y dijo:

—Bueno. No pasa nada malo. Sólo ha sido un momento de...

—Desde luego que no pasa nada malo. Esto es lo mejor que me ha pasado en la vida.

—Que esto… nos haya tomado por sorpresa… no significa que… hayamos hecho nada… imperdonable.

—Todavía —dijo Carolina, mordisqueándole el cuello.

—¿Todavía?

—Estoy a punto de hacerlo —aseguró ella—. Contigo. Sólo contigo.

—Escucha Carolina…

—Me da lo mismo que mañana por la mañana no me respetes.

—Carolina…

—¿Qué? ¿Crees que el mundo va a colapsar si te quitas la máscara de buen chico durante diez minutos o es que necesitas una invitación formal?

Maguire pensó que no necesitaba una invitación ni mucho menos, sino que algo o alguien le obligara a pensar con claridad. Pero en cuanto oyó que Carolina mencionaba «diez minutos» supo que había perdido la batalla. ¿De verdad creía que bastaban diez minutos para hacer el amor con ella?

La mera sugerencia bastó para que reaccionara como un toro ante un capote rojo.

De un solo movimiento, le quitó el delicado camisón y la dejó desnuda. Sus sentidos se nublaron y agudizaron a un tiempo. Maguire había esperado suavidad y delicadeza, no la impaciencia y el frenesí que Carolina manifestaba. Había imaginado un comportamiento inocente, no la osadía posesiva que desplegaba.

Ése fue el gran problema. Carolina lo tocaba, lo besaba, lo acariciaba como si lo poseyera. Como si fuera su dueña y tuviera todo el derecho a experimentar aquellas sensaciones con él.

Cualquier persona sabía que no debía adentrarse

en un bosque en llamas, y menos aun estando convaleciente. Sin embargo, eso era lo que ella estaba haciendo. Necesitaba ternura, pero exigía prontitud, efervescencia. Resultaba herida con extrema facilidad, y sin embargo, se agarraba y tocaba con su boca, con sus manos como si luchara por... Maguire no tenía ni idea de por qué.

Sólo supo que quería luchar con ella y por ella. Sintió la piel empapada en sudor y la sangre fluir por sus venas. Los ojos de Carolina brillaban con fiereza y avaricia. Cualquier titubeo de parte de Maguire encontraba en ella una provocación susurrada. Provocaciones y retos alocados: acompañarla a caminar por la luna, a bañarse en miel, a cantar con sus caricias. No podía ser más gamberra y guasona, más joven...

Era una locura, pero una locura maravillosa que Maguire quería compartir y que no recordaba haber experimentado en toda su vida, porque jamás tenía la oportunidad de actuar irreflexivamente. Ni siquiera recordaba haber bajado la guardia con anterioridad. Quizá porque sabía bien hasta qué punto podía llegar a sentirse herido, lo doloroso que podía resultarle no protegerse convenientemente.

El único problema era que no sabía cómo protegerse de Carolina.

Carolina se quedó dormida, pero por poco tiempo. No quería dormir. Llevaba días haciéndolo. Y además empezaba a sospechar que llevaba toda su vida parcialmente dormida.

Además, contemplar a Maguire era mucho más apasionante. El resplandor de la luna daba a su piel un reflejo plateado; su cabello alborotado proyectaba una sombra en la pared opuesta; su rostro en reposo parecía el de la estatua de un dios griego.

Cuando la luna desapareció, llegó un periodo largo en el que apenas podía distinguir la línea de su cuerpo, pero podía oírle respirar profunda y acompasadamente; sentir el peso de su brazo, de su mano... Y las caricias suaves, delicadas que le dedicaba incluso dormido.

Maguire tenía una increíble habilidad para ocultar sus emociones cuando estaba despierto, pero había revelado mucho más sobre su personalidad al hacer el amor de lo que Carolina hubiera podido imaginar. Por ejemplo, había descubierto que era tan vulnerable como ella. Que se entregaba tanto como ella.

Le había aconsejado que se atreviera a lograr sus objetivos y deseos, pero ¿había seguido él su propio consejo?

Al menos ella había abierto su corazón a la gente. Quizá en exceso. Pero Maguire estaba tan solo... O lo había estado hasta aquella noche.

A Carolina no le cabía ya la menor duda sobre la capacidad de amar de aquel hombre y su gran corazón.

Tras la oscuridad llegó la tenue luz amarillenta del amanecer, tiñendo el aire con un brillo nacarado, transformando las sombras azabache en objetos con color, vida y profundidad.

El amanecer dejó a la vista la barba incipiente

que oscurecía el mentón de Maguire, las arrugas superficiales que rodeaban sus ojos, sus largas y densas pestañas.

Incluso dormido, se había quitado la manta y la sábana para asegurarse de que ella estuviera bien tapada. De pronto, Carolina había sentido su mano buscándola, y luego le había oído suspirar aliviado al comprobar que seguía a su lado.

Tanto él como ella estaban desnudos, pero bajo la luz de la mañana Carolina pensó que Maguire era mucho más hermoso que ella.

En ese momento Maguire abrió los ojos y la descubrió observándolo.

Aunque no solía ruborizarse, notó una corriente subirle por el cuello, como si Carolina lo hubiera pillado haciendo algo malo.

—Dime que no lo hemos hecho —dijo con voz adormilada.

—Desde luego que sí. Y si no me equivoco, dos veces.

Maguire posó un dedo en la mejilla de Carolina con una ternura en contradicción con el gesto de contrariedad que frunció su rostro.

—Esto no formaba parte del plan, Carolina.

—Si decides hundirte en un pozo de culpabilidad, no seré yo quien te saque de él. Pero puede que quieras tener en cuenta que es posible que necesitara esto para sanarme. Puede que me hiciera falta hacer el amor contigo, específicamente. Podrías considerarlo parte del trabajo, una de las tareas que debías cumplir.

—Tú no eres un trabajo ni una tarea, Carolina.

Ella se encogió de hombros.

—No necesito un discurso sobre integridad y responsabilidad. Quiero desayunar. Un desayuno decadente: tortilla de queso, tostadas con mantequilla, zumo de naranja…

—¿Dónde vamos?

Carolina pudo ver en la expresión de su rostro que Maguire pretendía mantener una conversación seria, así que salió de la cama.

—Yo, a la ducha. Mientras tanto, espero que pidas el desayuno.

—No vamos a desayunar en el dormitorio.

En lugar de contestar, Carolina le dedicó una sonrisa radiante a pesar de comprender el mensaje: Maguire haría cualquier cosa para no quedarse a solas con ella.

Estaba segura de que había disfrutado de la noche anterior, de ella, del sexo. Pero lo último que quería era que formara parte de su vida a la larga. La única intención de Maguire era curarla antes de devolverla a su vida y olvidarla.

Lo sabía perfectamente.

Pero después de la noche anterior para ella iba a ser casi imposible seguir fingiendo que le era indiferente o que podría llegar a serlo.

En uno de los restaurantes de la primera planta se servía el desayuno en un patio abierto desde el que se contemplaba la bahía. Las mesas estaban puestas con la misma elegancia que para la cena, y la plata y el cristal lanzaban destellos bajo los rayos de sol de un día perfecto. Había numerosos comensales de todas las edades, extremadamente sofisticados y muchos de aspecto extranjero. Algunos vestían elegantemente y otros de modo informal, aunque parecían recién bajados de un yate.

Carolina pensó que estaba vestida adecuadamente para un día caluroso, con una falda de lino, una blusa fresca y, por supuesto, los zapatos rojos. Y si podía tomar la forma en que la miraba como una prueba, debía asumir que Maguire también aprobaba su elección.

Aun así, insistió en hablar sobre asuntos serios, como si creyera que el cielo fuera a desplomarse si se relajaba. Era evidente que no pensaba abandonar su papel de tutor. Ni siquiera cuando bebió el más delicioso zumo de naranja, ni después de probar una tortilla que se deshacía en la boca o tras una tostada con mermelada de arándonos.

—Tenemos que hablar sobre las coas que quieres hacer —dijo.

—Sí, señor.

—Una de las causas de tu estrés fue la carga que supuso la cantidad de gente que te pedía cosas. Todo el mundo quería algo de ti. Así que empecemos por tus padres. ¿Hay algo que desees hacer por ellos?

—Desde luego que sí —Carolina podía contemplarlo y amarlo, y mantener aquella conversación al mismo tiempo. Además, valoraba sus consejos y sus ideas—. Quiero facilitarles la vida, proporcionarles seguridad. Fue un placer instalar una cocina nueva para mi madre y comprarle el coche a mi padre, y me encantaría poder darles caprichos el resto de sus vidas...

—Pero en lugar de resultar sencillo, en lugar de agradecer lo que recibían empezaron a plantearte exigencias. Hasta que llegó el momento que éstas no tenían fin.

Cuando Carolina asintió a regañadientes, Maguire continuó:

—Eso tiene solución, Ce. ¿Quieres proporcionarles seguridad? Pues hazlo. Contrátales un buen seguro médico si no tienen uno; termina de pagar la hipoteca de su casa. Incluso puedes abrirles un fondo de pensiones para complementar su jubilación. Y se acabó. Ahí termina tu papel.

A su pesar, Carolina se separó de la mesa y dejó el plato a un lado. Si seguía comiendo se iba a poner como un globo, pero la comida estaba tan buena...

—Sólo en teoría, Maguire. Porque eso es precisamente lo que he descubierto. Que hiciera lo que hiciera, las peticiones no cesaban.

—Lo sé, créeme. Pero lo que tienes que tener claro es qué quieres hacer por ellos y hacerlo. A partir de ahí has de trazar una línea. Debes quedarte tranquila porque has sido generosa y justa y has hecho lo que debías, y que por eso mismo, no hay ningún motivo para que te sientas culpable.

Tenía razón. Por mucho que sintiera ganas de que la abrazara y de poder comportarse como amantes, nadie le llegaba con tanta fuerza como Maguire y lo que le estaba diciendo tenía mucho sentido. Frunció el ceño.

—No estoy acostumbrada a pensar desde ese punto de vista.

—Lo sé, no tienes ni idea de cómo ser egoísta y eres una alumna deplorable.

—¡Pero qué dices, si soy superegoísta! ¡No tienes más que mirarme los zapatos! —alzó un pie para mostrarlo.

—Está bien, está bien. Con los zapatos no lo hiciste tan mal. Pero tenemos que conseguir que también seas un poco más dura con el resto de las cosas.

—¿Cómo con qué?

—Por ejemplo… —Maguire se inclinó hacia adelante para rellenar las tazas con café—. Comentaste que tu padre quería administrar tu dinero.

A Carolina se le hizo al instante un nudo en el estómago.

—Y se ofendió muchísimo cuando en lugar de acceder al instante, me eché a llorar.

—Pues no vas a volver a llorar. Escúchame —por un segundo, Maguire pareció alarmado—. Tu padre no está mejor preparado que tú para manejar grandes cantidades de dinero. No se trata de un insulto, sino de una realidad. ¿Llamarías a un fontanero para una cirugía cerebral?

—No.

—Repite conmigo: No, por supuesto que no.

—No, por supuesto que no.

—¿Llamarías a un cirujano para que te arreglara una cañería?

Carolina aprendía pronto.

—No, por supuesto que no.

—Exactamente. Por eso mismo, para que te ayuden con el dinero, contratas a alguien especializado en dinero. Un gestor financiero con reputación. Y si tu padre no lo comprende, no es tu problema y tendrá que superarlo. Porque igual que no llamas a un fontanero para una operación de cirugía, tampoco vas a poder hacer más fácil la vida de tus padres si pierdes el dinero por una mala gestión.

—Escucha, Maguire, estoy harta de que tengas razón. Empiezo a pensar que soy una ignorante.

—No tienes nada de ignorante. Eres superlista, pero no sabes qué hacer con el dinero porque no tienes práctica. En cambio yo, que soy mucho más egoísta que tú, puedo enseñarte.

Carolina abrió la boca para decir algo agudo y provocador. Había llegado el momento de ponerlo en su sitio, de sacarlo del cómodo papel que se había asignado como «Reparador de Carolina», y que evidentemente dejaba de ser tan cómodo en cuanto ella quería invertirlo y obligarle a hablar de sí mismo.

Estaba a punto de lanzarle una cascada de preguntas cuando un murmullo al otro lado del patio reclamó su atención. Aunque casi todas las mesas estaban ocupadas, las conversaciones eran pausadas y tranquilas, con los comensales dedicados a la comida y a disfrutar del buen tiempo. Pero en la mesa más alejada y más próxima a la piscina, estalló lo que parecía una discusión.

Carolina asumió que se trataba de un padre con su hija adolescente. Aunque no los oía bien, por los retazos que le llegaban era fácil adivinar el contenido. Discusiones parecidas tenían lugar en todas las casas cuando una hija quería crecer antes de que su padre considerara que había llegado el momento.

El tono de sus voces se elevó y la hija pareció

responder descaradamente a un comentario de su padre, que adoptó una actitud más fría y severa. No era más que una pelea personal.

En cierto momento, la joven rubia abandonó su actitud desafiante y... pareció derrotado. Fuera lo que fuese, alguno de los comentarios de su padre había logrado herirla.

Sus labios temblaron y sus ojos se llenaron de lágrimas, su bonito rostro se contorsionó en una mueca de dolor.

Carolina pudo percibirlo con tanta intensidad que recordó el instante en que sintió que se separaba de toda aquella gente que le gritaba y que no parecía escucharla, hasta que las palabras se le hicieron insoportables. Y sin tiempo a que parpadeara, perdió súbitamente la audición. Dejó de oír las voces a su alrededor, o cualquier otro sonido.

La estúpida sordera causada por la histeria había vuelto. Sacudió la cabeza, pero fue tan ineficaz como intentar destaponarse los oídos después de un baño. Sólo le llegaba un rumor inarticulado y sin apenas volumen.

Maguire observó el cambio que se producía en ella. En aquella ocasión, no sabía qué lo había causado, ni tampoco ella hubiera sido capaz de explicarlo, pero no necesitó respuestas para actuar. Adoptó una vez más el papel de héroe, apretó los dientes con cara de preocupación y haciéndole levantarse, le pasó el brazo por los hombros y la sacó de allí con tal decisión que Carolina tuvo la seguridad de que, de haber sido necesario, se habría enfrentado a varios ejércitos para protegerla.

Entró en su dormitorio y cruzó hasta el de ella. La obligó a echarse, le puso un paño tibio sobre la frente, le hizo té, le dio un masaje de pies y la dejó con unos periódicos para leer.

Carolina dedujo que se había quedado dormida porque al despertar descubrió los zapatos sobre una almohada, a su lado, en lo que evidentemente era una broma de Maguire destinada a arrancarle una sonrisa.

La siesta pareció resolver el problema auditivo porque podía oír las risas y el salpicar de agua que llegaba de la piscina. Una agradable luz se filtraba por las ventanas y desde el balcón llegaba el rumor de la voz de Maguire hablando por teléfono. Por el tono, debía estar organizando algo. Cuando calló, Carolina asumió que la llamada había terminado y alzó la voz:

—¿Dónde me llevas, Maguire?

Maguire entró como una exhalación, estudio su rostro con la concentración de un científico y sus hombros se relajaron.

—Vuelves a oír.

—Sí. Lo siento. Estoy furiosa conmigo misma por ser tan estúpida. La sordera no debería volver ahora que estoy fuerte.

—Estás fuerte, Carolina, pero no eres dura. Hay una gran diferencia entre una cosa y otra.

—Soy las dos cosas —se sentó apoyando las piernas en el suelo y se pasó las manos por el cabello—. Ya estoy harta de esta fragilidad. Una cosa es que haya sufrido algo de estrés, a todo el mundo le pasa alguna vez. Pero los demás no colapsan. Se acabó ser una blanducha.

—No has sido blanducha en ningún momento, Carolina.

No valía la pena discutir con él. Lo sabía de sobra.

—Me ha parecido oírte hacer planes de viaje. ¿Dónde nos vamos?

Finalmente una sonrisa se abrió camino en el rostro preocupado de Maguire.

—Todavía quedan algunas horas antes del vuelo, así que vamos a comprarte una maleta y tienes al menos tres horas para ir de compras. Después de eso, iremos rumbo a uno de los lugares que escribiste en tu lista. Sólo te diré que éste sí que ha supuesto un reto. Te va a volver loca.

A Carolina ya la había vuelto loca un hombre la noche anterior, un amante inolvidable. Pero como había vuelto a padecer aquella estúpida sordera, Maguire había vuelto adoptar el papel protector y distante de «Reparador de Carolina». Una situación que a él le resultaba cómoda porque la convertía a ella en el centro de las preocupaciones e impedía que nadie se acercara a él.

Lo cierto era que Carolina no quería cambiar nada de él, sólo quería demostrarle que podía encontrar a alguien que lo apoyara, que no siempre tenía que ser el fuerte.

Pero por el momento, estaba lejos de lograr ese objetivo.

Capítulo 8

MAGUIRE no creía pecar de arrogante por considerarse alguien que siempre solucionaba problemas, pero tenía que admitir que no lo era tanto cuando se le planteaba una situación completamente inesperada y fuera del ámbito de sus ocupaciones habituales.

—Sólo estaremos en Washington un par de días —le explicó a Carolina.

El viaje se le estaba haciendo interminable.

—Ya me lo has dicho. No te preocupes.

Carolina, que estaba acurrucada en el asiento de la ventanilla, parecía relajada y cómoda.

En cambio Maguire se subía por las paredes.

—Sea lo que sea lo que tienes que hacer, hazlo. Me has dicho que Tommy vendrá mañana, así que estoy encantada —añadió Carolina.

Maguire sabía que era sincera por la manera en que sus ojos brillaban ante la posibilidad de ver a su hermano. Todo lo contrario de lo que le sucedía al resto de mundo, que tendía a ver en él sólo su discapacidad.

Se dijo que el cambio de planes tenía algunas ventajas. Entre otras, el hecho de que pasarían un par de días con gente, en lugar de solos, y Carolina tendría la oportunidad de olvidar la noche que habían pasado juntos y de poner las cosas en perspectiva. Estaba decidido a mantenerla lo más ocupada posible para que no tuviera tiempo de pensar en sexo. O al menos en el sexo con él.

Para cuando el avión aterrizó en Seattle, los dos estaban agotados.

Maguire no solía sufrir jet lag, pero durante el vuelo no había pegado ojo. ¿Cómo iba a hacerlo si Carolina había quitado el reposabrazos que separaba los dos asientos y se había acurrucado a su lado, usando su pecho como almohada, posando la mano entre sus piernas como si aquel lugar le perteneciera? Con la misma naturalidad, le había besado el cuello mientras dormía.

¿Quién podía permanecer impasible en esas circunstancias? ¿Era justo que un hombre se viera sometido a tal prueba?

Había organizado que una limusina los recogiera en el aeropuerto para evitar conducir estando soñoliento. Una vez llegaron a la casa en la montaña, Carolina se metió en la cama y se quedó dormida casi al instante, aunque protestó cuando notó que Maguire le quitaba sus sagrados zapatos rojos.

Maguire no recordaba haberse metido en la cama, pero debió hacerlo puesto que se despertó en ella a la mañana siguiente, aunque mucho más temprano de lo que habría querido. Por muy cansado que estuviera mentalmente, su cerebro debía seguir pensando que era bueno madrugar… para estar despierto antes que Carolina y que no lo tomara desprevenido.

La lluvia que comenzó al amanecer se transformó en tormenta a lo largo de la mañana. Incluso en el interior de la casa, el olor a pino resultaba más intenso y el aire, más fresco.

Para cuando Carolina bajó en vaqueros y una sudadera holgada, Maguire había preparado encima de la mesa un montón de papeles y folletos informativos para ella, y ocupaba la cabecera opuesta.

Le sirvió un café y le pidió que se sentara.

—Tengo una lista de cosas que quiero que hagas.

Su plan, además de entretenerla con el café y tostadas, era darle numerosas tareas, que tuviera que reflexionar y que no le quedaran ganas de pensar nada personal relacionado con él.

—En primer lugar —continuó—, ahí tienes una lista de buenos abogados y otra de expertos en finanzas. Antes de decidirte por uno de ellos, deberías entrevistarlos y asegurarte que te resulta cómodo comunicarte con ellos. Da lo mismo que sean muy listos si luego no puedes hablar con ellos porque no os lleváis bien. Después…

Carolina murmuró algo para darle a entender que le escuchaba y que comprendía, pero en lugar de permanecer sentada, se puso en pie, fue hasta él y posó la mano en su hombro antes de ir a preparar otra cafetera.

Aunque nadie le había dicho dónde estaban las cosas en la cocina, pareció adivinar que las cucharillas estaban en el cajón de debajo de la fregadera y las tazas en el armario encima de ésta. Quizá porque las mujeres nacían con ese don

Maguire quiso pensar que con un poco de suerte había olvidado la fatídica noche anterior, por más que le costara creerlo dado que a él lo había sacudido hasta la raíz. Pero Carolina recorría la cocina pausadamente, con el cabello despeinado, sin una gota de maquillaje y como si no tuviera la más mínima preocupación.

Abrió un armario en la despensa y encontró una caja con ingredientes para un bizcocho; se incorporó y leyó el contenido del paquete.

Maguire no recordaba haber visto un trasero tan perfecto, y aunque la sudadera ocultaba su figura, resultaba aún más sensual la manera en que se perfilaba un seno, una cadera, la curva de su cintura…, según se movía con la delicadeza y elegancia que la caracterizaban.

Una promesa. Aquella mujer era una promesa con mayúsculas para el hombre apropiado, no para él, que no se la merecía.

—Cada vez que has perdido la audición, Carolina, ha sido porque sucedía algo que te devolvía al nivel de estrés que provocó la reacción inicial. En las dos últimas ocasiones parece haber sido el ver a alguien que sufría emocionalmente, que se sentía rechazado o a quien gritaban. Así que debemos concentrarnos en eso, en crear unas circunstancias en las que nadie pueda hacerte sentir de esa manera.

—¿Te gusta el bizcocho de chocolate con nueces o sin ellas?

—Me gusta de todas las maneras posibles. ¿Estás escuchándome?

—Sí, señor —Carolina volvió a presionarle el hombro levemente, pero para cuando Maguire se volvió, estaba ocupada buscando útiles de cocina, así que empezó a hablar más deprisa.

—Una de las cosas que obviamente te preocupan y que quieres hacer es compartir parte del dinero.

—Desde luego —por una fracción de segundo los ojos azules de Carolina refulgieron—. Hay muchas personas y muchas causas que necesitan apoyo.

—Ya lo sé, melocotón —Maguire se recriminó por haber dejado que se le escapara el apelativo cariñoso, pero continuó como si nada—. Por eso mismo tienes que encontrar la forma de hacerlo para que la gente deje de llamar continuamente a tu puerta. Y la única manera de conseguirlo es que decidas la cantidad que quieres donar cada año, la ingreses en una cuenta o crees una fundación, y luego contrates a alguien a media jornada, a una madre soltera que pueda trabajar desde su propia casa, por ejemplo; así además harás una buena labor. Esa persona será quien reciba las peticiones y las estudie antes de comentarlas contigo. Entonces tú, y sólo tú, decidirás a quién quieres dar la donación. De esa manera, no estarás en contacto directo con quienes necesiten financiación y no te sentirás acosada. Así…

Maguire se sentía como si diera una conferencia, hasta que se volvió y vio a Carolina vaciando la mezcla del bizcocho en un molde con una cuchara. Tenía una mancha de chocolate en la mejilla. Ella fue hacia él con la cuchara en la mano y le dio un beso en la frente mientras el chocolate goteaba sobre sus pantalones sin que Carolina ni siquiera se diera cuenta.

Él se quedó demasiado sorprendido como para reaccionar.

—Maguire —dijo ella con dulzura—. No te digo lo bastante a menudo cuánto te agradezco lo que has hecho y estás haciendo por mí. Me estás enseñando un montón de cosas, dándome ideas que jamás se me habrían pasado por la cabeza. Me has hecho ver con claridad que necesitaba protegerme más, que ni siquiera sabía cómo hacerlo. Pero no dejo de preguntarme…

—¿Qué? —preguntó Maguire con mayor aspereza de lo que pretendía.

—¿Alguna vez dejas que sean otros quienes te protejan a ti?

Era una pregunta absurda. ¿Qué necesidad tenía él de protección? Maguire no comprendía qué quería decir, pero empezaba a preocuparle. Se sentía como un gato inquieto en medio de una tormenta, ansioso, arisco, a punto de dar un zarpazo.

Carolina estaba jugando con su mente, aunque Maguire no era capaz de adivinar exactamente cómo.

Afortunadamente, esa percepción fue bruscamente interrumpida por unas fuertes llamadas a la puerta.

Unos segundos más tarde, Henry, con aspecto agobiado, entró junto con Tommy, la excuñada de Maguire, Shannon, y el perro de Tommy. El perro se llamaba Woofer, y era un cruce entre San Bernardo y Terranova, tan alto como una mesa, babeaba continuamente, dejaba pelo por todas partes y debía pesar casi cien kilos.

Tanto Tommy como Woofer corrieron directamente hacia Carolina.

—¡Señorita Ce! ¡Soy Tommy!

—¡Ya lo veo! ¡Qué alegría más grande!

Como si estuviera acostumbrada a los perros gigantescos, Carolina besó a Woofer y estrechó en un fuerte abrazo a Tommy.

El perro fue luego hacia la mezcla de bizcocho, pero Carolina retiró el molde a tiempo y lo metió en el horno antes de sentarse en el suelo con Tommy y Woofer.

—Yo diría que has crecido por lo menos treinta centímetros desde el último verano.

—¡Todo el mundo lo dice! Señorita Ce, ¿se acuerda de cuando me salvó la vida?

—Recuerdo ir en una ruidosa ambulancia contigo.

—¡Y yo!

—Y que me contaste que no te gustaban los médicos ni las inyecciones. A mí tampoco, así que tuvimos mucha suerte de estar juntos.

—Sí. Me acuerdo perfectamente de ese día.

—Yo también.

Henry sacudió los hombros al pasar junto al perro,

se sirvió un café y fue a la biblioteca para estar lo más lejos posible de perros peludos y el resto del caos.

Shannon fue directa hacia Maguire.

—Me alegro de que hayas podido hacernos un hueco.

Maguire la miró en silencio. Puesto que Shannon sólo la llamaba cuando tenía problemas con Tommy, y como sabía que era capaz de remover cielo y tierra por su hermano pequeño, era absurdo que se mostrara sorprendida.

Por mucho que no quisiera alterar sus planes con Carolina, le había resultado imposible acceder.

Shannon era una de las pocas cosas que su hermano mayor había hecho bien. Y divorciarse de Jay era lo mejor que había hecho ella. Parecía una mujer frívola, desde su cabello pelirrojo a sus calcetines de diseño, pero tenía un buen corazón. Permanecer con Jay por más tiempo la hubiera matado. Y aunque le gustaba vivir bien y cuidar de Tommy se lo permitía, amaba al chico sinceramente, y él a ella también.

—Estaba empeñado en verla —dijo Shannon, refiriéndose a Carolina—, pero no imaginaba que el encuentro fuera a ser así.

Maguire tampoco. Tommy tendía a huir de las personas que no formaban parte de su familia, especialmente desde que en los últimos años se había dado cuenta de que hablaba «raro», así que en público solía permanecer callado para evitar que se notara que era diferente.

Con Carolina se había transformado en un charlatán. Cuando estaba nervioso, su manera de hablar resultaba aún más incoherente, pero Carolina había ralentizado su propia habla y parecía comprenderlo perfectamente.

Tommy había crecido tanto que estaba más alto que Carolina, y parecía un chico americano de doce años completamente normal. Tenía el cabello rubio de punta, las piernas y los brazos largos y delgados, unos enormes ojos azules y una sonrisa con la que podía conquistar a cualquiera.

Maguire sabía hacía tiempo que sería capaz de matar si alguien hacía daño a su hermano pequeño, pero jamás había conocido a nadie que se relacionara con él con tanta naturalidad como Carolina.

Shannon comentó:

—Es increíble lo bien que sabe tratarlo.

A pesar de que la tarde estaba fría y lluviosa, Tommy quería salir fuera con Carolina y el perro. A Maguire le pareció una idea disparatada, pero por otro lado tenía que tratar asuntos privados con Shannon. Así que los dos permanecieron delante de la ventana, viéndolos jugar.

—¡Es increíble! —comentó Shannon—. Es tal y como la habías descrito.

—¿Y cómo esperabas que fuera?

—Encantadora y buenecita. Alguien fantástico con los niños, inocente, sin ápice de sarcasmo —Shannon se giró sobre sus altos tacones—. Por eso mismo me sorprende que te hayas enamorado de ella.

—Ésa es una conclusión un tanto arriesgada cuando acabas de conocerla.

Shannon olisqueó el perfume del bizcocho, abrió el horno para mirarlo y, tomando un guante, sacó el molde y lo dejó sobre un salvamanteles.

—Enamorarse no tiene nada de malo, Maguire. Le pasa a todo el mundo. Pero supongo que pensaba que tú te enamorarías de... no sé... una mujer sofisticada, graduada en una universidad de la Costa Este, tal vez una abogada agresiva en tacones altos, una mujer ambiciosa hasta la médula.

Maguire no dijo nada. Por muy bien que le cayera Shannon, no pensaba discutir con ella su vida personal. Si es que alguna vez se decidía a casarse, quizá optaría por alguien como la persona a la que acababa de describir. Pero eso era totalmente distinto a enamorarse.

—No llego a creer que el matrimonio sea necesario.

—Nunca has pensado que fuera necesario que dos personas se sometieran a una tortura de la que ambas salen con cicatrices —replicó Shannon.

—Exactamente, ¿no es eso lo que acabo de decir?

La verdad era que Maguire siempre había querido tener hijos, pero nunca había creído en los cuentos de hadas. Pero si tenía hijos, los tendría dentro del matrimonio y sería un buen marido, fiel y comprensivo. Otra cosa era el amor. Había crecido sabiendo lo que el amor significaba para los demás, la forma en la que el dinero lo corrompía. Por eso jamás lo había considerado una opción para sí mismo.

—Maguire —Shannon observaba el bizcocho de cerca, como si pensara que así se enfriaría antes—, se te nota en la cara, en cómo la miras. Nunca te había visto...

Maguire la cortó.

—No tenemos tiempo para esto, Shannon. Carolina y Tommy van a volver en cualquier minuto. Cuando llamaste dijiste que tenías una crisis financiera.

Shannon apartó la mirada.

—Tengo miedo de que me grites.

—¿Te he gritado alguna vez?

—No, pero…

—Vamos, dilo y veremos cómo resolverlo —Maguire sospechaba que ni siquiera necesitaba que se lo contara.

Cuando su padre había muerto, Jay se había quedado con la custodia de Tommy por dos razones: la primera, que era el hijo mayor; la segunda, que él mismo así lo había pedido. Jay quería disponer del dinero asignado a su hermano, pero nunca había planeado seriamente dedicarle ni tiempo ni afecto. Aunque Shannon no era un familiar de sangre, adoraba a Tommy desde el día que nació, y él a ella. Así que ella había asumido el papel de madre. Maguire se había ocupado de que Tommy tuviera una generosa asignación mensual para mantener su nivel de vida pues estaba seguro de que Jay no tardaría en gastarse su dinero.

Y ése era el problema. Jay permanentemente gastaba de más y cada vez que necesitaba dinero, acudía a Shannon. Siempre se guardaba un as en la manga, que era amenazarla con quitarle a Tommy.

Siempre era igual, y Maguire estaba harto. Aunque una y otra vez acabara resolviendo el problema, aquella situación era un recordatorio de por qué no podía implicarse emocionalmente en el caso de Carolina. El dinero no cambiaba nada. La vida no era hermosa, al menos la suya. El dinero invariablemente despertaba el egoísmo y la avaricia, y ésa no era la vida que quería para Carolina.

Por eso no podía pedirle que la compartiera con él, especialmente siendo tan buena como era.

—Vaya —dijo Shannon súbitamente—. Mira lo que viene por ahí.

Maguire ya había girado la cabeza al oír gritos y risas tras la puerta. Carolina, Tommy y el perro entraron en tromba, salpicando agua como cachorros y completamente embarrados.

—Hemos tenido un pequeño accidente —explicó Carolina.

—¡Sí! Nos hemos deslizado por una ladera —dijo Tommy, radiante.

—Pero no sabíamos que había un charco…

—¡Y mucho menos que el charco era un lago!

Carolina alzó las manos.

—¡Pero no hay de qué preocuparse! Vamos directos a la ducha. Por cierto, Maguire, ¿dónde está la lavadora?

—¿Para ti o para el perro?

Y Maguire descubrió que estaba riendo a carcajadas, aunque con un sentimiento agridulce. Embarrada o no, Carolina era pura por dentro y por fuera. Al contrario que él no estaba contaminada por todo tipo de mezquindades.

Para el final del día, Maguire estaba de un humor de perros. Carolina sabía que lo había pasado fantásticamente con Tommy y éste gozaba de cada instante con su hermano mayor. Shannon le había caído bien, aunque no llegaba a comprender por qué una persona que no era familiar directo de Tommy hubiera acabado de madre adoptiva. Pero eso era lo de menos, porque era evidente que Tommy estaba progresando exponencialmente bajo su custodia.

Cuando Shannon, Tommy y el perro gigante se marcharon después de la cena, Maguire abandonó su actitud animada y se fue a la biblioteca.

Carolina cenó con Henry, que casi se comió todo el bizcocho y que le dijo que tuviera paciencia con Maguire.

Carolina no pensaba que se necesitara paciencia, sino que Maguire estaba descontento e incómodo por algún motivo. Maguire cenó e hizo un par de comentarios en los momentos apropiados, pero Carolina pudo ver en sus ojos que algo no iba bien.

Se había encerrado como un crustáceo en una tormenta.

Tanto él como ella seguían teniendo jet lag y cuando se le cerraron los ojos mientras veían las noticias, Carolina quiso pensar que quizá sólo estaba agotado.

Ella, por su parte, se fue a dormir al poco tiempo.

La mañana siguiente amaneció soleada, y con ella llegó una sorpresa a la puerta trasera. Cuando Carolina miró por la ventana, vio a Henry y a Maguire, cada uno con una taza de café en la mano, dando vueltas alrededor de la sorpresa como si fueran dos leones custodiándola.

Carolina se vistió precipitadamente, bajó las escaleras de dos en dos sin dejar de gritar y salió como una exhalación sin molestarse en ponerse un abrigo a pesar del frío.

Era una broma. Conducir un MG de mil novecientos cincuenta y tres era otra de las tonterías que había puesto en la lista, no algo que recordara o que pensara que iba a ser tomado en serio.

Aquella belleza era roja como una manzana, con grandes guardabarros delanteros que cubrían las ruedas, un embellecedor de madera en el lateral y un capó que brillaba como un espejo.

Sólo había visto uno con anterioridad. Nunca había sido capaz de distinguir entre una marca de coche y otra, pero en una ocasión se había sentado en el coche que estaba reparando su abuelo y se había enamorado de él.

Henry y Maguire se volvieron al oírla gritar, y por primera vez en veinticuatro horas, Carolina vio que éste sonreía. Abrió la puerta y la invitó a sentarse en el asiento de cuero negro.

—¿Dónde lo habéis encontrado?

—No lo preguntes. Pregunta cómo conseguir la paz mundial o algo así de sencillo por comparación.

Henry hizo un gesto de desaprobación al ver que estaba descalza y sin abrigo, pero abandonó su papel de mamá-gallina al darse cuenta de que estaba demasiado excitada como para ser reprendida.

Carolina tardó unos minutos en darse cuenta de que había una bolsa de viaje en el asiento trasero.

—Vamos a irnos veinticuatro horas, aunque no sé si podemos confiar en que el coche nos lleve demasiado lejos. Henry se quedará en casa por si necesitamos que venga a rescatarnos.

—¿Quieres decir que voy a poder conducirlo?

—Dímelo tú —dijo Maguire—. Si te da miedo, puedo hacerlo yo.

—¿Pero me das permiso?

Maguire miró a su alrededor como si buscara algo.

—¿Henry, ves a alguien que quiera detenerla? Aunque quizá deberíamos ponernos cascos antes de que lo pongas en marcha. Y puede que necesites un curso rápido sobre lo que es el embrague y…

—Maguire, crecí en un taller mecánico y sé perfectamente qué es un embrague. Mi abuelo restauraba coches antiguos.

—¿Por eso conocías este modelo?

—Sí. Encontró y arregló un viejo MG para un vecino.

Estaba claro que Henry y Maguire estaban impresionados con el coche, De hecho, Carolina pensó que las miradas que le dirigían eran más apropiadas para una mujer que para un objeto inanimado. Lo acariciaban, lo observaban embelesados, admiraban sus curvas…

Y ese entusiasmo le dio el margen de tiempo necesario para entrar, ponerse una cazadora y unas botas y volver a salir. Maguire ya se había instalado en el asiento del acompañante.

—Pensaba que a lo mejor me dejabas conducir —dijo él.

—En otra vida. Lo siento, pero ésta es mi fantasía, no la tuya.

—Pero es que yo no conocía este coche hasta
que tú lo mencionaste.

—Ése es tu problema —Carolina ocupó el asiento de cuero y admiró el precioso salpicadero, el volante, el estilizado capó frontal.

—¿Qué ha sido de la austera, generosa y des-
prendida mujer que conocí la semana pasada?

—Tú has acabado con ella, Maguire. Hasta conocerte no tenía ni idea de que gastar dinero pudiera ser tan divertido. Ponte el cinturón de seguridad,
agárrate y reza, hombretón. Veamos qué puede hacer esta belleza.

Carolina no había olvidado lo malhumorado que
Maguire había estado el día anterior. Pero siendo
como era, Carolina sabía que no habría reconocido
jamás que le pasaba algo, ni lo habría compartido
con ella ni con nadie.

Carolina era cada vez más consciente de que
Maguire le había asignado un lugar perfectamente
definido en su vida. En cuanto se encontrara mejor,
tal y como él solía decir, desaparecería y volvería a
su propia vida, a seguir con su trabajo, cualquiera
que éste fuera. Si ella sentía algo por él, tendría que
guardárselo para sí misma.

Había abierto una grieta en su barrera de protección cuando habían hecho el amor, pero Maguire no
había abierto su corazón ni un milímetro. Quizá por
eso derrapó en la primera curva; no porque quisiera
provocarle un ataque al corazón, sino por tomarlo al
asalto. En unos kilómetros, se había hecho a las cua-

tro marchas y tomó una escarpada y sinuosa carretera de montaña.

—¿Oírme gritar «Dios mío», no te hace pensar que preferiría que desaceleraras? —preguntó él por encima del ruido del viento.

—No.

—¿Se puede saber dónde está la tímida y compasiva profesora de niños?

—Ha quedado en el pasado. Ahora soy otra —gritó Carolina a su vez—. Puede que el carácter verdadero de una mujer no se conozca hasta que se ve cómo actúa tras el volante.

Miró de soslayo a Maguire. La empinada carretera no contaba con guardarraíles, y en cada curva había puntos ciegos que impedían ver lo que había delante. Igual que estar enamorada de Maguire, pensó Carolina: tras cada giro se ocultaba un peligro de uno u otro tipo. Y tanto el coche como amar a Maguire le aceleraban el corazón.

—Carolina —Maguire se agarraba a la puerta y al salpicadero con tanta fuerza que tenía los nudillos blancos. Aun así, sonó divertido—. ¿Cabe alguna posibilidad de que devolvamos este coche entero?

Carolina pensó que el coche no era el problema, sino su corazón, que ya estaba herido de muerte. Y si era necesario conducir por carreteras de montaña a una velocidad vertiginosa para conseguir que Maguire riera, no pensaba recuperar la cordura.

Pensaba disfrutar de cada segundo que pasara con él.

Capítulo 9

NO fue fácil convencerla de que aparcara el coche, pero al menos Maguire se dijo que debía sentirse orgulloso de haber logrado lo imposible.

Mientras Carolina gritaba a pleno pulmón, él bajó del coche y besó la tierra para mostrar su agradecimiento por estar vivo. Y porque Carolina no fuera la mujer deprimida y atemorizada que había conocido hacía apenas unos días.

Sus gritos de alegría valían todo el dinero y el tiempo que le había dedicado. Y estaba decidido a disfrutarlos. Eso sí, tras besar la tierra. No estaba seguro de que Carolina ni siquiera le hubiera escuchado mientras le daba direcciones, ni que las hubiera seguido. Los últimos diez minutos del viaje, los había hecho con los ojos cerrados.

—¡Maguire, no exageres! ¡No has pasado tanto miedo!

—Claro que sí —dijo él con toda honestidad, sin decidirse a ponerse en pie.

Maguire no recordaba la última vez que había pasado miedo, pero empezaba a temer a Carolina. La cuestión era que estaba evolucionando tal y como había deseado: estaba más fuerte, más feliz, más segura; y sin embargo... También resultaba más impredecible. Sobre todo con él.

Aun así, sus gritos de felicidad eran muy propios de ella. O al menos de ella cuando se sentía feliz. Por tanto, aunque hubiera algunos problemas que ajustar, Maguire estaba decidido a actuar con cautela. A hacer lo que debía y terminar la curación de Carolina le costara lo que le costara.

—Maguire, ¿cómo lo has conseguido? ¡Dios mío, ni siquiera sabía que hubiera algo así! ¡No era más que una loca fantasía!

Carolina se acercó a él y Maguire supo que iba a echarse en sus brazos llevada por el entusiasmo. Así que se puso rápidamente en pie y sacó una bolsa del coche para que le sirviera de barrera y evitar cualquier contacto físico.

—¿Estás lista para trepar? —preguntó él.

—¿Acaso lo dudas?

Algunas mujeres fantaseaban con joyas o abrigos de piel. Carolina había querido pasar la noche en una cabaña en un árbol. Encontrar joyas habría sido una tarea mucho más sencilla, pero Maguire estaba dispuesto a admitir que en aquella ocasión se había esmerado al máximo.

Aunque había hecho muchas cosas a lo largo de su vida, aquélla era la más divertida. Encontrar un árbol había sido sencillo, pero un árbol con una cabaña para adultos y a una distancia razonable, había supuesto todo un reto. Aun así, lo había conseguido.

Aunque no sabía nada sobre árboles, dedujo que era un pino gigante porque la copa llegaba hasta el cielo. A media altura, un tipo llamado McConnell había construido una plataforma octogonal acristalada alrededor del tronco, a la que se accedía por una escalera de treinta escalones.

En lo alto de la escalera, que Maguire subió tras el trasero de Carolina, se accedía a la cabaña por una trampilla en el suelo de ésta. Al lado había una polea para subir cosas, como las bolsas de viaje y los víveres que Henry había preparado en una caja.

Mientras Carolina exploraba, Maguire subió las cosas y se puso a guardarlas con el entusiasmo de un niño haciendo novillos. La única puerta que había en uno de los lados ocultaba un pequeño cuarto de baño con una ducha, que también estaba acristalada.

El constructor se había esforzado en hacerla ecológica por lo que la energía solar proporcionaba electricidad para las necesidades básicas. Tras la puerta de un armario encontraron una mesa plegable; un almohadón gigante servía de asiento para dos; y sobre una cama pequeña, de la que Maguire y Carolina apartaron la vista automáticamente, había un saco de dormir doble.

Aunque también encontraron un pequeño generador para necesidades añadidas, costaba creer que alguien quisiera ver la televisión u oír música en un entorno tan privilegiado. La vista era espectacular: colinas rocosas y valles, todo tipo de pájaros y animales, la tierra color chocolate, los ácidos verdes; el brillo diamantino de un arroyuelo; el aire terso.

—Te amo, Maguire —dijo Carolina súbitamente.

A Maguire se le paró el corazón una fracción de segundo, pero supo reaccionar.

—Eso dicen todas —bromeó.

—Has debido remover cielo y tierra para encontrar este sitio.

—Me encanta parecer un héroe, pero tengo que reconocer que a mí también me encanta. ¿Tienes hambre? Tenemos comida en abundancia, pero nada especial.

Ninguno de los dos había desayunado, así que Carolina se lanzó a comer con voracidad. Encontró una alfombra pequeña que usó como mantel e instaló junto al ventanal para observar la Naturaleza mientras comían. El almuerzo era sencillo: sándwiches de jamón, lechuga y queso en pan de cereales, tan altos que a Carolina apenas le cabían en la boca. Además había patatas fritas, manzanas, té helado y galletas de almendra.

Allí no había ni langosta, ni chapiteles dorados, ni murallas de castillo. Y Maguire confiaba en que Carolina se sintiera cómoda en un entorno tan natural. Quizá también confiaba en que le sirviera a él. Pero, ¿cómo era posible que no pudiera apartar los ojos de ella a pesar de que iba con unos vaqueros grandes, calcetines gruesos, y que tenía la sudadera manchada de migas? Su cabello parecía haber pasado por un tornado y no dejaba de gritar «mira, mira», cada vez que un pájaro carpintero se posaba en un alféizar o que una ardilla curioseaba en el interior desde una rama.

A cierta distancia, un halcón de cola roja inspeccionaba la tierra a sus pies mientras planeaba.

—Si desciende por una presa me voy a deprimir —dijo ella.

—Déjame ver.

—Ni hablar. Tú has monopolizado los prismáticos desde que hemos llegado. ¡Dios mío, mira, una cierva con dos cervatillos!

Maguire le arrebató los prismáticos y Carolina no pudo menos que reír.

—Siento decírtelo —bromeó—, pero empiezo a preguntarme si ésta era tu fantasía o la mía.

—Está bien, lo admito. Nunca había pensado en una cabaña en un árbol y mucho menos en construir o pasar tiempo en una. ¡Es fantástico!

—Claro, después de todo naciste rodeado de lujo. ¿Cómo no lo has hecho antes siendo tan divertido? Me pediste una lista, pero ¿has hecho tú la tuya? ¿Alguna vez has escrito una lista de lo que verdaderamente quieres hacer?

Una vez más, Carolina rompía el hechizo. Maguire solía olvidar lo irritante que podía ser cuando intentaba adentrarse en rincones donde él nunca se asomaba. Maguire había estado satisfecho con su vida hasta conocer a Carolina. Y lo desviaba constantemente de su objetivo fundamental, que era enseñarle a ser más dura.

—Tenemos que hablar de asuntos serios —dijo él abruptamente—. Debemos tratar conceptos generales, planes y estrategias que puedas poner en práctica. Pero apenas hemos tratado los casos más peliagudos. Por ejemplo, tu hermana.

Carolina miró a Maguire en silencio largamente, con un brillo peculiar en sus ojos, pero pareció decidir seguir la línea de conversación que Maguire había iniciado.

—De hecho tengo una hermana y un hermano —dijo.

—Pero tu hermana es quien más te ha exigido, ¿no? Primero te pidió que pagaras la educación de sus hijos.

—¡Y me encantó hacerlo!

—Me parece lógico. Pero la cuestión no es lo que ella quiere, sino lo que tú estás dispuesta a hacer por tu hermana y su familia.

Carolina se entretuvo recogiendo los restos de la comida, doblando papeles y servilletas y metiéndolos en la caja.

—Me gustaría que tuviera estabilidad económica para que nunca sufra una situación traumática. Nunca me lo ha dicho, pero sé que su matrimonio es un fracaso. Creo que mi cuñado la engaña. He pensado abrir un fondo de fideicomiso para ella y sus hijos en lugar de darle el dinero directamente, para que siempre tenga una salida. Hablaré con ella y se lo explicaré. Le diré que cuenta con ese dinero, pero que no puede gastarlo en caprichos.

—No le va a hacer ninguna gracia.

—Supongo que no. Pensará que actúo de forma

paternalista o algo por el estilo —dijo Carolina, dando un suspiro—. Pero me has preguntado qué quiero hacer por mi hermana, y eso es lo que voy a hacer.

—¡Vaya!

—Vaya, ¿qué?

—Estás volviéndote muy avispada, Carolina.

—Claro. He tenido un profesor excepcional. ¡Caramba, Maguire! ¡Mira, otro halcón! ¡No, es un águila!

De la nada, los sobresaltó un ruido del mundo civilizado: el móvil de Maguire.

Éste se quedó paralizado por si el sonido volvía a despertar en ella un ataque de pánico.

Pero no pasó nada. Carolina lo oyó, miró a Maguire, y le vio relajar los hombros. No era más que un teléfono, no una amenaza. Dudaba de que las llamadas de teléfono volvieran a ser una amenaza para ella.

—Tengo que contestar… —se disculpó Maguire.

Pero Carolina sacudió la cabeza.

—Claro. No pasa nada —dijo. Y tomando los prismáticos fue hacia la ventana al tiempo que él sacaba el teléfono del bolsillo.

Era su hermano Jay. Se trataba de una llamada que esperaba desde la visita de Shannon. Maguire había decidido solucionar el problema económico y al mismo tiempo liberar a Shannon de su papel de intermediaria.

Una vez Jay descubriera que ya no iba a tratar con una mujer vulnerable, estaba seguro de que lo

llamaría. Jay habló con su voz de penitente, desha-
ciéndose en excusas.

—Sólo se ha debido a una mala racha —empezó
de inmediato—. Una falta de liquidez temporal.

—¿Sabes cuántas veces me has contado lo mismo? —dijo Maguire, bajando la voz para que Carolina no lo oyera.

—Esta vez es distinto —insistió su hermano.

—¿En qué sentido?

—He encontrado una clínica de desintoxicación.

—Eso tampoco es una novedad, Jay. Ya lo has
dicho antes y jamás lo cumples.

—Esta vez sí. Si no hago algo voy a acabar sin
nada y sin nadie. Es la primera vez que soy plenamente consciente de ello.

—Te he oído pronunciar esas mismas palabras
con anterioridad. Lo que no comprendo es que seas
capaz de robarle a tu propio hermano. Ni vas a ver a
Tommy ni te importa cómo se encuentre, y sin embargo has estado presionando a Shannon para que te
dé dinero cuando tienes todo el que…

—Sólo ha sido por un problema de liquidez, lo
juro. No volverá a pasar.

Maguire dejó de hablar, cerró los ojos y se esforzó en escuchar. La conversación duró algunos minutos más, luego Maguire apagó el teléfono y se
quedó mirando al exterior con expresión distraída.

Detrás de él oyó abrirse la puerta del cuarto de
baño y luego el sonido de agua corriendo. Luego se
volvió a hacer el silencio. Había estado hablando en
voz baja y Carolina, al darse cuenta de que se trataba de una conversación privada, se había ausentado.

Con suerte, no habría oído nada; o si lo había hecho, no habría conseguido comprender de qué se trataba con precisión. En cualquiera de los dos casos, necesitaba unos segundos para relajarse y olvidarla.

Pero no había pasado ni una fracción de segundo cuando sintió una mano presionarle el hombro.

Maguire no quería ni la compasión ni la empatía de Carolina, y mucho menos cuando se sentía tan abatido.

Se coló entre él y la ventana y, apoyándose en ésta, le bloqueó la vista.

—¿Es eso lo que te ha estado preocupando los últimos días? —preguntó con dulzura.

—Todo lo relativo a mi hermano mayor me ha hecho sentir mal desde que tengo uso de razón. Es tan derrochador como mi padre. Nunca tiene suficiente dinero y siempre cree poder justificar su comportamiento.

Maguire se esforzó por sonar animado, como si el tema fuera en parte meramente anecdótico, pero en lugar de conseguirlo, se oyó a sí mismo crispado y tenso.

—Dejémoslo, Carolina. No es tu problema y tampoco tiene mayor importancia. No es más que un asunto un poco desagradable.

Carolina asintió como si tuviera la cortesía y la amabilidad de dejar un tema sobre el que Maguire obviamente no quería hablar. Pero al instante insistió con su característica dulzura, a la vez que lo miraba fijamente.

—¿Sabes, Maguire? Tú me has enseñado a poner límites a la gente que me rodea. Límites a lo que uno está dispuesto a hacer, a lo que está dispuesto a dar, a hasta qué punto se puede sufrir por los demás. Así que…

—¿Qué?

—Supongo que has marcado esos límites muy claramente a tu hermano.

Realmente podía ser irritante.

—Pues claro que sí. La línea que le he trazado a Jay es que no pienso volver a rescatarlo. Puede que sea mi hermano, pero debe aprender a aceptar las consecuencias de su comportamiento; y si sigo ayudándole, no va a lograrlo.

Carolina asintió sin apartar sus ojos, llenos de ternura, de los de él a pesar de la aspereza con la que Maguire había hablado. Cada palabra había sido como una pedrada.

—Se ve que has sido muy severo. Estoy segura de que tu hermano ha comprendido que no va a poder seguir exigiéndote que lo ayudes. Exactamente lo que me has enseñado a hacer a mí con aquéllos que quieren utilizarme. Lo único es que… me ha dado la impresión de que a lo largo de la conversación, cedías.

—¡Exactamente! —Maguire no atravesó el cristal con el puño por razones obvias, pero le hubiera encantado hacerlo—. Sé que no debo ceder. Jay siempre juega la misma carta porque sabe que es con la que me gana. ¡Maldita sea! Quiero que cambie, quiero que tenga una vida normal, quiero que se relacione con Tommy y que se preocupe por alguien más que por sí mismo.

—Así que todas las veces te promete que hará todo eso y…

—Siempre que me hace esa promesa, le dejo convencerme como si fuera el mayor de los idiotas.

Carolina ladeó la cabeza, lo que le daba un aspecto de infantil inocencia que al instante contradecía con un agudo comentario.

—¿Sabes qué? —dijo pausadamente—. Puede que ocasionalmente no sea tan mala idea ser un poco más flexible con los límites que uno se impone y dejar que de vez en cuando se difuminen.

—Te equivocas. Es muy mala idea.

—Podría ser que esta vez tu hermano hablara en serio y esté dispuesto a cumplir sus promesas.

—Me lo creeré cuando el infierno se congele.

Por su tono de voz, cualquier otra persona habría dejado el tema. Pero Carolina parecía dispuesta a mostrar la capota roja al toro.

—Maguire, te sientes responsable de tanta gente… Estás tan obsesionado con actuar correctamente, que pareces olvidar que con la familia las cosas no son nunca tan sencillas. Puede que la próxima vez seas capaz de negarte, pero si no lo eres, no seas tan duro contigo mismo.

—¿Qué sucede, la alumna se ha transformado en maestra?

—No, tontaina —dijo ella con paciencia—. Lo que pasa es que estoy intentando abrir una brecha en tu cerebro para que dejes entrar a alguien.

—¿Como tú, por ejemplo?

—Exactamente. Ven aquí, Maguire. Estás sufriendo. ¿Por qué te parece tan grave que alguien te consuele?

Le había llamado tontaina. Nadie lo llamaba eso. Nadie que lo conociera pensaba que fuera un hombre que necesitara ser consolado. Era una idea completamente absurda.

En ningún momento se le pasó por cabeza tocarla; ni besarla, por supuesto. Le ofendía que Carolina pensara que alguien como él necesitaba ayuda. ¿Cómo iba alguien tan duro y experimentado como él a necesitar el apoyo de la persona más blanda del universo?

Un hombre de verdad, un buen hombre, jamás haría algo así, nunca utilizaría a una persona vulnerable. Y Carolina era más suave que la plata, que el nácar, que el maullido de un gatito.

No la aplastó contra la ventana porque nunca habría sido agresivo con una mujer. Como tampoco aplastó su boca con sus labios. Igual que no se destrozaba una rosa, no se trataba con brusquedad a una dama.

Sólo perdió el control por una décima de segundo.

Y entonces fue Carolina quien provocó en su mente la misma confusión que llevaba causándola desde que la conocía.

Le devolvió el beso con igual ansiedad y decisión. Apretó las manos en alto contra el cristal, invitándolo a mantenerla allí, a que apretara su pecho de hierro contra sus redondos y pequeños senos, para que presionara su pelvis contra la de ella como si fuera un hombre de las cavernas.

A Maguire le gustaba la delicadeza, pero se sentía como si la hubiera perdido. Y mientras la buscaba, preguntándose qué podía haberle pasado, cómo disculparse, cómo rectificar... Carolina metió la lengua entre sus labios, basculó la caderas para anidarlas contra las de él, empezó a gemir con dulzura, provocadora, insinuante, animándolo... Hasta que hizo un movimiento que hizo perder el equilibrio a Maguire, y de pronto, éste se encontró de espaldas al ventanal, apretado contra él por Carolina, a treinta metros de altura del suelo y quinientos de acuerdo al fuego que vislumbró en sus ojos.

Entonces Carolina metió la mano entre sus cuerpos para desabrocharle el pantalón y bajarle la cremallera. Y Maguire sintió que añadía gasolina a las llamas.

—Espera —dijo.

Pero Carolina no le hizo caso. Y tampoco él se escuchó. La verdad era... La verdad era que ni siquiera sabía cuál era la verdad. El sabor, el aroma de Carolina le hacían perder el sentido. La camiseta de Carolina desapareció seguida de sus pantalones.

¿Qué pasaba con los juegos preliminares? Aquella mujer lo hacía todo de manera desconcertante. Uno no empezaba por bajar la cremallera de los pantalones, sino con tiernas caricias. Cualquier hombre lo sabía. Pero para cuando hizo esa reflexión, Maguire sólo era consciente de los grandes ventanales, de la habitación barrida por la luz y de sus cuerpos desnudos.

No recordaba haber sentido antes que al tiempo que desnudaba su cuerpo desnudaba su alma. Y se preguntó si se debía a que tampoco nadie le había hecho sentir antes tan vulnerable como Carolina.

La tomó en brazos mientras la besaba. Ella cerró los ojos y enlazó las piernas a su cintura. Maguire se golpeó la espinilla con una pata y con el pie contra alguna otra cosa. Finalmente, localizó el gigantesco almohadón que, aunque sería un colchón patético, al menos ofrecía algunas posibilidades.

La sentó a horcajadas sobre él y empezó a lamerla lentamente, empezando por una miga de galleta que tenía sobre el seno derecho. Carolina se sacudió a carcajadas cuando continuó con sus piernas, con los dedos de sus pies, con la parte de atrás de sus rodillas... La acarició con delicadeza y con brusquedad, con timidez y determinación. Le hizo el amor con los ojos. Probó todo lo que pudiera darle placer para descubrir sus gustos y saber qué la excitaba, qué la emocionaba, qué la sorprendía.

Maguire adoraba su piel, sus labios, su cabello, la fina cicatriz de su hombro derecho, sus rodillas huesudas, su cuerpo delgado y terso, su aroma.

Por unos minutos estuvo tan concentrado en ella que apenas se dio cuenta de que estaba perdiendo el control. Carolina lo imitaba, explorando cada milímetro de su cuerpo con la mirada ida, concentrada, absorbiendo cada detalle. Primero delicada, luego brutal. Temblaba de excitación y de...algo más. Y cuando sus miradas se encontraron, Maguire sintió que el tiempo se detenía.

De un solo movimiento la colocó bajo su cuerpo.

—Espera un segundo, Ce —susurró.

—Toma aire, Maguire, porque una vez empiece no pienso ser nada delicada —susurró ella a su vez.

¿Cómo podían estallar en carcajadas en medio de aquella anhelante y febril tensión? El deseo había acelerado el corazón de Maguire, el pulso le palpitaba en las sienes, le había subido la temperatura del cuerpo; pero penetró a Carolina con suavidad, como mantequilla, en una unión compacta que hizo gritar a Carolina para que se adentrara más en ella.

Entonces se entregaron a una galopada de pura sensación, salvaje y liberadora, bajo una luz que hacía resplandecer el delgado cuerpo de Carolina convirtiéndola en una columna de fuego que iluminaba resquicios del interior de Maguire que éste desconocía tener.

El cuerpo de Carolina se arqueó súbitamente, sacudido por cascadas de placer, y su luz, la luz que Maguire percibía, lo arrastró también a él.

Más tarde, ella se quedó dormida sobre su pecho. Maguire la cubrió con una chaqueta, pero permaneció despierto, incapaz de conciliar el sueño. Ni siquiera podía describir exactamente qué había pasado, porque no lo había experimentado con anterioridad.

Estaba enamorado de Carolina

Que se lo hubiera prohibido o no, daba lo mismo. Que estuviera mal, también. No había otro modo de llamarlo. A su avanzada edad de treinta y cinco años era una locura enamorarse por primera vez, y más cuando su pasado le había obligado a cerrar la puerta al amor.

Llevaba toda la vida resolviendo crisis, pero nunca se había enfrentado a una tan aterradora.

Capítulo 10

¡D IOS mío, Dios mío! Carolina creyó haber soñado que pasaba la noche en una cabaña en un árbol. Pero la realidad era infinitamente más maravillosa que cualquier sueño. Justo tras la ventana, había un búho posado sobre una rama. Un gran búho blanco que parecía exhibirse para que Maguire y ella pudieran observarlo.

—¿No es impresionante?

—Comparado contigo, no. Comparado con otras criaturas, es posible que sí —dijo Maguire.

Carolina se giró en sus brazos. La luna se filtraba en el interior, iluminando con más fuerza que la luz eléctrica. Carolina estaba acurrucada en los brazos de Maguire, con uno de sus brazos como almohada y el otro, abrazado a su cintura; los dos estaban desnudos bajo una pila de mantas y de sacos de dormir.

—¿Acabas de decir que soy impresionante, Maguire?

—Qué va.

—Pues eso es lo que me ha parecido.

—Habrás oído mal. O me habré equivocado de puro cansancio.

—Si estamos cansados es porque tú sí que has estado impresionante.

Por algún motivo el comentario no fue bien recibido. Maguire se tensó al instante y se encerró en sí mismo. Por un tiempo se había mostrado relajado y cómodo, y el Maguire más íntimo había emergido. Un Maguire que bromeaba, que aceptaba que le tomaran el pelo y lo tomaba a su vez, que disfrutaba de la noche de terciopelo con tanto placer como ella. Por unas horas parecía haber olvidado que era un macho alfa, pero súbitamente, había vuelto a enmudecer.

Y Carolina empezaba a pensar que también ella había usado el silencio como una forma de protegerse. Aunque Maguire no sufriera un caso de sordera histérica, había encontrado, como ella, una forma de aislarse de cualquier cosa que percibiera como una amenaza.

—Amor mío —musitó, logrando captar su atención al usar el afectuoso apelativo—, la cabaña no podía ser más maravillosa. Me alegro de que la encontraras.

—Yo también. Sigo sin entender cómo no pensé en ello antes.

—Es el escondite perfecto, un lugar en el que no hay obligaciones y en el que olvidarse de la civilización —sin transición, Carolina tocó el tema que ocupaba su mente y su corazón—. Maguire, si te sientes culpable por algo relacionado conmigo, olvídalo.

Maguire giró la cabeza hacia ella. Bajo la luz de la luna sus ojos parecían enormes y oscuros.

—¿Quieres una copa de vino?

—No. Quiero que sepas que estoy encantada con lo que ha pasado.

—Me alegro —dijo él, cortante.

Carolina había metido los dedos en un enchufe más de una vez y había sobrevivido, así que estaba dispuesta a volver a arriesgarse. Por Maguire.

—Tengo todo el derecho a amarte y a reconocer que me excitas enormemente, que nunca había sentido un deseo igual al que despiertas en mí. Y tengo edad suficiente como para tirar la cautela por la ventana y hacer algo temerario.

Al ver que Maguire seguía encerrado en sí mismo y no respondía, Carolina soltó a bocajarro:

—Y no puedes negar que yo también te importo a ti.

—Desde luego que sí.

—Pero no como un hermano mayor, ni como una responsabilidad, sino como amante.

—¿Es necesario que mantengamos esta conversación?

—Sí —dijo ella, asintiendo enfáticamente con la cabeza al tiempo que se incorporaba sobre el codo.

Maguire resopló.

—Escucha, esto no debería haber sucedido. Estás muy vulnerable. Yo entré en tu vida para rectificar un problema. Hacer el amor contigo es aprovecharme de ti.

—Por si no lo has notado, yo he participado por voluntad propia las dos veces. ¿O es que has tenido que venderme entradas?

—Hace dos semanas estabas destrozada.

—Así es, pero eso era entonces y ahora es ahora. Yo quería que sucediera esto y tú también. Estamos aprendiendo a confiar el uno en el otro, nos respetamos y está claro que hay una gran química entre nosotros. ¿Dónde está el mal si ninguno de los dos tiene por qué salir malparado?

—Yo podría hacerte daño.

—Quizá, ¿pero no es ése tu objetivo: endurecerme? ¿No querías que luchara por aquello que deseo, que decidiera qué me convenía y cómo conseguirlo?

—Carolina, no estás enamorada de mí. Esto es algo pasajero. Un paréntesis de dos semanas; no son unas vacaciones emocionales, sino una terapia antiestrés. Nada de lo que quieres o deseas está mal. Pero no quiero que te hagas ilusiones o que tengas temores a largo plazo que te distraigan de tu camino. Quiero que vuelvas a tu vida sintiéndote fuerte y segura.

Carolina se inclinó sobre él, le pasó un dedo por el labio inferior y vio cómo sus ojos se encendían.

—Está bien, pero lo que he intentado explicarte, Maguire, es que eres lo que necesito. Y no me refiero a las clases y a los caprichos, sino a ti específicamente. A que necesito que me hagas el amor. Y no hay nada malo ni equivocado en ello porque ya soy más fuerte de lo que era.

—Me alegro mucho, señorita Pedernal. Pero no tiene ningún sentido.

—Porque no eres una mujer. Para mí es totalmente lógico.

Tocó el brazo de Maguire, pero no como una invitación ni por algo relacionado con la conversación, sino para que mirara al exterior. El búho blanco había atisbado una presa en la oscuridad.

Un segundo estaba posado en una alta rama, silencioso, y al siguiente descendía vertiginosamente… también silencioso, espectacular.

—Me parece que esta noche un ratón va a pasarlo muy mal —musitó Maguire.

—Pero el búho también tiene que comer. Lleva horas sentado en el frío —Carolina pensó que como Maguire, que asumía que tenía que permanecer en una fría soledad—. Bueno...

—Bueno, ¿qué?

—Que ya sé que estás harto de hablar y que odias este tipo de conversaciones. Pero antes de darla por terminada y dejarte libre, quiero decir una cosa.

—No. Nunca pasa nada bueno cuando una mujer dice que sólo quiere añadir una cosa.

Carolina sonrió, pero al instante se puso seria y con extrema dulzura, dijo:

—Tú me has hecho replantearme mi vida; has logrado que me plantee lo que ansío o deseo, y que me dé cuenta de que casi nada está relacionado con el dinero, sino con la capacidad de disfrutar, de vivir nuevas experiencias y de desear una mayor riqueza, no económica, sino en lo que vivo y en mis relaciones personales.

—Ahí es donde precisamente quería que llegaras, a que te des cuenta de que los demás no pueden dictar lo que hagas, sino que tú misma definas lo que quieres y necesitas.

—Y lo he comprendido perfectamente. Has sido un magnífico profesor.

—Me alegro.

—Pero, ¿y tú? —susurró Carolina—. ¿Cómo es posible que estés solo? ¿Nunca has querido casarte y tener hijos? ¿Qué haces en tu tiempo libre para ser feliz?

Maguire le dirigió una mirada de impaciencia aunque al mismo tiempo le acarició el hombro.

—Cuando tienes diez años piensas en lo que te hará feliz, pero como adulto dejas de saber lo que esa palabra significa.

—De acuerdo, usemos otra. Por tu personalidad, al finalizar el día necesitas sentir que has hecho algo productivo.

Maguire la miró.

—Así es. Si no he logrado algo concreto, siento que he perdido el tiempo.

Carolina asintió.

—Te comportas de acuerdo a las expectativas que tienes de ti mismo, que son muy exigentes. Quieres vivir según tus creencias, independientemente de lo que los demás digan o piensen.

Maguire puso los ojos en blanco como si eso fuera una obviedad aplicable a cualquier persona.

—¿Adónde quieres ir a parar?

—Es muy sencillo. ¿Has hecho alguna vez lo que me has pedido que haga yo? Haz una lista de lo que quieres hacer o ver y proponte cumplirla. Pon nombre a tus deseos y apúntalos en tu diario de vida.

—Tengo lo que necesito —dijo él con impaciencia.

Carolina pensó con tristeza que ella no entraba en ninguna de sus listas y se dijo que era lógico. Después de todo, apenas se conocían y lo habían hecho en unas circunstancias extraordinarias. Su pasado, sus familias, su educación eran completamente distintas. En realidad, lo único que tenían en común era a Tommy. Y el hecho de que ella se hubiera enamorado perdidamente de él.

—Está bien, no hay más que hablar —dijo—. Tienes todo lo que necesitas, pero…

—¿Vamos a seguir hablando?

—No —susurró Carolina—. Sólo iba a enseñarte un pequeño detalle que puede que todavía necesites esta noche.

—No eso no. Lo que quieras menos eso.

—Cállate y acepta como un hombre ser seducido, Maguire —dijo enfurruñada, antes de añadir con dulzura—: Aunque acepto sugerencias. Creo fervientemente en la capacidad de mejorar.

—¿De verdad?

Su hombre estaba sediento y hambriento, pero no necesitaba ni agua ni comida, sino alimento del corazón, y ella iba a darle otra ración, algo que le permitiera conservarlo un poco más.

Porque después, se marcharía. Lo sabía ella.
También él.

Y no había nada que pudiera hacer al respecto.

El día pasó a la velocidad de la luz. Maguire no
se molestó en decir que se había acabado y que era
hora de volver a la vida real, pero Carolina le leyó
el pensamiento.

Ordenaron la cabaña, devolvieron el MG, y volvieron a la casa de la montaña, donde Carolina recogió sus cosas y vació el frigorífico.

Maguire mantuvo numerosas conversaciones te-
lefónicas y organizó que alguien fuera a limpiar la
casa durante su ausencia.

En cierto momento, explicó el plan. Al día siguiente, a las diez, Henry la llevaría en avión a South Bend
y se quedaría con ella hasta asegurarse de que se insta-
laba cómodamente. Maguire atendería unos asuntos
en Denver y luego volvería a donde quiera que viviera,
a hacer lo que fuera que hacía.

Carolina decidió que sólo podía manejar la situación de una manera, y unos minutos antes de las
diez del día siguiente bajó las escaleras con sus zapatos rojos, vaqueros, unas gafas de sol nuevas y el
cabello alborotado.

Quería que Maguire la viera exactamente como
era, que no tenía nada ni de princesa ni de sofisticada
y educada esposa de hombre rico. Ella no era más
que una profesora de origen humilde, que iba a ado-
rar sus zapatos rojos hasta el día de su muerte, a la
que le encantaba dormir con búhos, comer langosta

con los dedos, y que tendría que pasar el resto de su vida intentando mejorar aspectos de su carácter aunque a veces pareciera una misión imposible.

—Será mejor que nos digamos adiós. Beso —exigió a Henry, que estaba en la puerta con su equipaje.

Él obedeció y la besó en la mejilla. Luego Carolina fue hacia Maguire forzando una amplia sonrisa.

—Beso —ordenó, ofreciéndole la mejilla.

Maguire la sujetó por los hombros con más presión de la necesaria. Sus ojos se oscurecieron.

—Escucha…

—No, te he escuchado hasta agotarme. Me has enseñado todo lo que querías enseñarme, pero ahora soy yo quien va darte un consejo. No secuestres a ninguna otra mujer, ¿vale?

Maguire sonrió, pero en seguida su rostro se ensombreció y sin dejar de sujetarla, dijo:

—Estoy seguro de que de pequeña leíste un libro llamado *El árbol generoso*.

Carolina parpadeó sorprendida.

—Sí, claro, como todo el mundo. Me encantaba.

—Por eso mismo tienes que tener cuidado, Carolina. Por naturaleza eres como ese árbol generoso, pero la generosidad puede resultar agotadora. Pon límites. Hazte dura.

—Sí, señor. ¿Darás a Tommy un fuerte abrazo de mi parte?

—Sí.

—¿Me dejarás verlo ocasionalmente?

—Por supuesto que sí.

—¿Y dónde está mi beso de despedida, Maguire?

Carolina intentaba sonar divertida y pícara, pero Maguire no la besó, y para ella fue como que le clavara un cuchillo. Maguire podía desearla y pasar un rato con ella, incluso amarla hasta cierto punto. Pero no como ella quería. No era más que un proyecto, una responsabilidad, un problema que había decidido resolver.

—Está bien, está bien. Ya veo que no me toca un beso. Pero has de saber que no voy a olvidarme de ti.

Entró en el avión antes de echarse a llorar. Henry y el copiloto, que ya estaban en la cabina, no la vieron. Carolina encontró una manta y unas almohadas preparadas para que pudiera dormir, además de un almuerzo de langostinos y langosta.

Pero lo que ella necesitaba era un pañuelo de papel.

El viaje duró unas cuatro horas, y para cuando el avión aterrizó, había recogido los platos, doblado la manta y dejado todo como si nunca hubiera pasado por allí.

Henry salió de la cabina y la observó.

—¿Está bien? —preguntó educadamente.

—Perfectamente.

—El señor Cochran ha enviado un coche a pie de escalerilla para que la lleve a su casa.

—Lo imaginaba —dijo ella, indiferente

Henry la condujo hasta su viejo apartamento.

Durante el recorrido, Carolina experimentó la sensación de haber aterrizado en Marte. Todos los lugares familiares le resultaron ajenos y ninguno de ellos le hizo sentir que volvía a casa. En su apartamento, esa sensación se intensificó aún más, pero Henry mantuvo un tono animado, como si quisiera contagiarla de su forzado entusiasmo.

—Hemos revisado su coche. Tiene ruedas nuevas, hemos cambiado el aceite y llenado el depósito, porque no estábamos seguros de en qué estado lo había dejado.

—Gracias, Henry.

—En realidad lo hizo el señor Cochran. Yo no habría pensado en esos detalles. También hemos vuelto a activar su correo y a conectar el teléfono. En una carpeta tengo los nombres de las personas con las que nos pusimos en contacto para hacerles saber que estaba bien y cómo podían hacerle llegar un mensaje. Comprenderá que de haber habido algún asunto urgente, se lo habríamos dicho.

—Por supuesto.

—Como alguna enfermedad en su familia o algo por el estilo. El señor Cochran sólo pretendía aislarla del estrés y del acoso de la gente.

—Lo sé.

—Me he tomado la libertad de rellenar su frigorífico con algunos productos básicos: leche, huevos, pan. Poca cosa, pero al menos le evitará tener que hacer una compra de emergencia.

Henry sacó las maletas del maletero, y a Carolina le pareció irónico haber salido de allí sin nada y volver con tantas cosas.

—Le daré su llave y una lista con algunos teléfonos: el del señor Cochran, el mío, el de las personas que le recomendó que contactara. Así que si necesita algo, cualquier cosa…

—Henry, Maguire me ha curado completamente. Te prometo que no voy a necesitar a nadie.

Finalmente Henry dejó las maletas y esperó a la puerta como si no supiera qué hacer.

—Como no te marches enseguida voy a abrazarte y a darte las gracias por todo lo que has hecho por mí.

La amenaza le hizo reaccionar. Dando un paso hacia atrás con expresión alarmada, dijo:

—Creo que usted es lo mejor que le ha pasado al señor Cochran, Carolina —y luego se fue precipitadamente, como si lo persiguiera la policía, un inspector de hacienda o una mujer decidida a abrazarlo.

Por primera vez en muchos días, Carolina se quedó sola. Recorrió las habitaciones de su piso como si fuera un gato buscando un lugar en el que instalarse. Estaba limpia como una patena. El fregadero brillaba, las toallas colgaban perfectamente simétricas en el cuarto de baño, el libro que había estado leyendo antes de irse seguía sobre su mesilla, pero limpio de polvo, y el quinqué dorado que servía de lámpara de noche, que había heredado de su abuela, refulgía.

Ella había decorado la casa sin recurrir a ayuda profesional. Cada pieza, cada color, lo había elegido a su gusto. En cuanto había recibido la herencia, sus conocidos la habían animado a mudarse a un sitio mejor.

Entonces ni siquiera se lo había planteado, pero ya no estaba tan segura. Pero la razón de que de pronto su apartamento le resultara ajeno no tenía nada que ver ni con los muebles ni con el estilo. Era un reflejo de la ausencia de Maguire.

Se dijo que tendría que acostumbrarse. Era una locura pensar que él representaba su hogar, el lugar donde guardaba su corazón. Una locura y una estupidez.

Un sonido se abrió camino entre sus pensamientos. Era el teléfono. Su teléfono fijo.

Dos semanas atrás, había colapsado ante aquel sonido. En aquel momento tomó aire y fue a contestarlo. Se había marchado dejando su vida en suspenso, pero ya no volvería a acobardarse ni a huir de nada.

Maguire mantenía una videoconferencia cuando Henry, que había estado fuera tres días, lo saludó.

Maguire había dedicado ese tiempo a trabajar hasta el agotamiento. La conferencia se desarrollaba entre una austriaca, un japonés y un inglés, y no había resultado sencillo encontrar una hora que les fuera bien a todos. El proyecto que tenían entre manos estaba en sus inicios, pero ya habían invertido varios millones. Había llegado la hora de decidir quiénes eran los mejores y con quién valía la pena trabajar. La mujer de Austria era claramente excepcional, pero no resultaba fácil negociar con ella. Todos querían formar parte del proyecto, pero cada uno tenía ideas muy concretas, y no siempre coincidían, de cómo llevarlo a cabo.

Henry se asomó a la puerta, vio lo que estaba sucediendo, saludó y se fue a la cocina... a atracar el frigorífico, tal y como Maguire asumió.

Éste dijo que no podía acortar la conferencia, que era un asunto muy importante, que había sido difícil reunirlos a todos. Pero la curiosidad pudo más y tras llegar a un acuerdo de mínimos, se despidió. Las dos de la madrugada no era una buena hora para hacer negocios. Fue al salón precipitadamente, confiando en que Henry no se hubiera dormido.

Lo encontró en la cocina con un aspecto inmaculado, como siempre. Veía la televisión y tenía en una mano un sándwich y en la otra una cerveza.

—Mientras has estado fuera esto ha sido una jaula de grillos —dijo Maguire. Y le hizo un resumen.

Habían surgido problemas en Atlanta y Chicago, donde además había aprovechado para ver a Jay, y se había comprometido a dar una conferencia en Washington D.C el miércoles por la noche. Como era lógico, las dos semanas que le había dedicado a Carolina le habían hecho retrasarse.

—Necesito que estés en casa.

—¿Qué casa, señor?

—Por un tiempo me voy a instalar en Chicago. Necesito que llames y que organices que la preparen.

—Sí, señor.

—También quiero que contactes con Billingham de mi parte. Espera que lo llame, pero no tengo tiempo. La carpeta está en el escritorio.

—Sí, señor.

—Si le queda alguna pregunta, que te la comente.

—Sí, señor.

—¿Tenemos un nuevo sistema de seguridad para el Elkon? —Maguire rebuscó en el frigorífico hasta que encontró una caja de zumo de naranja.

—No. Usted dijo que esperaríamos hasta el mes que viene.

—Pues ahora quiero adelantarlo. Llevo días pensando en ello. Corremos un riesgo excesivo si no elevamos el nivel de seguridad lo antes posible.

—Sí, señor.

—Y ahora, respecto a Carolina: quiero que la dejes tranquila el fin de semana, pero que el lunes compruebes cómo está.

—No, señor.

Maguire cerró el frigorífico y se volvió a mirar a Henry.

—¿He oído bien?

—Sí, señor. No pienso espiar a Carolina.

Maguire frunció el ceño. Un dolor de cabeza llevaba tres días presionándole las sienes, pero eso no era ninguna novedad. Estaba acostumbrado a una vida de trabajo agotadora, y a ser disciplinado y aguantar lo que fuera cuando ya no le quedaban fuerzas.

Sin embargo, era la primera vez en su vida que el corazón le dolía como si alguien lo tuviera apretado en un puño.

—Henry, no te he pedido que la espíes. Sólo que compruebes cómo está.

—No —se limitó a decir Henry de nuevo, sin la menor alteración en su voz.

—Te recuerdo que trabajas para mí. Yo doy las

instrucciones y tú las cumples incluso mejor que yo mismo. Ése es tu trabajo y lo llevas a cabo con maestría.

—Sí, señor. Aunque usted puede superar a cualquiera trabajando.

—Precisamente porque estoy muy ocupado, te necesito. Además, no te he pedido que hagas nada, sólo que te asegures de que Carolina esté bien.

Henry se puso en pie, se sacudió unas migas del pantalón y metió el plato del sándwich en el friegaplatos.

—Comprendo su preocupación, señor Cochran. Carolina no pertenece a la nueva generación de jóvenes que sólo piensan en sí mismos, y mucho me temo que, por más que sepa cuidar de sí misma, volverá a caer en los hábitos del pasado.

Maguire contestó como si también él lo temiera.

—Dando a todo el mundo, dejando que abusen de ella. Las llamadas se habrán reanudado ahora que su familia y amigos sabrán que está de vuelta. Creo que está más fuerte y que tiene una idea clara de lo que quiere y de cómo lograrlo. Pero necesito asegurarme.

—Llámela, señor.

—¿Perdón?

En lugar de contestar, Henry pretendió no oír y fue hacia las escaleras como si fuera a retirarse.

—No consigo olvidar cómo era cuando la trajo inicialmente. No oía, cualquier cosa la sobresaltaba. No estoy tan seguro de que sea posible cambiar a alguien en tan poco tiempo.

—Por eso mismo quiero que te ocupes de ella.

—Y lo haría, señor, porque no deseo que me despida. Me encanta mi trabajo y me cuesta creer que pudiera encontrar uno mejor. Pero Carolina no es asunto mío, sino de usted. Si me lo permite, cuando he entrado apenas lo he reconocido. Es evidente que ni ha dormido ni se ha duchado prácticamente desde que me marché. Tiene un aspecto deplorable, y eso siendo amable. Sé que no le gusta que le den consejos...

—Entonces es mejor que cierres la boca, Henry.

—Pero en mi opinión, no sólo debería llamarla, sino ir a verla. No sé qué les pasa a los hombres de South Bend, pero deben estar ciegos o ser idiotas. Sin embargo, un día de éstos alguno se va a fijar en ella y va a darse cuenta de que es una mujer excepcional.

Maguire entornó los ojos.

—¿Crees que no lo sé? Pero no olvides que la secuestré, que no me pidió que entrara a formar parte de su vida.

—¿Quiere decir que si necesitara su ayuda ahora, no se la prestaría?

—No digas tonterías. Estaría a su lado en cuestión de segundos.

—Entonces, llámela para saber cómo se encuentra —concluyó Henry alzando la voz antes de dar media vuelta y empezar a subir las escaleras—. Buenas noches, señor.

En lugar de contestar, Maguire se quedó mirándolo. Henry jamás le había hablado en ese tono. Ni siquiera le había oído elevar la voz en un partido de fútbol. Podría despedirlo, pero no se sentía capaz de hacerlo por una única falta de respeto. Nunca había cometido ningún fallo, su dedicación era total y su lealtad suficientemente probada.

Lo que le hacía pensar que también había desarrollado un sentimiento de lealtad hacia Carolina.

Maguire se dijo malhumorado que el problema era que no comprendía las circunstancias. Todo estaba condicionado por el hecho de que hubiera secuestrado a Carolina. No porque no tuviera buenos motivos para hacerlo, sino porque había usado la fuerza para obligarla a estar con él.

Sería tan sencillo llamarla…, ir a verla…, decirle que estaba locamente enamorado de ella, que nada iba bien desde que se había marchado. Porque eso era lo que verdaderamente sentía.

Pero también era verdad que no podía ni ética ni moralmente forzar a Carolina a estar con él. Provocar una situación que la devolviera a su lado sería la demostración de que era un controlador enfermizo, no de que la amaba; de que era un manipulador, no un hombre perdidamente enamorado.

¿Cómo iba a saber Carolina qué sentía por él si nunca había sido libre de tomar sus propias decisiones?

Maguire estaba atado de pies y manos… y no poder actuar iba a acabar con él.

Capítulo 11

CAROLINA aparcó delante de la vieja casa de ladrillo rojo con el corazón encogido. Acompañando a su estado de ánimo, hacía un día desapacible, el viento rugía, arremolinando las hojas de los árboles, golpeando las mejillas de Carolina y colándose por debajo de su abrigo.

Se recodó que amaba a sus padres, y que su aprensión sólo era parcial, que por otra parte estaba deseando verlos.

Sacó del asiento trasero una bolsa, varios paquetes y una botella de vino y haciendo equilibrios con ellos, fue hacia la puerta mientras llamaba:

—¡Mamá! ¡Papá!

Llevaba un par de días sintiendo lástima de sí misma y tratando de asumir que quizá no volviera a ver a Maguire nunca más. La mujer a la que había raptado no pertenecía a su mundo. Tal vez habría sido diferente de haberse conocido en otras circunstancias. Pero no había sido así.

No compensaba ser secuestrada.

Así que en lugar de seguir lamentándose por lo que no podía cambiar, decidió enfrentarse a sus temores.

Su madre salió de la casa como una exhalación, con su padre pisándole los talones. Ella llevaba una camiseta de estampado atigrado, se había dado unas mechas y lucía unas gafas rojas nuevas. Con un sollozo y envolviéndola en una nube de perfume Channel, abrazó a su hija.

—¡Cariño, te he echado tanto de menos! ¡No comprendo cómo has podido desaparecer así, sin dar señales de vida! ¡Estaba tan preocupada!

Entonces la sustituyó su padre, que también la envolvió en un abrazo con los ojos llenos de lágrimas.

—¡Qué alegría que hayas vuelto, princesa! Tu madre estaba desesperada. Yo sé que eres capaz de cuidar de ti misma, pero no soportaba no poder hablar contigo a diario tal y como hemos hecho siempre.

—Lo sé, y no sabéis cuánto lo siento —Carolina sabía que ambos había estado informados de su situación y que sabían que podían localizarla en caso de emergencia, pero era consciente de que por primera vez en su vida, no habían podido disponer de ella al instante.

Aunque no quería entrar a dar explicaciones sobre el rapto de Maguire, sabía que debía contarles algo. Además de aclarar unas cuantas cosas con ellos.

Sirvieron vino y las lamentaciones fueron apagándose con la combinación de una tarta de manzana y de los regalos que Carolina tenías para sus padres. Se sentaron en el cuarto de la televisión, en torno a la cual giraba su vida. Las paredes estaban dominadas por fotografías familiares, las estanterías estaban ocupadas por la colección de ángeles de su madre, y la última maqueta de su padre estaba instalada en la mitad de la mesa del café. Todo ello evocaba en Carolina recuerdos de su infancia, de afecto y rechazo en igual proporción.

Como la conversación que entablaron.

Su padre se inclinó hacia adelante cuando su madre le hizo un gesto y Carolina dedujo que habían ensayado aquel encuentro.

—Cariño, tu madre y yo hemos estado pensando que deberíamos mudarnos a vivir contigo. O tú con nosotros.

—Papá, eso no es necesario —se apresuró a decir ella.

—Nosotros pensamos que sí. Comprendemos que eres una adulta y que lo último que quiere una mujer joven y soltera es que sus padres cuiden de ella. Pero este asunto de la herencia te ha superado.

—Podemos protegerte —intervino su madre—, ayudarte con el día a día. Tu padre podría administrar tus finanzas, y yo me ocuparía de la casa. Así te liberaremos de responsabilidades…

Antes de que las cosas se complicaran aún más, Carolina se puso en pie y abrió el bolso.

—Los dos tenéis razón respecto a mi incapacidad para dominar el estrés. Pero lo que tenía que resolver no tenía que ver conmigo, sino con vosotros. Papá, tengo que pedirte un favor.

—Lo que quieras, princesa.

Carolina sacó unos documentos.

—Ésta es la documentación de un fondo de fideicomiso que he creado para mamá y para ti. Os corresponde una asignación mensual que puede ampliarse puntualmente si necesitáis algo especial, como un viaje, o comprar algo. Pero vosotros tenéis que averiguar cómo gestionar los impuestos, la seguridad social y esas cosas.

Antes de que sus padres dijeran nada, Carolina añadió:

—Era demasiado complicado para mí y por eso he recurrido a un experto. Eso es en parte lo que he hecho estas dos semanas: recibir un curso intensivo en finanzas. Pero aun así, llevar este fondo además de todo lo demás, me resulta excesivo, por eso confiaba en que mamá y tú...

—Carolina —dijo su madre con firmeza—, sigo pensando que nos necesitas cerca, que estás sometida a demasiada presión, y...

—Ruth Marie —su padre había echado una ojeada a los papeles y a las cifras que aparecían reflejadas.

—No me interrumpas —siguió su madre. Pero su marido le tomó la mano para que guardara silencio.

—Cariño, me dejas perplejo —dijo—. Claro que me ocuparé de los papeles. Eres una hija maravillosa...

Carolina no estaba segura de que Maguire aprobara su decisión en la misma medida, pero al menos se había librado por los pelos de que sus padres fueran a vivir con ella. Por mucho que los amara, la idea le resultaba asfixiante, y le causaba el tipo de angustia que la había llevado a la crisis nerviosa de hacía sólo unas semanas… aunque parecieran años.

Para cuando dejó la casa de sus padres, había anochecido y Carolina tenía que hacer algo antes de volver a casa.

El viaje a Kalamazoo llevaba más de dos horas, pero era una ciudad en la que no conocía a nadie. Sólo tardó unos minutos en encontrar un buzón en el que echó un paquete.

Entonces pudo volver a casa.

—Señor.

El teléfono despertó a Maguire, que miró adormecido al despertador.

Aunque sólo fueran las once, llevaba una semana agotadora y estaba profundamente dormido. Aun así reconoció la voz de Henry al instante.

—Quería decirle dos cosas, señor. Tommy me ha pedido que lo llame para decirle que ha ganado el premio al «estudiante que más ha progresado».

—Gracias, Henry. Le haré un regalo cuando vaya a verlo.

—Por eso quería decírselo señor, por si quería llamarlo mañana.

—¿Y?

Henry resumió algunos asuntos de negocios, ninguno de los cuales requería una llamada a aquella hora de la noche. Al finalizar, le dio un ataque de tos seca tras la que por fin dijo:

—Ha llegado un paquete para usted, señor, y lo he abierto.

—¿Y por qué necesito saberlo?

—Bueno, señor, no lo habría abierto si hubiera estado sellado como «privado». Estaba revisando el correo y…

—Henry, dime lo que contiene para que pueda volver a dormir.

—Una camiseta, señor —Henry volvió a carraspear—. Gris clara, de algodón, con un mensaje impreso: *Para el mejor dotado sexualmente*.

Maguire abrió los ojos desmesuradamente.

—¡Qué!

—La han enviado desde Kalamazoo, Michigan.

—No conozco a nadie en Kalamazoo.

—Pues alguien allí lo tiene en muy alta estima… en ese sentido. Porque si no lo conocen, parece que lo asumen. Y si lo conocen, se ve que lo valoran mucho.

—Ya basta, Henry. ¿Estás seguro de que no incluye ningún mensaje?

—Ni nota, ni remitente, sólo el sello.

—Deja de reírte, Henry.

—No me río, señor. Sólo que no se me ocurre quién puede habérsela mandado. Entiéndame, no me refiero a la valoración, sino al sentido del humor. No puedo pensar nadie de su círculo capaz de algo así.

A Maguire tampoco. Tenía muchos conocidos y familiares con los que mantenía relaciones cordiales o incluso algo más íntimas.

Pero ninguno tenía un sentido del humor tan descarado. Ninguno.

Cuando Carolina abrió la puerta, su hermana entró como un vendaval, le dio un paquete y empezó a hablar sin parar.

—No sé quién ha traído esto, pero no has debido oír la puerta. Caro, ¿por qué demonios sigues viviendo en este cuchitril?

Carolina se quedó atónita al ver el paquete: un frasco de farmacia con caramelos, etiquetado como *Píldoras fortalecedoras*.

Ella siempre había creído en los milagros. Pero sólo podía pensar en una persona que pudiera haber dejado aquel objeto en su puerta. Y su corazón se deceleró al instante.

Entretanto, Donna se había quitado la chaqueta de cuero, los zapatos y la bufanda.

—Carolina, ni siquiera cuentas con la seguridad suficiente. Este piso es absurdo para alguien con tu dinero.

—Tengo pensado mudarme, pero no he tenido tiempo.

—¡Qué propio de ti! Tus prioridades son muy extrañas. Algunos tenemos una vida más complicada. Ojalá pudiera ser como tú y hacer lo que quisiera cuando me diera la gana. Nunca pensé que tuviera que ser tan realista.

Cuando Carolina había llamado a Donna para que la visitara, había asumido que no sería sencillo hablar con ella.

—¿Van mal las cosas con Mike?

—Ha perdido el trabajo de nuevo —Donna sacó una tónica del frigorífico y la abrió.

Llevaba el cabello rubio hasta los hombros y seguía teniendo el cuerpo de una animadora, la amplia sonrisa y la piel de terciopelo. El jersey rojo y los vaqueros le quedaban como un guante.

Durante su infancia, Donna siempre había sido la guapa, pero con el tiempo las líneas de expresión habían marcado sus ojos y su boca.

—Has tenido que aguantar mucho —dijo Carolina, comprensiva.

—Así es. Cuando miro atrás me pregunto por qué creí alguna vez que Mike sería capaz de conservar un trabajo. Tengo que admitir que es el mismo hombre con el que me casé, que es divertido y fantástico con los niños, que siempre está dispuesto a jugar con ellos. Pero no tiene ni el más mínimo sentido de la responsabilidad.

—¿Y los niños?

Carolina vio a su hermana sentarse en el sofá con un gran suspiro. Por lo visto, tampoco sus hijos eran un tema sencillo.

—Como todos los adolescentes de hoy en día, unos mimados. Ninguno se da cuenta de cuánto he tenido que trabajar ni de todo lo que hago por ellos. Mike es el padre divertido y yo la ogro.

Carolina ocupó una silla sin soltar el frasco. Lo abrió lentamente y tomó una de las «píldoras». Su hermana seguía hablando.

—Carolina, quizá no debería ser tan sincera, pero te tengo envidia. Me da rabia que hayas conseguido todo ese dinero sin tener que hacer nada, y no sé cómo comportarme.

—¿Por qué no podemos relacionarnos como hasta ahora?

—Porque ya no es lo mismo, ni yo soy la misma.

Carolina tomó otra «píldora».

—Tengo los papeles de los que te he hablado con los préstamos para la educación de tus hijos, un fondo de fideicomiso para ti, en el compartimos firma tú y yo para que tu marido no pueda acceder a él. Pase lo que pase, estarás segura.

—Eso está muy bien y te lo agradezco. Pero, ¿y si no puedo pagar la hipoteca? ¿Y si Jimmy vuelve a meterse en problemas con la ley? ¿Y si se me estropea el coche?

—Donna, estás siendo injusta.

—Lo sé. Es que estoy exhausta. Tú tienes todo ese dinero mientras yo me siento un cero a la izquierda. Mike dice que debería pedirte una casa, como si pensara que es absurdo trabajar si tiene una cuñada rica.

—¿Y tú qué le has dicho? —dijo Carolina, diciéndose que las píldoras empezaban a surtir efecto.

—Que no pensaba pedirte una casa —dijo Donna, aunque Carolina pudo ver en sus ojos que sí era su deseo y que la corroía la envidia—. Mike se enfureció conmigo. Dijo que eras una egoísta, que sólo pensabas en ti misma, mientras que nosotros somos los que tenemos hijos y problemas de empleo.

Carolina dudaba que Mike hubiera dicho eso. Donna era la única persona de la familia que solía acusarla de egoísmo. Donna, que se había casado con la estrella de fútbol de su instituto y que siempre pensó que su vida sería un camino de rosas.

—Donna, supongo que no vas a estar de acuerdo conmigo, pero yo no concibo esta herencia como de mi exclusiva pertenencia.

—¡Cómo que no!

—Legalmente lo es —accedió Carolina—. Pero la voy a usar para hacer cosas que me importan.

—¿Y tu familia no te importa? ¿Yo no te importo?

—Claro que sí. Pero ninguna cantidad de dinero puede conseguir que seas más feliz con Mike, o que los chicos te valoren más.

—Puede que sí. Puede que el dinero me proporcionara todo eso. Al menos me libraría de problemas y me facilitaría la vida. No te comprendo, Caro. ¡Sólo piensas en lo que quieres y en lo que te importa a ti!

Cuando su hermana se fue, Carolina se dejó caer en el sofá como si le hubiera pasado una apisonadora por encima. Como era de esperar, Donna había conseguido que se sintiera culpable y egoísta. Más de una vez había estado tentada de ceder.

Pero no podía consentir que Maguire creyera que las «píldoras» no le habían servido de nada. No quería que pensara que había hecho el amor con la persona más patética del universo.

Aunque tampoco era la más fuerte, al menos no se había dejado apabullar. Había actuado con el mayor sentido común y de acuerdo a lo que creía justo. Así que se dijo que se merecía un premio.

Se puso en pie de un salto, tomó el abrigo y las llaves del coche y fue a una librería con una idea muy clara de lo que iba a hacer.

Quedaban restos de nieve cuando Maguire llegó a la casa de la montaña. Llevaba dos semanas trabajando hasta la extenuación, pero había decidido darse un respiro. Eso no significaba que fuera a estar completamente desconectado, pero pensaba dedicar algún tiempo a Tommy, a dar paseos por el bosque y a descansar.

Tenía los ojos irritados por el cansancio, y el estómago revuelto.

Henry apenas le había dirigido la palabra en el trayecto, pero ése era su comportamiento desde que había dejado marchar a Carolina.

Era noche cerrada. Maguire y Henry sacaron las cosas del coche. Maguire abrió la puerta y encendió la luz de la casa.

Como de costumbre, Henry había dejado el correo en la mesa de entrada, y en lugar de esperar al día siguiente, Maguire fue directo a abrir el paquete que estaba en lo alto de la pila.

Estaba sellado en Elkhart, Indiana, en donde no conocía a nadie. Se trataba de una caja cuadrada, mayor que una caja de zapatos y bastante pesada.

A su espalda, Henry terminó de meter las bolsas, cerró la puerta y se dirigió al frigorífico. Normalmente habría ido directo a la cama, pero había visto que Maguire se fijaba en el paquete.

—Llegó ayer —explicó.

—Esperaré a abrirlo mañana.

—Claro —dijo Henry, pero no se movió porque Maguire se quedó donde estaba.

Lo cierto era que Maguire no podía soportar los misterios, así que lo abrió. Tres libros le cayeron al regazo: *Planos para una cabaña; Cómo construir su propia cabaña en un árbol* y *Cabañas en árboles: escondites para adultos.*

Maguire sintió que se le formaba un nudo en la garganta a medida que los ojeaba. No incluían ninguna nota ni estaban firmados. Finalmente alzó la mirada hacia Henry.

—Maldita mujer —susurró.

—Eso mismo pensaba yo, señor —dijo Henry.

—No juega limpio.

—Desde luego que no.

—No lucha abiertamente, sino que actúa con astucia. Es un golpe bajo. No es justo.

—Estoy de acuerdo, señor. En cuanto la vi pensé que nunca había habido alguien como ella en su vida, que jugaba con reglas distintas.

—Me ha engañado. Pensaba que era una buena mujer. Y ahora se comporta así —Maguire recorrió la habitación. Se detuvo y señalando a Henry, añadió—: Esto lo cambia todo. He intentado con todas mis fuerzas hacer lo que debía, pero si ella va a recurrir a estas artimañas, ¿por qué voy a ser yo quien sufra?

—Así se habla, señor.

Carolina estaba recogiendo el correo del buzón cuando vio que su hermano aparcaba delante de su casa y corrió a darle un enorme abrazo.

—Pasa, cariño. ¿Quieres un café?

Gregg llevaba una vieja cazadora y el pelo más largo de lo habitual. Era él el que la había encontrado semanas atrás y la llevó al hospital. Durante sus años escolares había empezado a jugar al fútbol, pero lo había dejado. Luego fue a la universidad, y también lo dejó. Pasó de un trabajo a otro. Era incapaz de renunciar a cualquier plan que implicara hacer dinero rápido, pero Carolina lo adoraba a pesar de todo.

—Tienes muy buen aspecto —dijo él, alborotándole el nuevo corte de pelo.

Carolina dejó el correo sobre la mesa y se puso a preparar café.

—¿Tú crees? —dijo ella. Y empezó a separar el correo comercial del personal, hasta que se quedó parada al ver la dirección de Maguire en Washington como remitente.

Abrió el gran sobre y encontró un voluminoso catálogo de una subasta de zapatos en París del año anterior. Lo ojeó con un nudo en la garganta. Era página tras página de zapatos inútiles, frívolos, preciosos y absurdamente incómodos.

No podía creer que Maguire jugara tan sucio. Que fuera capaz de caer tan bajo. Y que se identificara en el remite no era más que una forma de retarla.

—Resulta que... —Gregg sacó dos tazas y sirvió el café—. Tengo una idea para montar un café, hermana. Ya sé que hay muchos, pero la mayoría son muy caros y pretenciosos. Estaba pensado en uno que sirviera un excelente café, pero barato. Tengo un amigo...

Carolina alzó la cabeza bruscamente aunque sus dedos siguieron acariciando unas sandalias de avestruz.

—Tiene el local y un plan de empresa Sólo necesitamos el capital inicial…

Carolina cerró el catálogo… por el momento.

—¿Sabes una cosa, Gregg? Este último mes he tenido que enfrentarme a la cruda realidad de que soy un desastre con los números.

—Eso no es problema, hermana. Verás…

Carolina lo interrumpió con delicadeza.

—Así que he decidido no tomar decisiones económicas por mi cuenta. Me he puesto en contacto con excelentes profesionales, así que si quieres presentarles un proyecto, les diré que eres mi hermano y que quieres hacerles una consulta.

Gregg la miró boquiabierto.

—Pero es tu dinero…

—Lo sé. Pero de la misma manera que no me haría mi propia cirugía cerebral, ni me rellenaría las caries, es mejor dejar en manos de expertos aquello que desconozco.

—Pero yo soy tu hermano.

—Y no podría quererte más ni aunque me lo propusiera.

Su hermano se fue veinte minutos más tarde un poco descontento, pero a Carolina no le importó. Confiaba en que algún día su familia se dirigiera a ella sin intereses económicos de por medio, pero si no era así, tendría que asumirlo.

En aquel momento, tenía cosas más importantes de las que preocuparse.

Abrió el catálogo y lo revisó página a página. Aquel maldito hombre… Querer tentarla con zapatos. ¿Podía ser más mezquino? ¿Qué había sido de su integridad y de su sentido del honor?

Y si estaba dispuesto a caer tan bajo… quizá ella podía conseguir que se rebajara aún más.

Por ejemplo, hasta su nivel.

Capítulo 12

¡SEÑOR! ¡Señor Cochran!

Maguire y Tommy se volvieron simultáneamente. Acababan de alcanzar el bosque cuando oyeron a Henry llamarlos. Maguire nunca lo había visto correr como si le fuera la vida en ello. Cuando llegó a su altura, jadeante, apoyó las manos en las rodillas y dijo:

—Señor, tiene que volver a casa.

—¿Estás bien? ¿Qué pasa?

—No se trata de mí. Estoy perfectamente. Pero en casa... —Henry señaló, todavía sin resuello—. Ella ha hecho algo.

Henry podría estar refiriéndose a un sinnúmero de «ellas», pero con toda seguridad sólo había una que pudiera inducirlo a aquella carrera en estado de pánico.

—¿Le ha pasado algo a Carolina? ¿Está enferma? ¿Necesita ayuda? —preguntó Maguire.

—Nada de eso señor. Vengan usted y Tommy y lo verán por sí mismos.

Maguire y Tommy tomaron el camino de vuelta a paso ligero, pero Tommy se adelantó y fue el primero en llegar a la puerta trasera. El grito que dio pudo oírse en todo el valle.

El perro que estaba sentado en el porche tenía la lengua fuera y una larga cola que empezó a menear en cuanto Tommy corrió hacia él. Era un golden retriever adulto.

Maguire gritó a Tommy que tuviera cuidado al ver que se lanzaba hacia el perro sin ninguna cautela y con los brazos abiertos. Con el impulso, lo tiró y se cayó al mismo tiempo. Maguire llegó a su lado en cuestión de segundos, pero no antes de que Tommy se partiera de risa cuando el perro empezó a lamerle la cara afectuosamente.

Henry llegó en tercer lugar, jadeante.

—Traía una nota en el collar. Está junto a la puerta.

Henry siguió hablando y Tommy riendo mientras Maguire se sentaba en el primer peldaño y abría el sobre. Dentro había un detallado historial veterinario del perro y una breve nota personal:

Se llama Taffy y tiene cuatro años. Su dueño anterior era piloto, así que está acostumbrada a viajar en avión y en cualquier medio de transporte. Su dueño murió de cáncer. No tiene a nadie y está muy bien educada. Sólo necesita alguien que la quiera.

Tú me dijiste que luchara por conseguir lo que quería, Maguire, y eso es lo que estoy haciendo. Quiero… que dejes que Taffy te ame.

Maguire seguía sujetando la nota en sus manos cuando la cabeza dorada del perro le empujó el brazo. Se sentó a su lado, apoyó la cabeza en sus rodillas y cerró los ojos.

—Taffy —dijo Maguire.

Ella meneó la cola, pero mantuvo los ojos cerrados. Maguire miró a Tommy y a Henry.

—No es normal regalar un perro. De hecho, es un grave error.

—Estoy de acuerdo, señor.

—El pelo, la suciedad, las babas, las dificultades de viajar con él. Es imposible.

—Estoy completamente de acuerdo, señor.

—Nunca he tenido un perro —continuó Maguire, al tiempo que hundía los dedos en el denso pelaje de Taffy—. He tenido todo lo que el dinero puede comprar, pero nunca un perro. Es imposible que Carolina lo supiera. Jamás mencioné que quisiera un perro.

—Yo nunca se lo he oído decir —confirmó Henry.

—Porque nunca lo he dicho. Cuando era pequeño todo a mi alrededor era inestable. Iba a fantásticos colegios y tenía todos los juguetes con los que podía soñar, pero una madre sustituía a la siguiente y no parábamos de mudarnos de barrio y de ciudad. Así fue como aprendí.

—¿El qué, señor?

—Que así es la vida, que no puedes confiar en

nada porque todo es temporal, al menos todo lo que tiene vida y respira, Henry. Por eso es mejor no depender de nadie.

—Por favor, señor Cochran, no me diga que vamos a quedárnosla. Piense en el pelo. Puede que sea alérgico —dijo Henry, esperanzado—. En verano puede que tenga pulgas. Habrá que cepillarla. Usted no tiene tiempo para un perro, señor.

—Me cuesta creer que me haya hecho esto.

—Y a mí, señor.

—¿Me has visto alguna vez esquivar una responsabilidad, Henry?

—No, señor.

—Pero no acojo ni a perros, ni a gatos, ni siquiera a personas por un tiempo duradero, porque inevitablemente, estableces vínculos. Y cuando algo muere, o desaparece, o se divorcia o lo que sea, tu mundo se hace añicos. Actuar así es una locura: como echarse una siesta en los raíles del tren.

Tommy lo miraba expectante mientras Henry abría los ojos desorbitadamente con horror. Maguire dirigió su mirada a la perra. En aquella ocasión Carolina se había pasado de la raya. Había aprendido por qué la gente tenía que establecer límites y lo importantes que eran para que uno se sintiera seguro. Saltándose esos límites sabía perfectamente lo que había hecho.

Estaba indicando que ya no necesitaba estar a salvo. De él.

«Toma aire», se dijo Carolina.

No era ninguna novedad que estuviera aterrorizada cuando siempre había sido una miedica.

Maguire le había enseñado a meterse en la piscina por el lado más profundo y a nadar sin mirar atrás. Llevaba tiempo intentándolo, asumiendo algunos riesgos, introduciendo algunos cambios, defendiendo sus intereses. Pero Maguire no estaba a su lado.

Y su lado más frágil había emergido con toda su fuerza para el encuentro que estaba a punto de tener.

Aquél no era su medio natural. La sala de conferencias estaba en el piso superior, en el departamento de educación, en el centro de Indianápolis.

De camino, se había perdido. Todas las calles tenían nombres de Estados: Vernmont, Nueva York, Washington. Pero le había costado encontrar Ohio.

Tenía que admitir que sólo ella tenía la culpa de encontrarse allí. Había iniciado los contactos con la autoridad local de educación tentativamente, pero el azar, la coincidencia o los hados le habían dado un empujón. Dio con el inspector general por pura suerte y resultó que éste tenía un hijo con necesidades especiales y se interesó en la propuesta de Carolina al instante. A ésa se unió la última casualidad, el hecho de que estuviera programada para aquella semana una conferencia sobre: *Nuevas ideas para la Educación de Niños con Necesidades Especiales.*

Carolina había pensado hacer algunas sugerencias, pero no había imaginado que acabaría teniendo que tomar el micrófono después del almuerzo.

—Conocí a esta joven hace unos días —dijo el inspector al presentarla—, y me di cuenta de que era precisamente el tipo de persona de la que habíamos estado hablando, alguien creativo y entusiasta para poner en práctica programas de educación especial. Necesitamos a alguien que coordine las opiniones de profesores, padres, administradores y médicos para poder hacer realidad nuestros objetivos. Carolina, tienes la palabra.

Carolina habría querido hacerse un ovillo y esconderse bajo una manta, pero como no era posible, tuvo que ir hasta el estrado, con sus zapatos rojos, y hablar.

Y aunque el miedo no la abandonó, en cuanto empezó a hablar el entusiasmo que sentía por el tema pudo más que el temor a hablar en público. La audiencia empezó a asentir con la cabeza, demostrándole que ella no era la única que quería cambiar las cosas y que tenía ciertas ideas sobre cómo hacerlo.

—Todos sabemos que falta comunicación entre las personas que están en contacto diario con los niños con necesidades especiales, los padres y profesores, y aquéllos que tienen el poder de decisión: los médicos, los aseguradores, los administradores. Los padres y los profesores están en mucho mejor posición para evaluar el potencial de los niños que aquéllos que sólo los ven ocasionalmente. Necesitamos a los médicos y a los especialistas en salud, pero más aún necesitamos un simposio en el que intercambiemos información sobre cuáles son las circunstancias reales de los niños. Podríamos hacer mucho más si introdujéramos una serie de cambios en el currículo y en los medios de que disponemos…

Carolina no supo cómo pudo hablar tan apasionadamente cuando nunca había asumido una posición de liderazgo, aunque sospechaba que Maguire había conseguido inculcarle la idea de que tenía derecho a amar aquello que constituía su vida.

Había conseguido que creyera que podía hacer lo que se propusiera, incluso aquello que temía, si estaba dispuesta a asumir riesgos y actuar.

Y como si su corazón pudiera hacer milagros, de pronto lo vio. Maguire, con pantalones y camisa claros, estaba sentado en la última fila de la sala de conferencias. Con un perro.

Como era lógico, los perros estaban prohibidos en el edificio, pero así era Maguire: las normas estaban para saltárselas.

Carolina perdió el hilo un instante, pero lo recuperó y continuó hablando aunque no estaba segura de lo que decía. Sólo supo que la audiencia empezó a aplaudir y que en cuanto el inspector volvió a su lado pudo bajar del estrado y cruzó la sala.

—No pretendíamos interrumpirte, podemos esperar —dijo Maguire, pero su mirada transmitía el mensaje contrario.

Carolina escrutó su rostro intentando adivinar por qué estaba allí. Lo tomó del brazo y salió al corredor con él. Maguire se apoyó en la pared y la miró como si ése fuera su único objetivo.

Consciente de que no era un hombre sentimental, Carolina prefirió no hacerse demasiadas ilusiones con el amor que intuyó atisbar en el fondo de aquella mirada.

—¿Cómo estás, cariño mío? —dijo ella, dirigiéndose a la perra—. ¿Te acuerdas de mí? Ya te dije que encontraríamos un bobo que te acogería.

—¿Estás llamándome bobo, Carolina?

—Sólo ocasionalmente —dijo ella, irguiéndose—. Como dice la canción, creo que «necesitas alguien a quien amar». Pero la cuestión es qué haces aquí.

—Como los dos sabemos bien, el dinero no puede comprarlo todo, pero normalmente me permite obtener cualquier información que necesite. Sin embargo, he tenido que remover cielo y tierra para encontrarte. No tenía ni idea de que estuvieras en Indianápolis, y mucho menos en el Departamento de Educación.

—Yo tampoco, pero la culpa es tuya —Carolina se apoyó en la pared a su vez, a pocos centímetros de él, de sus ojos y sus labios.

—¿Culpa mía?

—Sí, he puesto en práctica algunas de tus lecciones, aunque no siempre me ha ido igual de bien. Mi hermana estuvo a punto de acabar conmigo, pero con mi hermano me mantuve más firme. Te habrías sentido orgulloso de mí, de verdad.

—Ya lo estoy, Carolina.

Carolina se dijo que no pensaba llorar, y mucho menos estando en un edificio público, aunque no entendía por qué no había propuesto que salieran… a no ser que fuera por no separarse físicamente de Maguire y de la forma en que la estaba mirando.

—Mandarme el catálogo de zapatos fue una crueldad.

—¿Me mandas un perro y dices que yo soy cruel? No conseguía olvidar cuánto había disfrutado contigo el día de los zapatos. Cuando amas, tienes que amar con todas sus consecuencias, aunque duela, Carolina. Y temía no poder ofrecerte eso.

—Como de costumbre, no te enteras, Maguire. Tú tienes más capacidad de amar que cincuenta personas juntas.

—Nunca lo había visto así y no comprendo por qué tú los crees. ¿Por qué me mandaste los manuales sobre cabañas?

—¿Qué te hace pensar que los mandé yo? ¿Te gustó la ducha solar?

—¿Por qué los mandaste? —insistió él.

Carolina dejó de acariciar las orejas de Taffy.

—Porque por muy encantador que seas, Maguire, a veces no eres demasiado listo. Tienes que amar lo que haces. Posees un montón de casas, pero no tienes un hogar, un lugar en el que sentirte a salvo, en el que poner los pies sobre la mesa y ser tú mismo, un lugar en el que te limites a disfrutar de un día soleado y de la luz de la luna.

—Carolina, deja de bromear y ponte seria

—Está bien. Ya estoy seria.

—¿Cómo piensas subir el perro a la cabaña?

—Con un arnés. También estuve a punto de mandarte un catálogo de arneses.

—Está bien. Tenemos una solución para el perro. Pero el verdadero problema es cómo voy a conseguir que tú subas conmigo.

Carolina tragó saliva.

—No sabía que me quisieras a tu lado.

—Pues así es. Quiero que formes parte de mi vida y voy a hacer lo que haga falta para conseguirlo. Estoy loco por ti, Carolina. No lo había planeado, no debía haber sucedido, pero ha sucedido y no puedo hacer nada al respecto. Y ahora estoy aterrorizado de que me vaya a durar toda la vida.

—Ése sí es un serio problema —dijo Carolina. Sólo entonces se dio cuenta de que Maguire le había tomado las manos como si necesitara asegurarse de que no desaparecería—. Pero necesito que sepas una cosa, Maguire: no necesito un protector ni un tutor que me salve de peligros. Reconozco que antes sí, pero ya no.

—Has aprendido a defenderte sola —admitió él.

—He tenido que recorrer un largo camino. Primero, para identificar lo que verdaderamente me importa, y luego para intentar conseguirlo cueste lo que cueste. Y lo que quiero es tu amor, Maguire, nada más.

Él la tomó en sus brazos y ella se cobijó en ellos. Carolina sintió que aquél era su lugar y saboreó el futuro que los esperaba en el maravilloso beso que se dieron.

—¿Maguire? —dijo ella cuando separaron sus labios e instintivamente fueron hacia la puerta.

—Estaba pensado que estamos a tiempo de conseguir una licencia de matrimonio esta misma tarde —dijo él.

—Y yo estaba pensando que espero que tengas dinero, porque creo que yo voy a donar todo el mío.

—Lo supuse en cuanto te conocí —Maguire la besó de nuevo, en aquella ocasión en la frente, un beso rápido y posesivo, justo antes de abrir la puerta para que los tres salieran—. Vayamos a construir una vida, corazón mío. Nuestra vida. A nuestra manera.

JULIA.

KELLY HUNTER
AVENTURA
EN SINGAPUR

Capítulo 1

HABÍA que guardar las apariencias. Desde el traje hecho a medida y la elegante pero austera camisa blanca que vestía, pasando por los gemelos de oro que llevaba en los puños hasta el aire de indiferencia. Cada aliento que Jake Bennett tomaba aquella tarde, tenía como objetivo ayudarlo a superar la fiesta de compromiso de su hermano sin incidentes, además de salir de ella con el honor intacto.

—¿Dónde está tu corbata? —murmuró la que muy pronto iba a ser su cuñada cuando se detuvo a su lado para observarlo con ojos agudos y triste sonrisa—. La que te di hace un rato. La que no llevas puesta.

—En mi bolsillo —respondió él. Donde iba a quedarse.

Aquello no era lo que Madeline Mercy Delacourte quería escuchar.

—¿Tiene algo de malo? —le preguntó ella con voz dulce.

—Maddy, es de color *lila*.

Le gustaba Madeline. De verdad. Sin embargo, en los últimos tiempos había perdido un poco la cabeza.

—Es lila por una razón, Jacob. En serio, si tuvieras un aspecto más formidable esta noche, yo me quedaría sin invitados.

—Bueno, lo intento —murmuró él—. Y deja de intentar corromper a mi aprendiz.

—¿A Po? —replicó Maddy mientras entornaba los ojos con preocupación—. ¿Qué es lo que ha hecho?

—¿Quieres saber lo que he encontrado en las duchas del *dojo* esta tarde?

—No sé... ¿A Xena la princesa guerrera?

—Jabón.

—Ay, qué horror.

—Jabón de *lavanda*. Pastillas pequeñitas, que llevaban grabadas querubines regordetes y completamente desnudos. ¿Te has parado a pensar en la clase de mensaje que ese jabón transmite a una clase llena de cinturones negros? —preguntó Jake.

Maddy sonrió ligeramente. Evidentemente sí lo sabía. Evidentemente, la formidable fachada de Jake necesitaba algo más de trabajo.

—Y Po me dijo que se las habías dado tú —añadió él.

Maddy no pudo contener una carcajada.

—Lo siento —se disculpó ella cuando logró recuperar la compostura—. ¿Le has explicado a Po lo poco adecuado que resulta ese jabón para ese bastión de masculinidad en particular?

—Pensé que se lo podrías explicar tú.

—¿Cómo? ¿Y negarte a ti la oportunidad de hacerlo? ¿Qué clase de futura cuñada sería yo si hiciera algo así?

—¿Una que ayuda?

—Ésa soy yo. Me encanta ayudar. A ver qué te parece. Si consigues sonreír en los próximos veinte minutos, iré a buscar a Po y le hablaré del jabón. ¿Trato hecho?

—Trato hecho —repuso él con una sonrisa.

—Maldita sea —susurró ella. La sonrisa de Jake se hizo más amplia.

Tras lanzarle una mirada, Madeline se marchó para mezclarse con los elegantes invitados que se habían reunido en el espectacular bar del Singapur Delacourte Hotel. El hecho de que el compromiso de Madeline y Luke tuviera que celebrarse de una manera tan ostentosa tenía que ver con la increíble riqueza de Madeline y con una sociedad que esperaba una presentación de su prometido de tal magnitud. La orgullosa exhibición de familia, los grandes negocios y, más importante aún, la forja de beneficiosas alianzas... Todo esto y mucho más tendría lugar allí aquella noche. Singapur demandaba esto de sus habitantes y, por tener la oportunidad de hacer negocios y de hacerse ricos allí, sus habitantes pagaban gustosamente el precio.

En lo que se refería a la orgullosa presentación de la familia, los hermanos Bennett estaban allí en su totalidad con sus parejas. Tristan y Erin habían acudido en avión desde Sídney. Hallie y Nick habían llegado aquella mañana desde Londres acompañados de su hija de un mes. Serena y Pete desde Grecia a primera hora de la tarde. Serena estaba en algún lugar entre los invitados. En cuanto a Pete, acababa de colocarse silenciosamente al lado de Jake.

¿Acaso creían que él no se había dado cuenta del modo en el que lo estaban protegiendo? ¿Del modo en el que se turnaban para hacerle compañía todo el rato, como si no pudieran confiar que él pudiera cuidar de sí mismo?

Esto sólo era suficiente para darle al hombre un terrible dolor de cabeza.

—Mira —le dijo a Pete mientras llegaban más invitados—. Estoy bien. Todo está bajo control. Ella ni siquiera está aquí.

—Eso estaría bien si tuvieras razón —suspiró Pete—, pero no es así. Jianne acaba de llegar acompañada de sus tíos, si nos podemos fiar de la descripción que de ellos ha hecho Luke.

La tía de Jianne estaba casada con el socio de negocios más poderoso de Madeline.

Jianne recientemente se había instalado en Singapur y Madeline la había conocido y ambas se habían caído muy bien.

Jianne Xang-Bennett.

La que, a pesar de los años separados, seguía siendo la esposa de Jake.

—¿Quieres una cerveza? —le preguntó Pete.

—No.

—¿Algo más fuerte?

—Más tarde.

Un hormigueo en la nuca estuvo a punto de hacer que Jake se diera la vuelta y viera por sí mismo el efecto que aquellos doce años de distancia habían tenido en su esposa, pero se resistió igual que se resistió al apoyo que pudiera darle el alcohol e igual que había resistido la sensación de sentirse observado.

Pete asintió. Su penetrante mirada azul pareció clavarse en algún lugar por encima del hombro de Jake.

—Nos ha visto.

Jake ya lo sabía.

—Madeline se la lleva hacia Hallie y el bebé— añadió Pete mientras el hormigueo que Jake había sentido en la nuca remitía—. ¿Qué es lo que tienen las mujeres con los bebés?

—Y eso lo dice el hombre al que tuvieron que arrancarle a su sobrina de los brazos una hora después de que la pequeña se hubiera quedado dormida.

—Eh, sólo porque se durmió conmigo y no contigo, ¿verdad? —dijo Pete—. Reconócelo. Tú no tienes ese toque. Además, me tocaba a mí —añadió. Una deliciosa carcajada femenina resonó a las espaldas de los dos hombres—. Jianne está congeniando muy bien con nuestra sobrina. En realidad, también es su sobrina, ahora que lo pienso. Seguramente no quieres mirar.

—Seguramente tienes razón.

Sin embargo, Jake se dio la vuelta y miró. Entonces, se maldijo por aquella debilidad cuando su mirada captó la imagen de una Jianne más madura, pero impresionantemente hermosa.

Seguía siendo la mujer más hermosa que él había visto nunca. Piel impecable. Una abundancia de sedoso cabello negro que llevaba recogido en lo alto de la cabeza. Jianne era una mujer esbelta, con un aire de inocente dulzura que Jake se había esforzado mucho por olvidar. Dejando la belleza a un lado, Jianne Xang había nacido en una familia cuya riqueza personal sobrepasaba la de muchos países pequeños. Un detalle sin importancia que a ella se le había olvidado mencionar hasta después de que estuvieran casados.

No era que Jake estuviera molesto o resentido por aquel detalle, sino que, si lo hubiera sabido, se lo habría pensado dos veces antes de pedirle que compartiera su vida con él. Demasiado acomodada para vivir en una casa llena de los hermanos huérfanos y medio salvajes que Jake había tenido a su cuidado. Demasiado dulce para poder soportar la rudeza de los sentimientos de ellos y los del propio Jake. Todos la habían destrozado.

Él la había destrozado.

Jamás había dejado de preguntarse cómo Jianne se había quedado tanto tiempo.

No era la curiosidad lo que obligaba a Jake a seguir observándola. La curiosidad era un sentimiento manso, fácil de controlar. La necesidad de absorber todos los detalles de la apariencia de Jianne, por pequeños que fueran, se había apoderado de él con la fuerza de algo que se le había negado durante mucho tiempo.

Jake observó en silencio como Layla, la bebé, agitaba los puñitos frente al rostro de Jianne desde la seguridad del abrazo de su madre. Los hermosos labios de Jianne se curvaron. Hallie dijo algo y Jianne levantó la mirada, como sorprendida, y negó con la cabeza. No. Fuera cual fuera la pregunta, la respuesta era no.

Jake quería apartar la mirada. La apartaría. Muy pronto.

Entonces, Jianne giró la cabeza y lo miró directamente a él a través de los ojos de una hechicera. Oscuros como la noche y más profundos que los océanos, con una forma muy occidental por una bisabuela que era medio británica, pero que, en su interior, había sido completamente china. Igual que Jianne.

La sonrisa se heló en los labios de Jianne. Jake ni siquiera pudo esbozar la suya. Sólo era vagamente consciente de que a su lado un hermano gruñía en voz muy baja y que al otro lado de la sala otro se había quedado completamente inmóvil.

Entonces, Luke se interpuso entre ambos con un zumo de naranja para Hallie y champán para su invitada. ¿Atento anfitrión o primera línea de defensa? A Jake no le importaba. La maniobra le permitió respirar, reagruparse y sonreír tensamente a Pete, que se negó a devolverle la sonrisa.

¿Cuánto tiempo tendría que soportar aquella fiesta después de que Jianne y su familia hubieran llegado? ¿Quince minutos? ¿Media hora? Él no encajaba en aquel mundo de extrema riqueza, en aquella sociedad de modales corteses. Lo sufría, eso era todo, mientras que la bestia que habitaba en él paseaba de arriba abajo por su celda ansiando fugarse.

Observó los amplios ventanales de la sala, que iban desde el suelo hasta el hecho y deseó tener alas y libertad para escapar de allí. Miró hacia la entrada de servicio, otra salida, aunque sabía que no iba a salir huyendo.

Necesitaba terminar con aquello. Tenía que saludar a Jianne. Conversar con ella. Entablar un diálogo cortés con ella, en el que le preguntaría cómo se encontraba y afirmaría que tenía buen aspecto. Charlarían sobre el tiempo. Algo. Cualquier cosa. Entonces, él le haría la pregunta que se había apoderado de él y que no lo dejaría escapar hasta que obtuviera la respuesta.

—Le dije a Madeline y a Hallie que esto no iba a salir bien —dijo Pete, que seguía al lado de Jake—. Se lo dije varias veces, pero, ¿me escucharon? No.

—Estoy bien —afirmó Jake cuadrándose de hombros cuando volvió a sentir el hormigueo en la nuca—. Todo está bien.

Pete frunció el ceño para mostrar su desacuerdo, pero no articuló palabra.

Todos estaban allí. Los hermanos Bennett a los que Jianne había tratado de cuidar como si fueran los suyos. Todos y cada uno de ellos. Había esperado que el tiempo y la madurez por su parte aminoraran el impacto que tenían sobre ella, pero no iba a ser así. Observó cómo se intercambiaban miradas al verla. Observó cómo se disponían a defender lo que era suyo.

Jacob. El centro. El corazón de su familia. La fuerza. El primogénito.

El primer amor.

El hombre al que le había entregado su cuerpo, y con éste, el alma y el corazón.

Jacob, que estaba de espaldas a ella.

Su esposo, aunque llevaba doce años separada de él.

No sabían, ninguno de ello sabía, lo difícil que le

había resultado entrar en aquella sala con compostura. Los tímidos conejillos no tienen lugar en una sala repleta de vigilantes tigres, al menos si querían sobrevivir.

«Yo no soy un tímido conejillo», se dijo. Cerró los ojos y dejó que aquella letanía la recorriera de la cabeza a los pies antes de volver a abrir los ojos y esbozar una sonrisa radiante al ver que Madeline se acercaba a saludarla a ella y a sus tíos. La anfitriona saludó primero a sus tíos. Entonces, se volvió a Jianne y la abrazó cariñosamente.

—Estás guapísima —le dijo, con aprobación.

—Gracias.

El vestido sin tirantes de color marfil y rojo que la cubría hasta los pies en la más fina seda estaba destinado a mujeres extrovertidas, no a las que se comportaban como floreros. La vendedora así se lo había asegurado. Le había dicho que si se ponía aquel vestido, sentiría toda la confianza que necesitara por muy incómoda que fuera aquella reunión social. La vendedora se había equivocado por completo.

—No debería haber venido —murmuró Jianne—. Esto no ha sido buena idea.

—Quédate —replicó Madeline—. A mí me parece una idea buenísima. Ven. Te presentaré al último Bennett. Sus tíos aún están en estado de shock —añadió, con la sonrisa que tan poco le costaba esbozar en aquellos momentos—. Se trata de una niña.

Layla era una encantadora bebé de ojos azules, piel de alabastro y un llamativo cabello rojizo. Resultaba difícil no deshacerse ante una imagen tan maravillosa.

—Layla, te presento a tu tía Jianne —dijo Hallie con una cortesía que Jianne no había esperado—. ¿Te gustaría tomarla en brazos? —le preguntó a Ji.

—¡Me encantaría! —exclamó ella—. Bueno, mejor no. Es decir... ¿Y si llora? Tus hermanos se enfurecerían conmigo.

—No se atreverían —dijo Hallie—. Me prometieron que esta noche se comportarían correctamente y hay esposas suficientes para garantizarlo.

El hecho de pensar que los rebeldes Bennett hubieran podido ser domados por fin atraía profundamente a Jianne, pero al mirar a su alrededor decidió que la afirmación de Hallie se basaba más en el optimismo que en la realidad.

Tristan la observaba fríamente desde la ventana. Pete estaba al lado de Jacob con expresión sombría. En cuanto a Jake... Jacob ni siquiera la estaba mirando. Por esto, Jianne se permitió observarlo durante unos instantes.

El traje se ceñía a sus anchos hombros, poderosas piernas y a un elegante y esbelto torso, una afirmación de las glorias de una vida dedicada a las artes marciales. Aún tenía el cabello negro y espeso, aunque más corto que nunca. Las líneas de su perfil se habían vuelto más afiladas, pero seguía teniendo un rostro capaz de dejar en evidencia al de los mismos ángeles. Emanaba de él un aura casi visible de poder en estado puro que él parecía controlar perfectamente. El poder había formado siempre una parte intrínseca del modo de ser de Jacob.

Aquel control parecía ser completamente nuevo.

Jianne apartó la mirada durante un instante tan

sólo para retomar fuerzas. Cuando volvió a mirar a Jacob, los ojos de él se encontraron con los suyos. Aquellos vivaces ojos azules de mirada fría y arrogante apresaron a Jianne, haciendo que se sintiera como una liebre atrapada en el cepo de un cazador. Sabía que no se la quería allí. No pertenecía a aquel lugar. Se había equivocado al asistir.

—Quédate.

Un hombre alto, de anchos hombros, se detuvo delante de ella, rompiendo el contacto visual que tenía con Jacob. Se trataba de Luke Bennett, el futuro esposo de Madeline. Sus ojos dorados transmitían una calidez que la animaba. Le entregó una copa de champán.

—Por favor.

—Por favor —repitió Hallie llena de ansiedad—. Jake necesita volver a verte. De verdad. Simplemente, aún no se ha enterado.

—Tal vez sería mejor que me llamarais cuando así fuera —afirmó Jianne con una tensa sonrisa—. De verdad que no veo lo que podría conseguir una reunión forzada. Desde luego armonía no.

—Eso de la armonía está sobrevalorado —dijo Luke—. En ocasiones, es mejor dar un paso atrás y dejar que todo explote.

—Luke desactiva bombas —comentó Hallie a modo de explicación—. O no.

—Estoy segura de que sabes lo que estás haciendo —le dijo Jianne a Luke—, igual que yo también estoy segura de que sabes lo que ocurre a los que están en el centro de tales explosiones.

—Nosotros podemos protegerte —afirmó Luke.

—No lo dudo, pero no lo haréis —repuso ella. Estaba segura de que todos actuarían instintivamente para proteger al que querían. Protegerían a Jacob. Y Jianne sería la que terminaría sufriendo.

—Confía en nosotros —dijo Luke.

Sin embargo, Jianne ya no era la joven novia esperanzada que en el pasado se había creído que podía llenar de amor a una familia salvaje y rota y que lo recibiría también a cambio.

—La confianza tiene que ganarse —replicó.

—Está bien, pues no confíes en nosotros —observó Luke—, pero quédate y observa cómo hacemos todo lo que podemos para conseguir que te sientas bienvenida aquí esta noche.

Jianne se quedó. Antes de que hubiera pasado media hora, Tristan la saludó y le presentó a su esposa. Pete había hecho lo mismo. Un pequeño niño chino ataviado con un elegante traje de corte occidental también había logrado llegar a su lado.

—Hola —le dijo ella con cautela.

Después de mirarla cuidadosamente, el muchacho pareció animarse a hablar.

—Me llamo Po. Soy aprendiz del *sensei* —dijo el niño en impecable cantonés. Cuando ella no respondió inmediatamente, repitió lo mismo en mandarín.

—¿De qué *sensei* estamos hablando? —le preguntó Jianne. Eligió el inglés para preguntar. El niño no la desilusionó.

—*Sensei* Jake. Bennett —añadió cuando ella volvió a guardar silencio.

—¿También te enseña el *sensei* Jake Bennett a hablar inglés?

—Yo ya lo sabía —dijo Po—. Y el tamul. Y un poco de malayo.

—Estoy impresionada. ¿Cómo es que hablas fluidamente tantos idiomas?

En ese momento, las ganas de hablar del muchacho desaparecieron.

—Porque sí.

—Bien, en ese caso, hola, Po. Yo me llamo Jianne —se presentó ella con una sonrisa.

—Hola —dijo el muchacho observándola atentamente con sus ojos oscuros—. Eres más guapa que en la foto.

—Gracias —respondió ella. Entonces, pensó en lo que el niño acababa de decir—. ¿Qué foto?

La luz de una lámpara cercana se hizo más tenue, como si alguien se hubiera interpuesto entre ésta y Jianne. Ella supo antes de mirar que Jacob se había reunido con ellos. Su presencia provocaba una nueva oleada de tensión en el ya tenso cuerpo de Jianne.

—Hola, Jacob —dijo con voz temblorosa. Su cuerpo temblaba por dentro, tal y como era de esperar. Jacob siempre había tenido la facilidad de enervarla—. Estaba charlando con tu aprendiz.

—Ya lo veo —repuso Jacob mientras observaba al muchacho—. ¿De qué foto estás hablando?

Po dudó como si se encontrara en una situación delicada. La mirada de Jacob se endureció.

—¿Po?

—La que tienes en la cartera.

—¿Has estado mirando en mi cartera?

—No he robado nada —se apresuró el muchacho a decir—. Hace mucho tiempo. El día en el que llegué al *dojo* yo... yo quería saber más. Sobre ti. Las carteras son buenas para ese tipo de cosas.

El niño y el hombre se miraron el uno al otro en tenso silencio.

—Me deshonras —dijo Jacob por fin.

Jianne vio asombrada cómo Po se perdía entre los invitados. Lo vio desaparecer deseando que ella pudiera hacer lo mismo.

—¿Es tuyo? —le preguntó.

—Podríamos decir que sí.

Por supuesto, Po no era hijo biológico de Jacob, pero había otras muchas maneras en las que un niño podría convertirse en la responsabilidad de un hombre. La madre de Po podría estar muerta. Jacob podría haber estado saliendo con ella, incluso viviendo con ella y si ella había muerto sin tener otros parientes, Po podría haber caído bajo la tutela de Jacob.

—¿Cómo?

—Pregúntaselo a Madeline.

No se podía decir que aquello fuera una respuesta.

—¿Vas a castigarlo?

Jacob tensó los labios.

—Me quitó la cartera y estuvo examinándola. Deliberadamente invadió mi intimidad. ¿No te parece que debería ser castigado por eso?

—Sí, pero... Jacob, es sólo un niño.

—¿Y eso qué significa? ¿Que no le pegue? —le espetó él.

Jianne se quedó sin palabras. No podía respirar. Bajó la cabeza y miró la copa de champán sin verla.

—Por el amor de Dios, Jianne. Jamás he pegado te he pegado a ti ni a ninguno de tus alumnos y te aseguro que no tengo intención de empezar ahora. ¿Por qué no te bebes tu champán y dejas de comportarte como si yo estuviera a punto de crucificarte? Te aseguro que no es así. No voy a hacerlo. Cuanto antes te des cuenta de eso tú y todos los que nos observan, mucho mejor.

Jianne se llevó la copa a los labios y dio un sorbo. Otro sorbo y estuvo a punto de terminarse el champán mientras pensaba en un modo de recuperar la conversación.

—Tienes buen aspecto —comentó. Nada más que la verdad—. Más imponente que nunca.

—¿Eso ha sido un cumplido?

—Así quería que sonara.

—No creo que lo fuera.

Más champán.

—Enhorabuena por tus éxitos —dijo ella—. Los títulos mundiales. Las clases de maestro. Madeline me ha dicho que vienen alumnos de todo el mundo para aprender de ti.

—Tú odias el kárate.

Eso no era cierto. Jianne odiaba el tiempo que él había dedicado al kárate. No se había dado cuenta de que, para algunos, el kárate era una forma de vida que rayaba con la religión o que, sin él, no había manera en la que Jake pudiera contener el fuego que ardía dentro de él.

—No lo odio. Simplemente nunca lo comprendí. Hay una diferencia.

—¿Acaso lo comprendes ahora?

—Un poco —dijo. Decidió que había llegado el momento de volver a cambiar de tema—. Madeline y Luke parecen estar hechos el uno para el otro.

—Así es.

—Y tus otros hermanos... y Hallie... Todos parecen tan civilizados ahora. Has hecho un buen trabajo con ellos.

—Yo no he hecho nada.

Ciertamente no había sido Jianne quien lo había hecho. Apartó la mirada de Jake y recorrió la sala. Había tantos ojos observándola, pero nadie parecía inclinado a reunirse con ellos.

—Perdona —dijo ella después de lo que pareció un silencio eterno—, creo que mi tía me está buscando —añadió. Con eso, se dispuso a marcharse.

—Espera —le ordenó él.

Una palabra. Nada más. Sin embargo, ella esperó. ¿Se trataba de obediencia o curiosidad? No lo sabía.

—¿Te gusta Singapur? ¿Te estás adaptando bien?

¿Ésa era la pregunta? ¿Por eso la había detenido?

—Singapur es un lugar maravilloso —dijo ella—. Y me estoy adaptando bastante bien.

—Tu tía le dijo a Luke que tenías un pretendiente no deseado.

Su tía había hablado demasiado.

—Dio a entender que él te está presionando para que consideres su oferta de matrimonio.

—Jacob, de verdad que no veo cómo nada de esto puede ser asunto tuyo.

—¿Que no lo sabes? Debes de estar ciega, *esposa* mía.

Su voz era medida, tranquila, pero no la engañaba. Bajo la tranquila apariencia, Jake Bennett hervía por dentro.

—En realidad, me he enterado a través de otros

que tú no tienes interés alguno en casarte con ese hombre, pero tal vez sea mentira y sí que quieras volver a contraer matrimonio. Tal vez yo sea sólo un impedimento para ti —le espetó mirándola con ojos fríos como un glacial—. ¿Quieres el divorcio?

—¡No! —replicó ella. Demasiado rápidamente—. Es decir... ¿Lo quieres tú? Tal vez la madre de Po...

—Se trata de una mujer a la que no he conocido nunca y a la que Po nunca menciona. Po era carterista, uno de los que suele rescatar Madeline. Me lo trajo al *dojo* para que él al menos tuviera un techo bajo el que cobijarse y algo que aprender.

—Oh...

Se había resuelto el misterio de Po, pero Jianne seguía sin saber nada sobre las relaciones sentimentales que Jake pudiera tener en aquellos momentos.

—Tu tía cree que si este hombre no consigue lo que quiere, podría convertirse en un peligro para ti —añadió Jake—. Madeline piensa lo mismo. Están preocupadas por tu seguridad.

—No debería preocuparse tanto —replicó Jianne. Ya se había preocupado ella lo suficiente por todos en los últimos meses.

—¿Te ha seguido a Singapur?

—No lo he visto aquí.

Todavía. No había necesidad de decirle al que aún era su esposo que Zhi Fu la había localizado. Que seguía recibiendo los regalos que él la enviaba.

—Jianne, ¿significa ese hombre un peligro para ti?

—Si te soy sincera, no lo sé. Jamás ha hecho nada malo. Juega conmigo, eso es todo.

—¿De qué clase de juegos estamos hablando?

Jianne sintió que había hablado demasiado.

—No importa.

—¿Juegos mentales?

—Jacob, esto no es asunto tuyo.

—¿Acaso no crees que sea asunto mío proteger a mi esposa de un acosador?

—Una esposa de la que llevas mucho tiempo separado —dijo ella con voz suave—. Doce años exactamente.

Jacob apretó los labios.

—Es decir, quieres la protección que mi nombre te puede reportar y nada más. Nada más.

Sonaba tan malo cuando él lo pronunciaba de aquel modo, pero eso era exactamente lo que ella quería. Había pensado, había esperado, que todo pudiera seguir igual, incluido aquel matrimonio de apariencias. Nunca se había parado a pensar en las necesidades de Jacob.

—Jacob, si quieres el divorcio, solicítalo. Si hay otra mujer...

Él la miró fijamente.

—¿Y qué haría tu pretendiente si supiera que estás libre?

—No lo sé. No importa. Sea lo que sea, yo me enfrentaré a ello. Si quieres divorciarte, lo haremos. No deberías tener que considerar mis necesidades.

—¿Sabes una cosa? Uno de estos días, Jianne, vas a darte cuenta de que el martirio no es lo que la gente espera de ti —le espetó él con voz tranquila—. Que no importa expresar tus necesidades y esperar que se tengan en cuenta.

—En ese caso, está bien —dijo ella. Respiró profundamente y expuso detalladamente sus necesida-des—. Efectivamente, necesito que Zhi Fu deje de perseguirme. El hecho de venir a Singapur me ha ayudado. Me alojo en casa de mis tíos y ellos no tie-nen intención alguna de alentar sus atenciones. Aquí no podrá acceder a mí como podía hacerlo en Shan-gai. Estoy segura de que se cansará pronto de sus jue-gos. Y yo me veré libre de él.

Jake la miró fijamente.

—Jake, preferiría no implicarte a ti. A menos que sea absolutamente necesario.

A Jake no le gustaba aquello. Se metió las manos en los bolsillos de los pantalones y apartó la mirada hacia la ventana. Necesitaba mirar a cualquier parte menos a ella.

—¿Llamarás al menos a alguien si crees que estás en peligro y que necesitas ayuda? —le preguntó por fin.

—Lo haré. Tengo mis primos y mis tíos. Tal vez incluso Madeline y Luke. Sin embargo, preferiría no tener que llamarte a ti. Seguro que entenderás por qué no puedes ser tú.

—¿Porque mi presencia es tan poco deseada como la de él?

—¿Cómo dices? ¡No! Por el amor de Dios, Jacob. Zhi Fu y tú no os parecéis en nada. A él no le quiero ni ver. En cuanto a ti... en una ocasión te quise dema-siado...

Resultaba difícil admitirlo. Sus propios fracasos. Sus carencias. Sin embargo, él se merecía aquella cortesía por su parte. Aquel esposo que le preguntaba si estaba en peligro.

—¿Acaso crees que no puedo protegerte? —le preguntó él.

—¿Desde cuándo te infravaloras?

—Es algo nuevo. Espero que sea temporal.

—Te he visto luchar para salvar a tu familia, Jacob. He experimentado de primera mano lo que puedes hacer, lo que eres capaz de hacer, para proteger a las personas que están a tu cuidado. Sé que me protegerías si te lo pidiera.

—Pero no me lo vas a pedir —afirmó él.

La miró. Ella tuvo que armarse de valor para mantenerle la mirada. Una tímida liebre observando al tigre.

—No puedo.

—¿Por qué no?

Jake siempre había puesto los cinco sentidos con la persona con la que se encontraba. Cuando la tomaba entre sus brazos y le hacía el amor, el éxtasis había llovido sobre ambos desde el cielo. Cuando sus atenciones se habían centrado en otras responsabilidades, los demonios de Jianne habían salido de nuevo a la superficie y habían exigido lo que se les debía. El amor obsesivo era así. Incandescente. Inolvidable. Y destructivo.

—Jianne, necesito una razón. ¿Por qué no me dejas ayudarte?

—¿Cómo? ¿Fingiendo que nos hemos vuelto a reunir felizmente como pareja? ¿Volviéndote a dejar entrar en mi vida hasta que Zhi Fu me deje en paz?

—Si eso es lo que hace falta... Podríamos poner límites.

Jianne sonrió tristemente.

—Sí, claro. Podríamos —dijo. Y ella podría romperlos—. ¿Te has sentido alguna vez tan enganchado a algo que el hecho de dejarlo casi te destruyó? —le preguntó ella suavemente.

Jianne mantuvo la mirada de Jake. Él no pudo mantener la de ella.

—Sí —respondió él por fin.

—Yo también.

En aquella ocasión, cuando Jianne se separó de él, Jake no intentó detenerla.

Capítulo 2

JIANNE consiguió despedirse de Madeline y de Luke. Sonrió a Layla, que dormía plácidamente y hábilmente se zafó de la invitación que Hallie le hizo para almorzar al día siguiente. Les dijo a sus tíos que se marchaba a casa y observó con afecto cómo su tío telefoneaba a su chófer para que viniera a recogerla. El tío Yi no iba a correr ningún riesgo con la seguridad de su sobrina. Por una vez, a Jianne no le molestó que se mostrara tan protector con ella.

Cuando Jianne salió al exterior y se dirigió hacia el coche que la estaba ya esperando, un muchacho ataviado con un traje cuidadosamente planchado permanecía entre las sombras del exterior del hotel. Ella aminoró el paso hasta que finalmente se detuvo a su lado.

—¿No te gustan las fiestas? —le preguntó amablemente.

Po negó con la cabeza sin dejar de mirarla. Buscaba algo, quería algo de ella, pero ¿de qué se trataba? A ella jamás se le habían dado bien los niños. Los hermanos y la hermana de Jake, más pequeños que él, eran testigos de eso.

—Siento que nuestra conversación te haya metido en un lío.

La angustia se reflejó en los ojos del muchacho.

—Yo también.

—¿Es ésta la primera vez que lo has deshonrado? —preguntó Jianne. Resultaba evidente que se refería a Jacob.

—No. En lo que se refiere al honor y a lo que significa, a veces no lo entiendo —respondió Po.

—¿Qué es lo que sí entiendes?

El muchacho consideró la pregunta durante un largo tiempo.

—La necesidad.

—En ese caso, tú y yo somos más parecidos de lo que crees —comentó Jianne con una sonrisa—. Ha sido un placer conocerte. Po del *dojo*. Si alguna vez me necesitas, búscame. Madeline sabe dónde encontrarme.

—¿Y si es Jake el que la necesita?

—Po...

¿Cómo decirle a un niño algo que ella nunca se había atrevido a pronunciar?

—Jake siempre ha sabido dónde encontrarme.

Con una dignidad nacida de la desesperación, Jianne Xang-Bennett se marchó.

Cinco minutos después de que Jianne se marchara

de la fiesta, Jake se marchó también. Le costó trabajo encontrar a Po dado que el muchacho se había marchado del hotel. Afortunadamente, no había ido lejos, al menos no a los lugares que antes solía frecuentar. Por el contrario, Po se había refugiado entre las sombras, a tan sólo unos pasos de la glamurosa entrada del hotel. El portero había tolerado su presencia por su elegante traje y sus brillantes zapatos.

El aparcacoches sacó la moto de Jake del aparcamiento subterráneo. Tenía demasiados caballos de potencia para ser práctica y, además, Singapur ofrecía pocas oportunidades para poner a prueba su velocidad. Tenía dos cascos. El más pequeño se lo había comprado muy recientemente.

Un muchacho lo observaba con los ojos llenos de desolación.

—¿Te vienes? —le preguntó mientras le ofrecía el casco más pequeño.

—¿Sigo siendo tu aprendiz?

—¿Sigues queriendo aprender kárate?

El muchacho asintió enérgicamente.

—En ese caso, te propongo un trato. Si robas, te largas. Si cometes otros errores, recibirás una única advertencia. Si vuelves a registrar las posesiones privadas de alguien, te marchas. ¿Entendido?

Otro enérgico movimiento de cabeza.

—En ese caso, móntate.

El muchacho se aferró con fuerza a él mientras se dirigían a casa.

Cuando Jake bajó al *tatami* sobre las dos de la mañana porque no podía dormir y necesitaba soltar la tensión que había acumulado rescatando viejos recuerdos del pasado que habría sido mejor olvidar, una sombra más pequeña se reunió con él.

En ocasiones, los hermanos son de utilidad. Jake no había esperado ver a Luke en el *dojo* al día siguiente después de su fiesta de compromiso, y mucho menos a las seis de la mañana, tan fresco como una lechuga y silbando alegremente.

—¿A qué hora terminó la fiesta? —le preguntó Jake.

—Sobre las dos.

—Entonces, ¿por qué has venido aquí a estas horas? ¿Te ha echado Maddy a patadas?

—Madeline se ha decantado por el Tai Chi como ejercicio matutino —dijo Luke, con un amplio bostezo—. Yo busco algo que tenga un poco más de nervio. Se me ocurrió que sabía exactamente dónde encontrarlo. ¿Dispuesto para un uno contra uno?

Jake sonrió.

—Supongo que podría estarlo...

Con sus hermanos no se contenía del modo en el que lo hacía con sus alumnos. Un hombre podía pelear para hacer ejercicio o para perfeccionar aquel arte guerrero. Para competir y para ganar. En ocasiones, un hombre peleaba para domar la bestia que habitaba en él. En otras, luchaba para olvidar.

Aquella mañana, Jake se decantaba por esto último.

—Bueno, ¿cómo fue todo? —le preguntó Luke mientras se quitaba la camiseta y las zapatillas y esperaba que Jake hiciera lo mismo.

Torsos y puños desnudos. Pantalones negros de algodón. A ninguno de los dos les importaba el color de sus cinturones.

—¿Cómo me fue qué?

—Anoche. Con Jianne.

—Tan bien como se podía esperar.

Luke hizo girar los hombros para calentar los músculos.

—Estuvisteis hablando mucho rato.

—¿Has venido aquí a pelear o a husmear?

—A las dos cosas. Estoy aquí por ti, guapo. No te olvides de eso.

Jake sonrió a su hermano de un modo que un hombre inteligente habría tenido cierta cautela.

—¿Cuándo has dicho que es la boda?

—Dentro de tres semanas.

—Trataré de no dejarte ninguna marca —dijo Jake mientras golpeaba a Luke en la mandíbula—. O no muchas.

Luke contraatacó con un rodillazo a la entrepierna de Jake y siguió con un codazo que, si hubiera alcanzado su objetivo, le habría arrancado una costilla a su hermano. Siguieron peleando. La sonrisa despreocupada de Luke dejaba a las claras que si Jake quería pelear sin reglas, a él no le importaba.

Lucharon con furia y con una gracia felina. Jake tenía una técnica excelente, pero Luke tenía la gracia de lanzar golpes impredecibles. Los dos tenían una generosa cantidad de instinto asesino. Era exactamente la clase de placer que Jake necesitaba para no tener que pensar en Ji.

El hecho de reunirse con Jianne siempre iba a terminar con hematomas por algún lado. En aquella ocasión, su hermano y él golpearon el suelo con fuerza. Luke gruñía y, en alguna ocasión, Jake vio estrellas que estaba seguro que no estaban allí anteriormente.

—¿Vas a cuidar de ella? —le preguntó Luke cuando se desembarazó de su hermano y se puso de pie.

—Ella no quiere que lo haga —respondió Jake sin levantarse. Simplemente, estiró una pierna y volvió a tumbar a Jake sobre el suelo con ridícula facilidad—. ¿Por qué nunca proteges la parte posterior de las rodillas?

—Porque me gusta mirar a tu techo —replicó Luke. Aquella vez no se levantó—. Yo creo que deberías cuidar de ella.

—Te he dicho que ella no quiere.

—Sí, claro. Como si eso te lo hubiera impedido alguna vez.

—Tú eres familia. Era mi trabajo.

—¿Y Jianne no es familia tuya? ¿Significa eso que te vas a divorciar de ella?

Jake colocó una rodilla sobre el pecho de Luke, al tiempo que lo agarraba del cuello antes de que él tuviera tiempo de respirar.

—Supongo que no —susurró Luke, con voz ahogada.

Jake lo soltó y se puso de pie. Entonces, extendió la mano para ayudar a su hermano a levantarse del suelo.

—Lo siento.

—No importa —murmuró Luke con voz ronca—. Estoy bien. ¿Hemos terminado ya?

—Sí. ¿Te quedas a desayunar?

—Sólo si me das un analgésico.

—Debilucho —comentó Jake mientras los dos se dirigían hacia la puerta.

—Engreído.

Jake miró a su hermano de reojo.

—Ese hematoma que tienes en la mejilla no se te va a quitar antes de la boda.

—Maldita sea. Idiota —musitó—. Entonces, ¿vas a volver a verla? ¿La vas a llamar? ¿Le vas a pedir que te acompañe a algún espectáculo o a alguna fiesta?

—Ella jamás aceptaría.

—Si no se lo pides, no. Tal vez le pida a Maddy que llame a Jianne —dijo Luke mientras se dirigía hacia la cocina arrastrando los pies—. Para ver si ha tenido una llamada inesperada o algún regalo. A ese tipo le gusta mucho hacerle regalos, según Maddy. Hace una semana le envió a Ji un vestido de novia. Hecho a medida por un diseñador de moda. Las medidas eran exactas. Ella se lo devolvió inmediatamente.

—¿Dices que le envió un vestido de novia?

—Sí, pero aún hay más. La compañía que había realizado el envío dijo que no podía devolverlo porque les habían dicho que en aquella dirección no vivía nadie con ese nombre. Ji lo comprobó con sus amigos de Shangai. El que le envió el regalo no se ha cambiado de casa, pero se ha tenido que quedar con el vestido porque la empresa de mensajería ya no quiere devolverlo. El tío de Ji ha dicho que se lo va a llevar él personalmente, aunque se está pensando si hacerlo tiras primero.

—¿Y qué se tiene que pensar? —rugió Jake—. ¿El tamaño de las tijeras?

Luke sonrió ligeramente. Jake frunció el ceño y se centró en la preparación del desayuno.

—Jianne no quiere que la ayude. Además, su tío se está ocupando de ella. Y Madeline. Y tú. ¿Qué más necesita?

Luke extendió la mano para tomar un par de tazas de café y la lata del café instantáneo.

—Algunos dirían que te necesita a ti.

Luke salió del *dojo* un rato después, bien desayunado y cojeando ligeramente. Jake cerró la puerta detrás de él porque el *dojo* estaba cerrado al público los domingos. No tenía nada que ver con la oración y sí con el descanso un tiempo del que disponer para sí mismo. Sin embargo, el teléfono comenzó a sonar diez minutos más tarde. Era Hallie, que estaba tratando de organizar una cena para todos los Bennett aquel domingo antes de que todos regresaran a sus respectivos lugares de origen. Después, fue Madeline la que llamó para organizar un almuerzo en su casa. Cuando el teléfono sonó por tercera vez, Jake estuvo a punto de no contestar, pero Tris y Pete habían quedado en ir a visitarle aquel día y aún no habían llegado. Tal vez se trataba de uno de ello.

Jake adoraba a sus hermanos incondicionalmente, pero cuando todos se reunían recordaba días ya pasados en los que su prioridad había sido mantenerlos juntos. Entonces, inevitablemente, pensaba en Jianne y sentía una fuerte sensación de culpabilidad por no haber hecho más para ayudarla a encajar en el caos que había sido su vida de entonces.

Cuando respondió el teléfono y escuchó la voz de Jianne, estuvo a punto de dejar caer el auricular. Como no dijo ni palabra, ella insistió.

—¿Tienes problemas? —preguntó él.

—¿Es así como sueles saludar a la gente? —replicó ella con voz suave.

—Con bastante frecuencia.

—¿Y cuál suele ser la respuesta?

—Normalmente es una variación de «he conocido a una chica y me tiene la cabeza hecha un lío».

—Bueno, yo no he conocido a ninguna chica.

—¿Dónde estás? —preguntó él, después de un instante de silencio—. ¿Estás bien?

—Estoy enfrente de tu *dojo* —respondió ella con una dignidad que sólo Jianne era capaz de comunicar—. Me gustaría entrar.

Jake llegó a la puerta en cuestión de segundos. La abrió y se echó a un lado para permitir que ella entrara. Entonces, examinó la calle, pero lo encontró todo tranquilo, con los rostros habituales. Cerró la puerta y se volvió para mirarla.

Estaba espléndida con un vestido de color limón que le caía en suaves ondas hasta las rodillas. Se había retirado el cabello del rostro con unas peinetas de ébano y se aferraba a su bolso como si fuera un escudo.

Jake le indicó que entrara al gimnasio y cerró los ojos para implorar piedad cuando vio la longitud de su cabello. Era como un río oscuro y brillante que le llegaba casi hasta el final de la espalda. Hubo un tiempo en el que el cabello de Jianne los había cubierto a ambos mientras hacían el amor. Aún podría hacerlo.

Su cuerpo aprobaba aquella noción, pero su mente se resistía. ¿Es que no había aprendido la lección la última vez que Jianne había entrado en su vida? Algunas cosas eran simplemente demasiado frágiles para que un hombre como él las tocara.

—¿Qué ha hecho? —le preguntó con voz dura, pensando en las posibles razones de la visita de Jianne—. Me refiero a tu pretendiente.

—¿Cómo sabes que ésa es la razón por la que estoy aquí? —replicó ella mientras él la conducía a través del gimnasio hasta la pequeña cocina.

Jake no tenía salón. Sólo tenía unos dormitorios decorados con escasos muebles para huéspedes ocasionales y para los alumnos que no residían en Singapur. Sus habitaciones estaban encima del gimnasio.

—¿Y por qué si no estarías aquí? Anoche te parecía que mi compañía era peor aún que la de quien te acosa. Esta mañana, aquí te tengo. El equilibrio ha cambiado y yo no he hecho nada al respecto. ¿Qué es lo que ha hecho?

—Tú siempre desequilibras una situación, Jacob. Lo haces muy bien —comentó ella mientras observaba la destartalada mesa y las sillas. Permaneció de pie.

—¿Quieres sentarte? —preguntó él, recordando lo escrupulosa que era Jianne en el cumplimiento de la etiqueta y del protocolo igual que a él no le preocupaba en lo más mínimo—. ¿Te apetece beber algo?

Jianne se sentó a la raída mesa de formica. Decidió no tomar nada. Jake se cruzó de brazos y esperó.

—Está aquí —dijo ella por fin—. Zhi Fu. Me ha llegado una invitación esta mañana para una fiesta que va a celebrar aquí, en su casa de Singapur.

—Es decir, te ha seguido —replicó Jake. No le gustaba aquella situación, dada la obsesión que el hombre tenía con Jianne, pero no lo sorprendía—. Tendrías que haberte imaginado que existía esa posibilidad.

—Había esperado que sus negocios se lo impidieran —murmuró ella—. Contaba con ello.

—¿Y ahora qué? —le preguntó él.

Jianne sacudió la cabeza.

—No lo sé. Iba a rechazar su invitación, como siempre hago, pero mi tío me sugirió que tal vez sería mejor transmitirle un mensaje más fuerte. Me sugirió que acudiera a la fiesta de Zhi. Contigo.

—Agresivo. Me gusta.

—Por supuesto.

—¿Ha sido eso un cumplido? —quiso saber él—. No me lo ha parecido.

—Como quieras —murmuró Jianne—. Simplemente necesito un protector. Un shaolín en el más puro sentido de la palabra, y sólo he conocido a uno de ésos en toda mi vida. A ti. Zhi Fu está aquí, en Singapur. Ha alquilado la casa que hay directamente enfrente de la de mis tíos. Podrá controlar todos mis movimientos tal y como lo hizo en Shangai.

Un fuerte sentimiento de protección se apoderó de él.

—Mi tío piensa que no sería sensato alquilarme una casa para mí sola en otro lugar de Singapur —añadió Jianne—. Cree que Zhi Fu se vendría detrás de mí.

—Creo que probablemente tu tío tiene razón —afirmó Jake mientras trataba de no fijarse en la suave curva de la mejilla sobre los rosados labios—. ¿Has considerado pedir una orden de alejamiento contra él?

—Antes tendría que amenazarme para poder hacerlo. Como te dije anoche, jamás hace nada malo, al menos a ojos de la ley. No sabes cómo es. Se le da muy bien ganarse a la gente. Se muestra encantador y colaborador hasta que comen de su mano. Eso es lo que hace. Es como gana. Hace que la gente sólo pueda acudir a él.

—¿Cuánto tiempo lleva ocurriendo esto? Jianne —añadió Jake al ver que ella no contestaba.

—Cinco años —dijo ella con un alarmante temblor en la voz—. Tardé un tiempo en darme cuenta de lo que estaba haciendo y cómo lo estaba haciendo. Al principio, mi padre me dijo que estaba loca y luego él también se vio atrapado en la red de Zhi Fu. Mi padre ya no piensa que yo esté loca, simplemente no puede hacer nada al respecto. Estoy tan harta de que no haya nada que nadie pueda hacer al respecto... Quiero recuperar mi vida. Quiero luchar contra esto —añadió, levantando orgullosamente la barbilla—. Quiero ganar.

—¿Y qué es lo que quieres de mí, Ji? ¿Quieres que te acompañe a esa fiesta? Lo haré. ¿Qué más?

—Quiero que él crea que estamos intentando recuperar nuestra relación —dijo ella. Se sonrojó vivamente, pero le mantuvo la mirada—. Quiero que des la impresión de que estamos... de que estás...

—¿Protegiéndote? —completó él.

—Esto también.

—¿Qué más, entonces?

—No puedo seguir viviendo en casa de mi tío sabiendo que Zhi Fu podría estar observando cada movimiento que hago. No puedo. Necesito un lugar en el que alojarme. Un lugar que encaje perfectamente con el plan general. Un lugar en el que me pueda sentir segura.

Jianne miró a Jake y supo que él sabía perfectamente lo que ella le iba a proponer.

—No —dijo él mientras se mesaba el cabello—. No puedes estar pensando en alojarte aquí.

—Madeline dice que tienes unas cuantas habitaciones en la parte de atrás en las que alojas a la gente.

—Sí, pero... ¿las has visto? Estamos hablando de lo más básico, Jianne. Espartano, más bien.

—Yo no necesito mucho.

—No hay cocinero, ni doncella. Sólo Po y yo y cuatro o cinco clases de kárate al día, empezando a las seis y hasta bastante tarde. El muchacho apenas duerme. A veces, si estoy despierto, entrenamos durante la noche. Y ésta es la cocina, pero también el comedor, el salón y el estudio de Po.

Jianne lo miró fijamente. Jake no se podía creer que ella pensara que algo así pudiera funcionar. Acompañarla de vez en cuando a algún sitio era una cosa, pero aquello...

—Espera hasta que veas los cuartos de baño.

—Si no me quieres aquí, sólo tienes que decirlo —dijo ella tranquilamente—. Es pedirte demasiado. Una invasión de tu intimidad que hace que lo de registrarte la cartera sea un juego de niños. Lo sé. Lo comprenderé si me dices que no, Jacob.

—Y si te digo que no, ¿adónde irás?

Jianne no tenía respuesta para eso.

—No te gustará vivir aquí. No hay comodidad alguna —le advirtió por última vez—. Hace calor, es ruidoso y poco refinado. La calle está a un par de metros, y no es precisamente una calle tranquila.

—Me las arreglaré.

Jake no podía creer que estuviera considerando aquella petición. Que estuviera pensando en dónde alojarla y cómo protegerla mejor. Comenzó a andar por la pequeña cocina con creciente agitación. Ella parecía una frágil princesa de cuento. Blancanieves necesitando un refugio. Él, por su parte, llevaba pantalón de deporte negro, una camiseta gris e iba descalzo. ¿Dónde demonios estaban los enanitos cuando uno los necesitaba?

—Ven conmigo —musitó él mientras la hacía subir por una estrecha escalera que había a un lado del gimnasio. Entonces, abrió la puerta que llevaba a su estudio.

Era espacioso. Eso era innegable y el espacio era un lujo en Singapur. Un suelo de madera cubría un espacio del mismo tamaño que el gimnasio que había abajo. Una cama con sábanas blancas, una colcha azul marino y un par de almohadas adornaba el rincón más alejado. Tenía una ducha y un aseo en la pared opuesta, con un pequeño tabique y una improvisada mampara que proporcionaba una cierta intimidad. En las dos paredes más largas, había amplias ventanas abuhardilladas. Él había adornado una de esas paredes con una serie de tapices de seda que representaban la escena de una batalla, plagada de muerte y destrucción. Una butaca, una lámpara de lectura y una estantería repleta de libros completaban la decoración. Los muebles bajo los ventanales contenían sus pertenencias y sus ropas.

—Sigue sin ser mucho, pero es mejor que lo que te puedo ofrecer abajo —dijo secamente.

—Pero... —comentó ella mirando a su alrededor—. Éste es tu espacio.

—Recogeré mis cosas. Yo me puedo quedar abajo.

—¡No! No hay necesidad alguna de sacarte de tu cama. Ésa no fue nunca mi intención. Yo me quedaré abajo. Sea como sea, lo haré.

—Esto es lo que te ofrezco, Jianne. Es lo único que te voy a ofrecer en lo que se refiere a alojamiento. Tú aquí arriba, alejada de todo.

Ella dudó.

—Lo tomas o lo dejas.

—Está bien —dijo ella mientras respiraba profundamente—. Lo acepto. Por supuesto, te pagaré un alquiler —añadió rápidamente mientras mencionaba una cifra semanal que la habría mantenido en un hotel de lujo y no en el estudio de un *dojo* en el centro de la ciudad.

—Guárdate tu dinero. No lo quiero.

Jianne dio un paso atrás, como si él la hubiera pegado. Jake apretó los dientes.

—¿Tienes que reaccionar así cada vez que te miro?

—¿Y tú tienes que mirarme así cada vez que abro la boca? —replicó ella—. La gente paga un alquiler cuando viven en un lugar que no es el suyo. ¿Por qué te sientes insultado porque me ofrezca a hacerlo? ¿Acaso te insulta que mi orgullo pueda ser tan grande como el tuyo?

El dinero había sido un punto de fricción entre

ellos desde el momento en el que Jianne le contó
exactamente cuánto tenía ella. Muchos millones, que,
con los años, se habrían convertido seguramente en
cientos de millones. Un pequeño detalle que ella no le
había contado hasta seis meses después de que se ca-
saran, cuando se ofreció a pagar a un ama de llaves
para que fuera a la casa todos los días y la ayudara a
limpiar la casa y a preparar comidas saludables para
toda la familia Bennett.

Se había estado ahogando con tares domésticas
que no tenía ni idea de realizar y Jake se había limita-
do a considerarlo un golpe a su orgullo. El ama de llaves no había aparecido. Y Jianne había seguido aho-
gándose.

—Está bien —dijo él—. Puedes contribuir con
algo al funcionamiento de la casa si esto hace que te
sientas mejor. Viene una persona todos los días a limpiar. Puedo hacer que suba aquí también, eso no es un
problema. Doscientos dólares de Singapur a la semana bastarán para cubrir tu estancia. Si sigues pensando que eso no es suficiente, te daré una cuenta en la
que puedas ingresar algo de dinero. Es la que he preparado para Po. Ingresa lo que quieras ahí.

A Jake le parecía justo aceptar el dinero de Jianne
en nombre de Po. No se podría decir que Jacob Bennett no aprendía de sus errores.

Ella lo miró durante un largo instante, antes de
asentir ligeramente.

—Eso será lo que haré.

Jake podía moverse rápidamente cuando así lo
quería. Sólo había que preguntarle a cualquiera de los
adversarios a los que se había enfrentado en un cam-

peonato. Sólo había que preguntárselo a Jianne. Su cortejo había durado cinco minutos antes de que le pusiera un anillo en el dedo. Desde entonces, él había tratado de aminorar un poco la velocidad y pensar, sobre todo en lo que se refería a decisiones que podían alterar una vida.

—¿Sabe tu tío que te quieres mudar aquí?

—Sí.

—¿Y está de acuerdo?

Jake se había enfrentado a la desaprobación de la familia Xang antes. Conocía su poder. Necesitaba saber en cuántos frentes tendría que luchar.

—Sí. Sea lo que sea lo que necesites, tendrás su colaboración plena.

—¿Y tu padre?

—Mi padre no puede ayudarme —afirmó ella.

—¿Estás segura de que no quieres seguir pensando en esto un poco más?

—Si lo pienso más, no lo haré.

—¿Y no te dice algo esto? —le preguntó él, en un último esfuerzo por hacerle cambiar de opinión.

—Sí —respondió ella, con una ligera sonrisa en sus deliciosos labios—. Que no piense.

Con una taza de té bien caliente entre las manos, acordaron en la desaliñada cocina que Jianne se mudaría a primera hora de la tarde. Jake decidió que sería mejor que ella lo acompañara en sus citas familiares para almorzar y para cenar. No iba a dejarla allí sola mientras él salía, al menos hasta que su insistente pretendiente aprendiera el significado de la palabra no.

—Tengo que ir a asearme —musitó mientras se pasaba la mano por la mandíbula para obtener confirmación—. Me marcho enseguida a almorzar a casa de Maddy. Es mejor que vengas. Tu tío puede hacer que te traigan aquí tus cosas.

—¿Quién más va a estar en ese almuerzo? —le preguntó ella con cautela.

—Luke y Po. Seguramente todos los demás.

—¿Con lo de todos te refieres a tus hermanos y a sus familias?

Jake asintió.

—No tenemos oportunidad de reunirnos muy a menudo hoy en día. Cuando la oportunidad surge, la aprovechamos. Hallie ha organizado también una cena. Haré que cambie la reserva para incluirte a ti.

—No, por favor. No quiero entrometerme en tus reuniones familiares.

Jake sonrió amargamente. Todo el mundo tenía sus cruces con las que cargar. Sus hermanos habían sido una de las de Jianne.

—Sé lo que piensas de ellos, Jianne. Que son demasiado decididos, demasiado inclinados a meterse en líos, demasiado rebeldes, pero eso era así hace tiempo. Ahora ya no son los mismos y yo estoy muy orgulloso de ellos. De todos. Deberías saber algo. Al pedir mi ayuda, no sólo me pones a mí a tu lado, sino que los tienes a ellos también. Harán lo que puedan para protegerte. Todo lo que haya que hacer, lo harán y eso vale mucho. Podrías intentar mostrarte agradecida.

—Y lo estoy —replicó ella. Se cuadró de hombros y lo miró fijamente, algo que jamás habría hecho doce años atrás—, pero necesitas saber algo también. Sobre tus hermanos, tu hermana y yo. Entre nosotros no hay lazos de amor incondicional, ni de confianza ni de aceptación. Si hacen lo que tú les pides, estaré agradecida, pero jamás cometeré el error de pensar que me están ayudando porque quieren hacerlo. Lo estarán haciendo por ti.

—Te equivocas.

—No —afirmó ella. Las sombras de sus ojos evocaban recuerdos más profundos, más oscuros—. No. Iré al almuerzo de Madeline, pero no iré a cenar con todos vosotros. Esta noche me quedaré en casa de mi tío y solucionaré unas cuantas cosas de las que tengo que ocuparme, como el transporte y las pertenencias que quiero traerme. Me mudaré mañana. Así tú podrás irte a cenar con tu familia sin pensar que tienes que ser responsable de mí. Todo el mundo estará contento.

Aquella sugerencia era muy propia de Jianne y despertaba recuerdos sobre situaciones en las que ella había hecho sugerencias similares a lo largo de su matrimonio. Olvidar las necesidades de ella en un intento por acomodar las de él y las de sus hermanos. Y todos se lo habían permitido, incluso el propio Jake.

—No —dijo él tristemente—. Almuerza con Madeline si quieres y sólo si quieres. Entonces, podremos regresar aquí y acomodarte a ti. La cena con mi familia no tiene por qué ocurrir.

—Pero...

—No, Jianne... No.

Jake la miró fijamente antes de salir de la cocina y dirigirse a las duchas del *dojo*. Allí, se desnudó y se colocó bajo el agua templada, que caía de forma muy escasa sobre su cabeza. Probó otra de las duchas y comprobó que no era mejor. Suspiró y añadió unas cuantas alcachofas de ducha a su lista de la compra para el día siguiente, acompañadas posiblemente de la revisión de la fontanería. Colocó el rostro debajo del agua y se lo frotó con fuerza antes de mirarse una parte de su anatomía que estaba claramente muy excitada.

—No... Ni hablar —susurró.

No cedería al deseo que sentía por aquella esposa tan encantadora y vulnerable por mucho que su cuerpo pensara lo contrario. Tenía que lavarse. Vestirse. Alejar de ella al hombre que la estaba acosando y sacarla de su casa. Aquél era su plan. Mientras lo hacía, podía demostrarle que había aprendido a responder justamente a las necesidades de los que le rodeaban.

En aquella ocasión, las necesidades de Jianne no serían las últimas. Él no lo permitiría.

Capítulo 3

EL ático de lujo de Madeline distaba mucho de la existencia casi espartana de Jake. Su hospitalidad era legendaria y no desilusionó a Jake y a Jianne cuando les abrió la puerta poco después de mediodía. Parpadeó una vez y se convirtió inmediatamente en una cálida y magnífica anfitriona.

Luke se quedó atónito cuando vio a Jianne al lado de Jake. Lo mismo le ocurrió a Hallie. Pete interrogó con la mirada a su hermano mayor. Tristan, por su parte, se limitó a observar. Nadie dijo ni una sola palabra.

—Jianne se va a alojar en el *dojo* durante un tiempo —dijo Jake a nadie en particular.

Serena, la esposa de Pete, fue la primera en reaccionar. Sonrió y les hizo entablar a todos una conversación cortés.

—Está nerviosa —le dijo él a Madeline mientras observaba cómo Jianne charlaba con el resto de las esposas de los hermanos Bennett.

—¿Y por qué no lo iba a estar? —replicó Madeline—. Con la excepción de Serena y Erin, a las que estaré eternamente agradecidas, ninguno de vosotros sabe cómo relajarse cuando ella está presente. ¿Qué fue lo que hizo? ¿Torturar perritos?

Jake la miró con desaprobación.

—Está bien. No me lo cuentes —murmuró Madeline—, pero si quieres mi consejo sobre cómo conseguir que Jianne se relaje con nosotros, te sugiero que te mires a ti mismo. Tal vez si tú pudieras relajarte, el resto podría hacer lo mismo. ¿Cerveza o algo más fuerte?

—Una cerveza.

—Perfecto —replicó ella con una sonrisa—. Iré a ver si puedo conseguir que Ji se tome una copa de champán. Y sigo pensando que una corbata lila ayudaría mucho.

—No va a ocurrir nunca.

—Objeción anotada. Por suerte, yo soy una mujer de un ingenio poco común en lo que se refiere a sacar el lado más sensible de un hombre.

Instantes más tarde, una bebé de rostro angelical estaba entre los brazos de Jake sin que él pudiera hacer otra cosa que abrazarla y dejar que Po se acercara con curiosidad a ambos, al tiempo que sufría que Madeline lo contemplara con una mirada malvada mientras se dirigía a hablar con Jianne.

Jianne lo había hecho bastante bien durante los

primeros minutos después de su llegada a la casa de Madeline. Justo hasta el momento en el que a alguien le había parecido adecuado depositar a la pequeña Layla en los brazos de su tío Jacob. Después de ese momento, todo empezó a resultarle doloroso.

Observar cómo el esposo al que había amado tan fieramente tomaba en brazos a su sobrina con tanta delicadeza y rechazaba todo intento por entregarla a otro llamó a las puertas del corazón de Jianne. Había deseado en una ocasión tener hijos. No inmediatamente después de su repentino matrimonio, pero sí que los había imaginado como parte de su futuro junto a Jacob. Se había imaginado a Jacob con ellos.

Aceptó el champán que Madeline le ofreció y sonrió para tratar de ocultar aquel asalto a su corazón tan bien como pudo. Si quería continuar con aquella charada, tendría que acostumbrarse a volver a estar en compañía de Jake y en la de sus hermanos. Eso significaba conversar con ellos.

Se armó de valor y centró su atención en el pequeño grupo, que incluía a Luke y a Tristan aparte de a Serena y a Erin. Esbozó una sonrisa y admiró el diseño de anillos que Erin llevaba en los dedos. Descubrió entonces que era diseñadora de joyas y que había realizado ella misma aquellos anillos. Charlaron afablemente durante un rato relajadamente hasta que Jake y una somnolienta Layla se unieron a ellos. Toda conversación cesó.

Cuando el silencio se hizo más incómodo, Tristan la miró y le preguntó si había conseguido terminar sus estudios de diseño gráfico.

—Sí —tartamudeó ella, asombrada de que Tristan recordara algo así—. Sí, claro que los terminé. Hoy en día me gano la vida realizando trabajos de diseño para varias organizaciones, principalmente empresas internacionales que deben transmitir su imagen corporativa en varios idiomas.

—¿Y tienes que ganarte la vida? —le preguntó Jake—. ¿Qué ocurrió con todo tu dinero?

—Lo reinvertí y ahora tengo más —replicó ella tranquilamente—. Si me estás preguntando si necesito el dinero que gano con mi trabajo, la respuesta es no. Si me estás preguntando si me gusta trabajar e imaginar que lo que hago tiene valor para otras personas, la respuesta es sí.

Jacob la miró fijamente a través de sus ojos inescrutables hasta que Tristan volvió a tomar la palabra.

—¿Podrás trabajar desde Singapur?

—Fácilmente. Tengo clientes aquí al igual que en Hong Kong y en Shangai. Los viajes que debo hacer los aprovecho para reunirme con los clientes.

—¿Necesitarás un espacio para poder trabajar? —le preguntó Jake.

—Ya lo tengo.

—¿Es seguro? —insistió él.

—Sí. Está en el complejo de oficinas de mi tío.

La pequeña Layla pataleó y golpeó a su tío directamente en el pecho, una patada que hizo que los tres tíos sonrieran y que el corazón de Jianne sangrara un poco más por la imagen que los dos transmitían.

—La chica tiene talento —dijo Luke. Entonces, miró a Jianne—. ¿Te gustaría tomarla en brazos?

—¿Qué?

—¿Te gustaría tomar a Layla en brazos un rato? —repitió él—. Eres la única que aún no la ha tenido.

—Está bien —susurró ella débilmente. Esbozó una cortés sonrisa dedicada a toda la familia.

Los ojos azules de Jacob se oscurecieron con una inidentificable emoción. Su generosa y deliciosa boca se mostró tensa, pero sus manos se mostraron imposiblemente delicadas cuando depositaron a la pequeña Layla en brazos de Jianne.

—Hay una regla que dice que, quien la tome en brazos, tiene que quedársela durante al menos quince minutos antes de entregarla a otra persona —gruñó él—. No dejes que te escatimen el tiempo.

—No lo haré.

Jianne sonrió a la niña, que dormía plácidamente.

—Es tan pequeña —comentó mientras le apartaba la mantita con la que la pequeña se cubría su rostro con un delicado gesto—. Tan frágil. Me da miedo respirar y romperla.

—A mí también —dijo Jake.

La agonía que ella escuchó en su voz hizo que Jianne levantara la mirada, pero él ya no estaba a su lado. Estaba al otro lado de la estancia con Po, el muchacho que todo lo veía, y que dedicó una rápida mirada a Jianne antes de seguir a su *sensei*.

La tarde se convirtió en noche con una velocidad que Jianne no había anticipado. Los planes para la tarde fueron encajando poco a poco. Po consiguió que Madeline le dejara dormir en su casa y se pidieron taxis para todo el mundo para ir al restaurante. Todos, menos Jianne y Jake.

Hallie había empezado a protestar cuando Jacob le

dijo que él no iba a ir a cenar, pero su hermano mayor la silenció con una mirada y poco después los dos se marcharon.

Tras un silencioso trayecto en taxi, los dos se encontraron frente a la puerta del *dojo*. Jake abrió y la hizo entrar mientras él se ocupaba de las dos maletas que ella tenía. Las llevó arriba, a la que a partir de entonces iba a ser la habitación de Jianne y recogió un puñado de ropa antes de decirle que iba a comprar un poco de comida tailandesa de un restaurante que había enfrente. Le sugirió que bajara en cuanto estuviera lista.

—Jacob, espera.

Él se dio la vuelta, lentamente. Sus brillantes ojos azules la observaban con cautela. Jianne trató de sonreír, pero la mirada de Jake se hizo más desconfiada aún.

—Sigo pensando que tú deberías dormir aquí arriba y que yo debería tomar una de tus otras habitaciones para invitados.

—No empieces...

—No soy una niña para que me des órdenes, Jacob. Tengo una opinión y tengo derecho a expresarla.

—Ya la expresaste esta mañana. Te dije entonces que si querías quedarte, dormirías aquí arriba. Es más seguro y más cómodo.

—Es tu espacio.

—Ya no. ¿Algo más?

Sí. El deseo de tocarlo la quemaba, aunque sólo fuera para descubrir que había sido un gran error acudir allí. Había salido de su zona protegida para invadir el espacio personal de Jacob.

—Gracias por esto —dijo—. Por tu ayuda.

—No es nada.

—Para mí es mucho. Aquí me siento segura. Más segura y más fuerte de lo que me he sentido en mucho tiempo.

—Estás haciéndote con el control de la situación —afirmó con una de sus escasas sonrisas. Una sonrisa tan sólo para ella—. Lo demás son efectos secundarios.

—Sin embargo, no lo podría haber hecho sin ti.

Extendió una mano y tocó la de él con la suya. Tenía que saber si aquel fuego que todo lo consumía y que en el pasado los había engullido a ambos seguía allí, bajo la piel de Jake, bajo todo aquel aparente autocontrol.

Así era.

Jake tembló al sentir aquella caricia. Bajó las oscuras pestañas para ocultar sus ojos y apartó la mano de la de ella como si el contacto le escociera.

—No hagas esto —le dijo con voz entrecortada.

Jianne absorbió la sorprendente reacción de Jacob con una tranquilidad nacida de la desesperación.

—No ha sido una invitación a la intimidad, Jacob. Lo único que he hecho ha sido tocarte.

—Pues no lo hagas —le advirtió él con fiereza—. Aquí no. Y menos aún cuando estamos solos. No puedo.

Con eso, se dio la vuelta y se dirigió hacia la puerta como si todos los demonios del infierno fueran tras de él.

Cerró la puerta firmemente a sus espaldas y Jianne dejó escapar el aliento que había estado conteniendo. Jacob había hablado en serio al hacerle su advertencia. ¿Quién sabía que aquellas palabras se alojarían en el alma de Jianne como una brillante flecha de esperanza?

Miró a su alrededor. Una tenue luz iluminaba suavemente la estancia. De repente, neón rojo por las ventanas de un lado, azul por las del otro y sin una cortina por ninguna parte. Demasiada luz para dormir a menos que una persona estuviera acostumbrada a hacerlo a sí o demasiado cansada como para que le importara. Lo positivo de todo aquello era que nadie se podría acercar a ella en la oscuridad mientras dormía.

Observó la cama. La cama de Jacob. Había cambiado las sábanas y la colcha. Sus libros seguían en la estantería y la butaca parecía mostrar la huella de su cuerpo. Un ligero aroma a él flotaba en el ambiente, turbando sus sentidos, conjurando recuerdos de posesión y rendición que era mejor olvidar.

Deshizo sus maletas y colocó su camisón sobre la cama antes de recoger sus objetos de aseo para llevarlos al cuarto de baño. ¿Seguiría Jacob durmiendo desnudo? Ella nunca lo hacía. Al menos desde el momento en el que huyó de la cama de Jacob tantos años atrás.

Se quitó el vestido y se metió bajo la ducha. Cerró los ojos y dejó que el agua refrescara su caldeada piel. El estudio de Jacob no tenía el lujo al que ella estaba acostumbrada desde su nacimiento, pero tenía una tranquilidad que provenía del hecho de satisfacer las necesidades más sencillas. Cobijo. Comida. Disciplina. Objetivos. Las necesidades de un guerrero. No había espacio para la suavidad, aunque esto no era del todo cierto. Había una cierta suavidad en Jacob, junto con un corazón generoso y una poderosa necesidad de proteger a los que necesitaban protección.

Jake había hecho sitio para Po allí.

Y haría sitio para ella.

Resulta increíble los recuerdos con los que el cerebro puede llegar a sorprendernos cuando se permite que el pasado regrese a un primer plano. Como el plato tailandés favorito de Jianne, que Jake decidió pedirle. También le gustaban las verduras al vapor, por lo que las pidió también, seguidas de sus propias preferencias, además de arroz blanco suficiente para alimentar a un ejército y otro plato de pescado. No le importaba haber pedido demasiada comida para dos. Necesitaba algo en lo que centrarse aparte de la mujer que una vez había amado sin medida. En aquellos momentos, la comida era lo más inmediato.

Esperó hasta que le prepararon su pedido mientras observaba la calle para ver si veía alguna señal de desconocidos que no pertenecieran al barrio. Conocía bien la zona y a las personas que vivían allí. Zhi Fu podría tratar de comprar algo allí, tal vez incluso lo consiguiera, pero el vigilante sería vigilado y había más de una manera de entrar y salir del *dojo* sin ser visto. Puertas traseras, a través de callejones y de las tiendas de las personas cuyos negocios estaban al lado del suyo. Po utilizaba todas ellas y seguramente ya habría descubierto otras más. Po tenía el deseo del ladrón de tener más de media docena de posibles caminos de huida entre los que elegir.

Jake observó las ventanas de su apartamento, en el primer piso del *dojo*. Trató de decidir lo seguras que eran y si alguien podría ver algo a través de ellas.

Decidió que no.

Por fin llegó su pedido. Lo recogió y cruzó la carretera para dirigirse a la entrada lateral del callejón, que llevaba directamente a su cocina, en vez de a la principal. La puerta de la cocina era vieja y la cerradura muy sencilla. Jamás había pensado en instalar un sistema de seguridad. Tal vez iba siendo hora de hacerlo.

Jianne le abrió la puerta antes de que metiera la llave en la cerradura.

—No hagas eso —le espetó él mientras entraba en la cocina.

—Si quisiera vivir en una cárcel, me habría quedado en la casa de mi tío.

—Si quieres vivir aquí, tendrás que hacer lo que yo te diga —dijo Jake mientras cerraba la puerta y dejaba la comida sobre la mesa.

Trató de ignorar el aroma a mujer recién aseada que flotaba en el aire. Hizo todo lo que pudo por no fijarse en el modo en el que la ligera falda y la camisola que ella llevaba puestas se ceñían a su frágil belleza o el modo en el que el pulso se le aceleraba al verla.

—Haz lo que te pido, Jianne. Comprueba quién llama antes de abrir la puerta, en especial si estás sola. Es una buena costumbre que deberías adquirir.

—Me apuesto algo que no es una de tus buenas costumbres.

—No soy yo el que está siendo molestada por un

acosador —replicó él mientras revolvía en el cajón de la cocina.

Palillos chinos si ella los quería, cucharas y tenedores si no. Jianne lo ayudó colocando la salsa de soja y la sal de la estantería de la cocina y vasos del escurreplatos.

—¿Qué quieres beber? —preguntó él—. Tengo cerveza, whisky o agua. Hay una máquina en el gimnasio que tiene bebidas deportivas o refrescos de cola. Si no te apetece nada de todo esto, hay un supermercado a la vuelta de la esquina.

—El agua está bien —dijo ella—. O cerveza, si te vas a tomar tú una.

Jake sacó las dos cosas del frigorífico y dejó que fuera ella quien decidiera. Se le había olvidado la habilidad de Jianne para crear orden en el caos. Para hacer que unos muchachos adolescentes se lavaran las manos antes de sentarse a comer. Por disfrutar con el modo en el que estaba puesta la mesa y hacer que todos los que se sentaran a ella conversaran y conectaran.

—No tengo boles —dijo él tras mirar en el armario—. Creo que Po utilizó el último para mezclar una crema para sacar brillo a los muebles de madera.

—¿Para qué? —preguntó ella, atónita. No había visto mueble de madera alguno. Y mucho menos nada a lo que mereciera la pena sacar brillo.

—Po y Luke han estado haciendo una mesa de estudio para la habitación del primero. La crema era para eso, lo que significa que no quedan boles, sino tan sólo platos que no hacen juego. No es a lo que tú estás acostumbrada.

—¿Acaso me estoy quejando?

—Casi nunca lo haces —musitó él—. Lo que hace difícil que las personas sepan lo que estás pensando. Lo que quieres.

—Me gustaría el plato que tiene el borde azul —dijo ella con aquella voz tan suave que hacía imposible saber si estaba bromeando, si hablaba en serio o un poco de las dos cosas—. Y me gustaría que los dos nos sentáramos a comer.

Eso funcionó durante un rato. Por fin, tuvieron que buscar un tema de conversación. La cortesía lo requería. Jacob se esforzó por encontrarlo, a pesar de que la charla de cortesía jamás había sido su fuerte.

—¿Por qué Singapur? —preguntó.

—Mis tíos están aquí, al igual que algunos de mis clientes. Además, sabía que tú estabas aquí y que no me vendría mal que Zhi Fu pensara que yo podría querer volver a verte.

—¿Cómo supiste que yo estaba aquí?

—Me lo dijeron mis primos —respondió ella—. Siempre han sabido dónde estabas y lo que estabas haciendo.

—¿Cómo?

—Te buscan en Google.

—Oh, vaya...

—Los títulos mundiales atraen la atención —añadió ella, con una sonrisa—. ¿Sabías que tienes un club de fans? Con fotos y todo.

—¿Podemos dejar de hablar de eso? —murmuró él—. ¿Para siempre?

Jianne sonrió más abiertamente y tomó una gamba con sus palillos.

—Jamás supe de verdad lo que querías hacer con

tu vida, aparte de ganar torneos de artes marciales. Sin embargo, la enseñanza encaja contigo. Creo.

—No planeé nunca dedicarme a la enseñanza. Llegué a este *dojo* después de ganar mi primer título mundial. Estaba cansado y buscaba al antiguo *sensei* para mejorar mi técnica. Me quedé una semana. Regresé tres meses más tarde. Aquella vez quería más equilibrio. Cuando me podía escapar, regresaba aquí y regresaba a casa... descansado. Cuando el antiguo *sensei* decidió venderlo, yo comprendí que ésta era la vida que quería. El momento era el adecuado. Mis hermanos y Hallie ya no eran niños, por lo que le hice una oferta.

—¿Echas alguna vez de menos Australia?

—No.

—¿Y a tu familia?

—Luke también está en Singapur. El resto vienen de visita con frecuencia.

—¿Y tu padre?

—No viene a menudo.

—¿Consiguió superar la muerte de tu madre?

—No.

—¿Le has perdonado por no haberte apoyado cuando lo necesitabas?

—¿Qué te parece a ti?

—No lo sé. Por eso te lo he preguntado. ¿Me has perdonado a mí? —añadió con voz solemne.

—Jianne... —dijo, sin saber cómo empezar a contestar aquella pregunta—. No me di cuenta de lo que te estaba pidiendo cuando te pedí que pasaras a formar parte de la familia Bennett de entonces. No te dimos mucho apoyo. Yo no te di mucho apoyo. Jamás te culpé por marcharte cuando lo hiciste.

No mucho.

Jianne se sirvió unas verduras para acompañar su pequeña porción de gambas. Jake miró la comida que tenía en el plato.

—Deberías comer más —musitó.

—¿Por qué accediste a ayudarme?

—Porque lo necesitabas.

—¿Alguna otra razón?

—Tal vez simplemente me gusta pelear.

—Eso no es una novedad.

—Lo siento.

Jake sonrió débilmente. Jianne había odiado el estilo de vida que él llevaba. La tranquila Jianne jamás había comprendido la ira que lo atenazaba ni su imperiosa necesidad por controlarlo antes de derramarla sobre las personas que amaba. No había sabido cómo explicarlo entonces ni lo sabía doce años después.

—Tal vez decidí que ayudarte me proporcionaría un nuevo desafío. Una clase diferente de lucha a las que ahora estoy acostumbrado. Tal vez el consenso general diga que estoy en deuda contigo y que no habría importado lo que me hubieras pedido. Lo habría hecho de todas formas.

Jianne abrió los ojos de par en par. Entonces, parpadeó y dijo:

—¿Quieres decir que he tenido un esclavo en deuda conmigo a mi disposición todos estos años sin que nadie me lo mencionara? Jamás me había imaginado algo así, ciertamente mucho menos en mi relación contigo...

—Déjate de esclavos. De eso no sale nunca nada bueno.

—No lo sé. Podrías estar desnudo con tan sólo un taparrabos. Y podría haber aceite de por medio.

—En esta vida no.

—Te recuerdo que en esto de la esclavitud, tú eres el que obedece las órdenes. No las das.

Jake la atravesó con su mirada más intimidante. Entonces, siguió comiendo.

—Sólo estaba asegurándome —dijo—. No me gustaría equivocarme.

Jacob no dejó que Jianne lavara los platos, pero no se opuso a que limpiara la mesa y metiera las sobras en el frigorífico mientras él los fregaba. Un profundo silencio caía sobre ambos. Jianne había pensado que habían hecho progresos hacia el hecho de sentirse cómodos el uno con la otra. Evidentemente, se había equivocado.

—¿Puede haber música?

—Puede haberla si te vas arriba —replicó él—. Arriba hay un equipo de sonido —añadió. Se trataba de un intento no demasiado sutil por mandarla a otro sitio en el que él no estuviera—. Tengo papeles de los que ocuparme en mi despacho. Después, me iré a la cama.

—¿Hay algo que necesites de arriba? ¿Ropa? ¿Objetos de aseo?

—Esta noche no. Sacaré el resto de las cosas que necesito mañana mientras estés trabajando. Vas a ir a trabajar a tu despacho mañana, ¿verdad?

—Sí.

Jake pareció aliviado al escucharlo.

—¿Y cuándo es esa fiesta a la que quieres que te acompañe?

—El viernes.

Faltaban cinco noches.

—En ese caso, deberíamos salir juntos antes —dijo él con evidente desgana—. A algún sitio público. A ver qué es lo que ocurre.

—Está bien —respondió ella. Era buena idea—. Entonces, ¿buenas noches?

—Sí.

Jake asintió y se dio la vuelta. Jianne comenzó a subir las escaleras y cerró la puerta a sus espaldas. Observó la cama de Jacob y lanzó un gruñido. En vez de a la cama, se dirigió al cuarto de baño y se cepilló los dientes. A continuación, se trenzó el cabello para evitar tenerlo enredado a la mañana siguiente. Después, se dirigió a la cama y se puso su camión. Entonces, la rodeó sin tocarla, tratando de elegir un lado.

Cuando por fin reunió el valor de deslizarse entre las sábanas, descubrió que no era una cama blanda. Era la cama de Jacob. Experimentó una sensualidad que acompañaba al gesto. Era un placer robado, fiero y prohibido. Cerró los ojos y se mordió el labio. Se permitió recordar una ocasión en la que la persecución del éxtasis la había dominado por completo.

Con él, se había comportado dócilmente. No estaba segura de su papel dentro de la familia de su esposo. Le resultaba todo demasiado desconocido como para poder capear las situaciones con seguridad. Sólo en el abandono con el que se rendían a la pasión habían demostrado ser iguales.

En todos los sentidos.

No lograba conciliar el sueño. La una de la madrugada. Las dos. El sueño seguía eludiéndola y el deseo
de su cuerpo por conseguir una satisfacción sexual se
hacía cada vez más fuerte. Apartó las sábanas y comenzó a pasear por la habitación. Los pies descalzos
no hacían ruido alguno sobre el suelo de madera. Los
tapices de Jake estaban hechos de seda y el deseo de
tocarlos fue el único que se pudo permitir. Se permitió ese único placer y el de sentarse en la butaca de
lectura de Jacob, con las piernas recogidas debajo del
cuerpo y los muslos apretados firmemente el uno contra el otro mientras estudiaba los cantos de los libros.

El aroma de Jake la turbaba. La necesidad de tocarlo era más fuerte que ella. Cerró los ojos y descansó la cabeza sobre la butaca mientras suplicaba que el
sueño acudiera a ella por fin.

Casi lo consiguió. A las tres de la mañana, ya en
la cama, con la respiración lenta y tranquila y la mente cerrada a los recuerdos de los momentos que había
pasado entre los brazos de Jacob, estuvo a punto de
alcanzar el sueño que tanto ansiaba... Hasta que escuchó un suave sonido desde la planta de abajo, unos
golpes irregulares y sordos.

No era el ruido de las tuberías ni el de alguien que
estuviera llamando a la puerta. Era otra cosa.

La puerta no hizo ningún ruido cuando la abrió.
Las escaleras no crujieron bajo su peso. Bajó silenciosamente hasta que por fin se pudo sentar en un es-
calón e inclinarse hacia delante para asomarse hacia
el gimnasio.

Iluminado por la tenue luz que entraba por las
ventanas, vio a Jacob de espaldas a ella, desnudo has-

ta la cintura y con unos pantalones negros ceñidos a mitad de las caderas. Había desolación y desesperación en el modo rítmico en que la carne golpeaba contra un saco de boxeo que colgaba de una viga del techo. Los músculos se le tensaban en la espalda. El poder parecía atravesarlo de la cabeza a los pies. Jianne lo observó durante largos minutos antes de regresar silenciosamente al dormitorio que él le había adjudicado. Se metió entre las sábanas y cerró los ojos mientras los golpes seguían sonado.

Sin embargo, no logró quedarse dormida.

Capítulo 4

LA jornada del *dojo* había empezado ya cuando Jianne bajó a las ocho de la mañana siguiente. Desgraciadamente, las escaleras iban a dar directamente al gimnasio. No podía ser más discreta, dado que era la única opción para bajar, pero al menos estaba vestida de calle y no con el camisón.

Llevaba puesto su atuendo habitual para ir a trabajar. Pantalones grises hechos a medida, zapatos de tacón alto y una camisa sin mangas. La que llevaba aquel día era de un rosa chillón. Se había recogido el cabello, como solía hacer para presentar una imagen más profesional, una imagen que no tenía lugar alguno dentro de las paredes del *dojo* y lo sabía. Los alumnos de Jake también lo sabían y quedaron sumidos en un completo silencio a medida que ella fue bajando las escaleras.

Jacob aún no la había visto, dado que estaba buscando algo en un baúl con dos de sus alumnos. Jianne no sabía si debía interrumpirlo o no. Lo único que tenía que hacer era llamar su atención, saludarlo con la cabeza y salir por la puerta. Debería haber sido algo suficientemente fácil, pero, dado el modo en que su estancia allí estaba desarrollándose, incluso aquella pequeña interacción podía terminar siendo desastrosa.

Comenzó a atravesar el gimnasio y se detuvo sólo cuando Jacob levantó la mirada y se dirigió hacia ella. Para ser un hombre que se había pasado la mitad de la noche golpeando un saco de boxeo tenía un aspecto muy descansado.

Jianne, por su parte, había tenido que recurrir al maquillaje para ocultar la noche de insomnio.

—¿Te marchas ya a trabajar? —le preguntó él cuando llegó a su lado.

Tenía la voz grave y ronca, un atributo más para arrebatarle a una mujer su compostura. Desde el modo en el que caminaba hasta los anchos hombros, todo lo que se refería a Jacob parecía diseñado para dejar insomnes a las mujeres.

Jianne asintió. Tenía la garganta tan seca que le costaba pronunciar las palabras. Nada que una taza de té no pudiera arreglar. Desgraciadamente, no tenía una a mano.

—¿Cómo?

—He llamado a un taxi —susurró ella, aunque de un modo perfectamente audible. Seguramente Jake tenía algún fallo por alguna parte. Lo miró de nuevo y tragó saliva.

No lo parecía.

—¿Cómo vas a regresar a casa?

—Del mismo modo.

—Puedo ir a recogerte a tu trabajo en la moto, si no te importa viajar así.

—No, no me importa.

—¿Te viene bien a las cinco y media?

Jianne volvió a asentir y le dio la dirección. La ropa que Jake se ponía para dar sus clases de kárate implicaba unos pantalones negros, muy amplios, y la camiseta que tan bien le sentaba. No llevaba ni casaca ni cinturón negro. Sus alumnos formaban un grupo bastante heterogéneo. La mayoría eran hombres jóvenes y, aparte de sus pantalones negros, ellos tampoco llevaban uniforme alguno. Las camisetas eran todas diferentes. No había mujeres, al menos en aquella clase.

—Es mi clase de alumnos avanzados —le comentó él al notar la curiosidad de Jianne—. La mayoría lleva viniendo desde hace años.

Todos la miraban fijamente.

—Cualquiera pensaría que no han visto nunca a una mujer bajar por esas escaleras —dijo ella con un cierto nerviosismo.

—Y no la han visto.

—Oh.

Jianne se quedó atónita ante la implicación de aquella respuesta. Jacob era un hombre muy apasionado, que disfrutaba de las mujeres. ¿Cómo no iba a haber tenido a ninguna mujer en su casa durante aquellos doce años? Seguramente la respuesta a aquel enigma estaba en su enorme discreción.

—Bueno, ¿qué quieres que haga para fingir que

estamos juntos? ¿Te doy un beso de buenos días delante de ellos?

—Yo no lo recomendaría —musitó él—. Es mejor que te limites a sonreír y te marches, Jianne. Yo me ocuparé del resto.

Con eso, se dirigió hacia donde estaban sus alumnos. Jianne, por su parte, se dirigió hacia la puerta. Los tacones de sus zapatos marcaban un ritmo sobre el suelo que, de alguna manera, sonaba equivocado en aquella sala llena de hombres.

Cuando llegó a la puerta, se dio la vuelta. Observó al marido del que había huido tantos años atrás. Jacob se giró para mirarla, como si hubiera presentido que ella le estaba observando. Ella se quedó sin aliento ante la intensidad de aquella mirada azul. Jacob tenía razón en lo de que no era necesario un beso. Aquella mirada era más que suficiente, reflejo de puro deseo, oscuras pasiones y tórridas necesidades capaces de incinerarlos a ambos.

Jianne levantó la barbilla y mantuvo la mirada de Jacob mucho más tiempo del que hubiera debido. Entonces, por fin, se marchó.

A las cinco y veinticinco de aquella tarde, Jianne cerró el ordenador, se reclinó sobre su butaca y se estiró. Su último cliente era un grupo hotelero con base en Hong Kong que acababa de adquirir cadenas de hoteles en Australia y Nueva Zelanda. Tenían sus propios diseñadores para toda Asia, pero la habían llamado a ella como asesora para que se ocupara de sus adquisiciones en el Pacífico Sur. Diseñar una nueva imagen, aunque familiar cuando ya existían marcas anteriores tan conocidas parecía fácil, pero no lo era.

El teléfono sonó. Ella lo contestó automáticamente.

—JB Graphics.

—¿Qué significa la B? —le preguntó Jacob.

—Bennett —respondió ella. Después de eso, se produjo un largo silencio—. Estaba terminando —dijo para romper el silencio—. ¿Dónde estás?

—Esperándote delante del edificio.

—Enseguida bajo.

Jianne colgó, recogió su bolso y apagó las luces. Instantes después, salía del ascensor y se dirigía a las enormes puertas de cristal que la conducirían al exterior, al bullicio y al calor de la ciudad de Singapur.

Estaban en el centro financiero de la ciudad, ruidoso y repleto de gente. Los trajes caros dominaban la indumentaria. Elegantes escaparates contribuían al aire de afluencia. El guerrero de anchos hombros y rostro angelical que la esperaba al lado de una poderosa moto negra parecía estar tan fuera de lugar como ella lo había estado en su *dojo* aquella mañana.

Sin embargo, no parecía que a Jake Bennett le importara.

Él observó el avance de ella a través de la multitud. A su lado, tenía dos cascos sobre el asiento de la moto.

Jianne se detuvo al llegar a su lado. Él no sonrió.

—Pensaba que estarías realizando tus negocios con tu apellido de soltera —dijo él por fin.

—Pues te has equivocado. Por supuesto, mi familia siempre me ha ayudado, por supuesto —añadió, tras una pausa—. Me dan acceso a despachos y salas de reuniones y muchos contactos. Sin embargo, no utilizo su apellido. Mis clientes me conocen como Jianne Xang-Bennett. Es el nombre que aparece en mi pasaporte y en mi carné de conducir. ¿Te supone esto un problema?

—No —dijo él mientras se pasaba la mano por el cabello—. Yo... No. No hay problema —añadió. Entonces, la miró con gesto pensativo—. Vas a tener que soltarte el cabello para poder ponerte el casco de la moto. ¿Te importa?

—¿Es esto una descarada indirecta para que demuestre, por si alguien estuviera observándonos, que soy una chica salvaje y que no me importa soltarme la melena?

—No. Tiene que ver con tu seguridad —replicó él secamente. Sin embargo, los ojos se le iluminaron ligeramente. Aquello supuso el único acicate que Jianne necesitó. Levantó los brazos y empezó a quitarse horquillas—. Date la vuelta —añadió él.

Instantes después, él comenzó a quitarle también las horquillas. Sabía bien dónde encontrarlas. Se las había quitado con bastante frecuencia durante su matrimonio, y con un inmenso placer. Cuando el cabello cayó como una cascada por la espalda de Jianne, ella tenía los nervios de punta, atenazados por las sensaciones y los recuerdos de momentos pasados que no dejaban de turbarla.

—Podrías recogértelo en de la nuca —murmuró él con voz ronca mientras le deslizaba los dedos por los suaves mechones antes de dejárselos caer—. O trenzártelo.

—¿Y estropear la imagen de salvaje? —preguntó ella. Se dio la vuelta y, de algún modo, las manos de él terminaron sobre los brazos de Jianne. Ella se encontró más cerca del fuerte cuerpo de Jake de lo que había anticipado—. No lo creo.

Estudió atentamente el rostro de él. Vio las sombras del hombre que él había sido una vez en sus contornos. Una boca hecha para sonreír, aunque prácticamente ya no lo hacía. Ojos que relucían cuando estaba contento o que se profundizaban hasta adquirir el tono de más oscuro zafiro cuando estaba excitado. Tenía las yemas de los dedos ásperas, lo que notó cuando él le acarició suavemente los brazos.

Jacob conocía su fuerza, pero, a pesar de no estar utilizándola, la tenía completamente inmovilizada bajo su tacto.

Jianne se movió un poco hacia delante. La necesidad se había apoderado de ella. Aunque le avergonzara, necesitaba más de aquel hombre. Le colocó a Jacob las manos sobre el pecho, aunque se dijo que era para guardar mejor el equilibrio y contuvo el aliento cuando él la miró.

—¿Está él aquí? —musitó él con voz ronca—. ¿Nos está observando?

—No lo sé —dijo. No le importaba—. Tal vez lo esté. Tal vez no. Sea como sea, parece que tenemos espectadores —añadió. Siempre había sido así. Jacob y ella juntos, tal vez por la mezcla de razas, o tal vez porque él era simplemente tan guapo—. ¿Quieres que les sigamos el juego?

—Creo que sí. Los espectadores existen para mantener a un hombre civilizado. ¿Lo sabías? —murmuró él mientras sus labios se acercaban poco a poco a los de ella—. Si quieres besarme y hacer que la gente piense que volvemos a estar juntos, ahora es el momento.

—¿Estás seguro?

—No, pero hazlo de todos modos.

En ocasiones, a una mujer simplemente le venía bien hacer lo que se le decía.

El roce de una lengua, el recuerdo de un sabor que jamás se ha olvidado. Un maravilloso y erótico beso que llenaba la necesidad que hervía dentro de ella. Una caricia de bocas abiertas y ardientes que pudiera hacer desaparecer todos aquellos años de soledad. Jianne lo deseaba por eso.

Y lo tomó.

Jake pensó que podía controlar aquella situación. Allí, en la acera, delante de desconocidos, se imaginó que podría coartar su respuesta hacia la mujer que una vez había sido dueña de su corazón. Sin embargo, no había contado con la absoluta rendición de Jianne a ese momento. El modo en el que alimentaba la pasión que surgía entre ellos con una entrega que no dejaba lugar a la contención. Cuanto más profundamente caía, más hambre tenía y más daba hasta que, por fin, rompió el beso. Descansó la frente contra la de ella. El corazón le latía con fuerza en el pecho y sus sentidos estaban sumidos en un torbellino provocado por el sabor de ella.

Cerró los ojos y los mantuvo así un instante. Necesitaba mantener uno de sus sentidos aislados de ella para tratar de recuperar el control de alguna manera.

—Ponte el casco —susurró—. Nos marchamos.

Jianne hizo lo que se le había dicho. Jake se puso su propio casco, se montó en la moto y esperó a que ella se acomodara a sus espaldas. Jianne apoyó los pies con facilidad en los soportes para los pies y le colocó las manos sobre las caderas.

—¿Estás lista? —murmuró él mientras el motor ronroneaba debajo de ellos. Cuando ella asintió, arrancó suavemente. No podía ir a casa. Aún no, porque el sabor de Jianne aún le vibraba en las venas. Las manos de Jianne sobre las caderas y la calidez del cuerpo de ella contra su espalda habían despertado necesidades demasiado tiempo ignoradas.

Jake no era un hombre casto. Ni siquiera era un hombre particularmente honorable, pero iniciar una relación sexual con Jianne le parecía mal por muchas razones y, algunas de ellas, comprensibles. Ella le había roto el corazón en una ocasión y no tenía deseo alguno de repetir la experiencia. Ella le había pedido protección y la apariencia de una relación, nada más. Ella ni siquiera había querido hacerlo, se recordó. Sólo había acudido a él después de que Zhi Fu la hubiera obligado a hacerlo.

No. Lo único bueno de todo aquello era que Jianne Xang-Bennett confiara en que él pudiera mantenerla a salvo del peligro.

Apretó los dientes y el acelerador de la moto. Eso sí podía hacerlo.

No se acostaría con ella. Los besos estarían muy limitados. Tal vez así tuviera alguna posibilidad de mantener la cordura.

Había una tienda de loza y vajillas a su izquierda. Jake aminoró la velocidad de la moto y se metió en el aparcamiento sin pensarlo. No se podía arriesgar a llevar a Jianne a casa. La necesidad que tenía de tocarla era aún demasiado fuerte. Necesitaba una distracción, cualquiera, y las compras que normalmente trataba de evitar le parecieron de repente el sustituto perfecto para una ducha fría.

—Necesito boles —murmuró mientras se quitaba el casco y trataba de ignorar el contacto de las piernas de Jianne contra las suyas y el modo en el que se apretaba contra él sobre el asiento de la moto. Tenía una potente erección y estaba a punto de comprar artículos de loza. Tal vez la locura ya se había apoderado de él.

Sintió que su plan empezaba a funcionar cuando se metieron en la tienda y se vieron rodeados por estanterías y estanterías de artículos de cocina. Un vendedor se acercó a ellos nada más verlos. Jianne siempre atraía a la gente y él, por el contrario, no.

—¿En qué puedo ayudarlos? —les preguntó el vendedor.

—Necesitamos boles —dijo él—. De plástico y de varios tamaños.

—¿Para mezclar? —quiso saber el vendedor.

—No. Para servir —intervino Jianne.

—Ah. Para la mesa. ¿Orientales u occidentales?

Jake se encogió de hombros. No le importaba. Sí. Efectivamente ir de compras podía apagar la pasión inmediatamente. Debía tenerlo en cuenta.

—Les echaremos un vistazo a las dos clases —dijo Jianne. El vendedor les indicó que lo siguieran y luego volvió a detenerse frente a una estantería.

—No trabajamos mucho con el plástico —comentó—. La mayoría de nuestros boles son de porcelana.

—¿Y lo que venden ustedes no se rompe? —preguntó Jake.

—En ocasiones la porcelana puede resultar bastante resistente —dijo el hombre—. A veces las apariencias engañan.

—Éste es muy bonito —dijo Jianne mientras tomaba un bol para arroz de color rosado, tan delicado que casi parecía transparente.

—Sí, efectivamente, aunque no es exactamente lo que yo tenía en mente para ustedes —comentó el vendedor.

—¿Es muy frágil? —preguntó Jake.

—Sí, señor.

—¿Y caro?

—Sí. Échenle la culpa a los japoneses.

—Yo soy de Shangai. A menudo lo hacemos —comentó Jianne.

El vendedor sonrió de repente.

—Piense en la satisfacción que sentirá si rompe uno. Puede echarle la culpa a muchas cosas. El poco sentido de lo práctico de los japoneses. El imperfecto diseño japonés. Los inferiores materiales japoneses. La lista sigue y sigue.

—Sí —dijo Jianne. Entonces, se volvió a Jake con los ojos brillantes—. Yo los pagaré, por supuesto, y, naturalmente, reemplazaré los que se rompan, con boles de plástico si tú insistes, pero estos boles están empezando a hablarme.

—¿Y te están diciendo que si los compras estarás apoyando la economía japonesa? —le preguntó Jake.

—No. En ese sentido todo está en silencio.

—¿Es esto algo de mujeres?

—No —respondió ella—. Es una cosa de chicos. El sentir rencor puede ser muy terapéutico, pero jamás debería interferir con el comercio.

—De acuerdo —dijo él secamente—. Entonces, las sanciones económicas no van contigo, ¿verdad?

—El comercio controlado por el gobierno tiene una larga y no muy ilustre historia en China. Nos hace cautelosos. ¿Quieres hablar de racionalismo económico mundial conmigo, Jacob Bennett?

—Tal vez más tarde —replicó él. Por alguna razón, estaba volviendo a tener una erección—. Entré aquí a comprar boles para borrar el recuerdo de nuestro beso y, en estos momentos, trato de centrarme en eso.

—Oh —dijo ella mientras le miraba brevemente los labios—. ¿Y está funcionando?

—Lo estaba.

—Sobre los boles... —dijo el vendedor.

—Nos los llevamos —afirmó Jake—. ¿Podría envolverlos bien? Tenemos que llevarlos en moto.

—Por supuesto. El plástico de burbujas es algo maravilloso —replicó el vendedor—. Por supuesto, lo han inventado los estadounidenses. Aparentemente, estaban tratando de hacer papel pintado.

—¿De verdad? —preguntó Jianne.

—Sí. ¿Hay algo más que pueda interesarles? ¿Cuchillos de cocina alemanes? ¿Copas italianas? ¿Manteles irlandeses? Tenemos de todo.

—Ya estamos cansados de comprar —dijo Jake.

—¿Sí? —replicó Jianne—. Yo jamás he comprado antes objetos de cocina. ¿Quién habría dicho que resulta tan terapéutico?

—Pongámoslo así. Piensa en el tamaño de la cocina para la que estás comprando cosas y para —dijo Jake.

—Tienes razón —suspiró ella—. Tienes toda la razón —añadió. Entonces, miró con complicidad al vendedor—. ¿Hay una tienda por aquí cerca que venda mobiliario para el dormitorio? Él tiene un dormitorio muy grande.

—Ahora estás desvariando —repuso Jake—. No vamos a ir a comprar accesorios para el dormitorio.

—Cobarde —murmuró ella—. Estaré junto a los amasadores de pizzas. Parecen muy duros y masculinos. De hecho, me parecen perfectos para el ambiente de un *dojo*.

—Ya basta de compras —dijo Jake—. ¿Quién habría dicho que besarte sería preferible a ir de compras contigo?

—Bueno, creo que eso se lo habría podido responder cualquier hombre —murmuró el vendedor—. Se los envolveré en el mostrador.

—Pues hágalo rápido —musitó Jake.

—Siempre lo hago, señor.

Jake guardaba su moto en un pequeño almacén que había en el interior del *dojo*, junto a la puerta de entrada. No se podía pensar en otro lugar que resultara más práctico para aparcar.

Jianne tenía una sonrisa en el rostro y, al menos eso esperaba, unos boles japoneses intactos. Se bajó de la moto y se quitó el casco.

—Creo que me gusta bastante vivir en el *dojo* —comentó—. Todo resulta muy fácil. ¿Qué es ese olor?

—Sudor —dijo Jake.

La sonrisa de Jianne se esfumó ligeramente. Jake ocultó la suya.

—Po anda por ahí si necesitas que te ayude en algo. Tengo que hacer de árbitro para dos de mis cinturones negros dentro de media hora. Se trata de una competición de alumnos del *dojo*, lo que significa que, normalmente, atraemos algunos espectadores. Si Zhi Fu viene mientras estoy haciendo de árbitro, tendrá acceso a ti y yo no podré evitarlo. Lo que puedo hacer es pedirle a alguien que se ocupe de ti. Alguien en quien yo pueda confiar.

—¿De verdad crees que eso es necesario?

—No lo sé. ¿Has tenido hoy alguna noticia de él?

—No. Nada.

—¿Ha ocurrido algo inusual en el trabajo?

—No. Tal vez no sabe dónde estoy.

—Te aseguro que terminará descubriéndolo, Jianne, y si está tan obsesionado como dice Madeline y es tan peligroso como tu tío cree que es, lo más posible es que ya lo sepa.

—Tal vez. Me gustaría ver el combate. ¿Qué te parece si me dices en las personas en las que confías para que yo pueda dirigirme a ellas si los necesito?

Jake lo hizo mientras se dirigían a la cocina. Luego se marchó, supuestamente para cambiarse y ponerse algo más apropiado para el *dojo*. Tal vez simplemente prefería estar solo a estar con ella. Jianne desempaquetó los hermosos boles y sonrió al colocarlos sobre la viejísima mesa. Tal vez se romperían en aquel ambiente tan tosco y duro. O tal vez eran más duros de lo que parecían.

La tarde fue avanzando. Un variopinto público fue reuniéndose en el *dojo*. Los combates fueron sucediéndose mientras Jacob hacía cumplir las reglas hasta que se proclamó un ganador. Zhi Fu no asistió.

Más tarde, Jacob, Po y Jianne comieron comida china en los delicados boles japoneses. Jacob se ocupó de fregar los platos después mientras Po recogía la mesa antes de retirarse silenciosamente. Cuando el muchacho regresó un minuto más tarde, le ofreció insistentemente media docena de pastillas de jabón de lavanda.

Jianne le dio las gracias. Pensó que había escuchado un gruñido en el fregadero. Decididamente escuchó el golpeteo de los cubiertos contra la delicada porcelana japonesa.

Sin embargo, los boles no se rompieron.

Capítulo 5

LA segunda noche que Jianne pasó en la cama de Jacob no fue diferente de la primera. Demasiada luz, pocas horas de sueño y plena de fantasías eróticas. Afortunadamente, tenía un plan. Comenzó con una manta, un palo de escoba y la butaca de Jacob. Colocó la butaca debajo de las ventanas que daban luz directamente sobre la cama, se subió a ella y, con la ayuda del palo de escoba, enganchó la manta sobre la ventana.

La segunda parte de su plan implicaba *Historia del mundo civilizado*, un grueso volumen que había tomado prestado de la biblioteca de su tío. Si el contenido no lograba hacerla dormir, siempre podía golpearse en la cabeza con él.

La tercera parte de su plan sólo tendría lugar si todo lo demás fallaba. Bajaría sigilosamente a la planta de abajo y se serviría de una copa de whisky de la botella que había visto en la estantería que había sobre el fregadero de la cocina.

Decidió que para no tener que bajar en pijama a la planta de abajo, lo que realmente debía hacer era comprar una botella de whisky durante la hora que tenía para almorzar y subírsela a la habitación cuando regresara de trabajar. Así, no sería necesario realizar viaje alguno a la cocina.

A las diez y media, alguien llamó suavemente a la puerta de su dormitorio.

—¿Quién es? —preguntó Jianne con cautela. Decidió ponerse el impermeable para sentirse más cómoda.

—Soy Po —dijo la voz del niño—. Te he traído un poco de té.

Ella abrió la puerta. Así era. Una taza de té, con un azucarillo y una cuchara sobre un plato.

—Es de hierbas —añadió el niño—. Pensé que tal vez te ayudaría a dormir si no lo habías conseguido ya.

—Es muy considerado por tu parte.

Po la miró perplejo.

—¿Vas a salir?

—No. Iba a meterme en la cama y a dormir un poco. Es decir, después de tomarme el té.

Po le entregó la bandeja y luego se puso a mirar el techo.

Jianne siguió su mirada. No había nada allí más que vigas de hierro y la típica estructura del techo de un almacén.

—¿Qué estás buscando? —preguntó ella.

—Agua.

—Ah... Entiendo —dijo ella asintiendo—. Bien, gracias por el té.

—El *sensei* me ha dicho que te diga que hay una clase de *kickboxing* a las seis de la mañana y que seguramente te despertarás por el ruido, pero que termina a las siete. La siguiente clase no empieza hasta las nueve.

—Dile al *sensei* que agradezco la advertencia.

—Quiere saber si necesitas que te lleve al trabajo entre las siete y media y las ocho y media.

—Dile que tomaré un taxi.

—¿Hay algo más que quieras que le diga? —preguntó Po.

Jianne sonrió angelicalmente.

—Dile que su cama es muy cómoda. Deséale buenas noches y que tenga dulces sueños.

Estaba completamente segura de que aquella noche ella sí que iba a descansar.

Sin embargo, no fue así. No hizo más que dar vueltas en la cama y maldecir las luces de neón. Hubo fantasía e imaginación y una profunda necesidad de satisfacción sexual. Por ello, maldijo a Jacob.

A lo largo de los años, se había olvidado de lo profundamente sexual que había sido su relación. Había fallado a la hora de recordar lo mucho que la cercanía de Jacob la afectaba, cómo lo único que él tenía que hacer era mirarla para conseguir que ella lo deseara. Aquel día la había mirado mucho. La había tocado con los ojos y con los labios. Jianne deseaba más porque eso no había sido suficiente.

¿Estaría mal darse placer a sí misma en la cama de Jacob mientras pensaba en él? ¿Sería capaz de mirarlo a los ojos al día siguiente sin que él intuyera lo que había hecho? ¿Le importaba si él se imaginaba lo que había estado haciendo en su cama?

Llegaron las tres de la mañana y seguía despierta. Se plegó por fin a lo que le pedía su cuerpo.

Aparentemente, no le importaba.

A la mañana siguiente, Jianne hizo lo que Jacob le había sugerido entre líneas y bajó entre las dos clases de kárate. Iba ya vestida para trabajar con una modesta falda y una jersey ligero. Jacob asintió agradablemente al verla entrar en la cocina. Agradeció que ella no hubiera bajado hasta estar completamente vestida y lista para marcharse, como el día anterior. Demostraba consideración a su trabajo, que era exactamente lo que esperaba de ella. El modo exacto en el que ella debía encajar en la vida del *dojo*.

Sin embargo, sólo un loco la miraría tan bien vestida para ir a trabajar sin desear que ella no hubiera bajado las escaleras algo menos compuesta. Sólo un hombre inclinado a torturarse a sí mismo desearía que ella se hubiera presentado a desayunar con los ojos somnolientos y aspecto saciado, satisfecho con lo que había ocurrido a lo largo de la noche.

Recordó haberla visto así, sobre todo en los primeros días de su matrimonio. Y en los últimos días también. Tal vez Jianne había sido una princesa en muchos sentidos, pero también había sido la amante más sensual y desinhibida que Jacob había conocido nunca, una mujer tan a tono con sus necesidades y más oscuros deseos que nadie más había sido capaz de satisfacerlo del modo que él lo había hecho.

Observó con ojos entornados cómo Jianne se dirigía a la tetera y la encendía. Entonces, tomó una taza de café. Él no tenía ninguna delicada taza de porcelana. Todavía.

Jianne se dio la vuelta y le sonrió cortésmente. Ningún problema. Hasta que, de repente, algo le brilló en los ojos, algo robado, sensual y muy familiar. Si Jacob no se equivocaba, tenía ante sus ojos a una mujer que había buscado la satisfacción sexual en la oscuridad de la noche. Y la había encontrado.

¿Qué diablos había estado ella haciendo en su cama?

—¿Té? —preguntó ella cortésmente.

Cuando él se reclinó en la silla y la miró fijamente, ella levantó una delicada ceja y sonrió antes de darse la vuelta y alcanzar la lata del té.

La oportunidad para Jacob de vengarse no tardó en llegar. Jianne no podía alcanzar la lata, que estaba en el más alto de los dos estantes de la cocina, sin subirse en un taburete. Según parecía, estaba dispuesta a hacerlo. Él se levantó sin prisa pero sin pausa y se acercó a ella, acorralándola con su cuerpo mientras alcanzaba la lata del té.

—¿Has dormido bien? —preguntó.

—No. Las luces de neón del exterior me están volviendo loca.

—¡Qué delicada eres!

—Tú, que eres un sádico, puedes dormir en una habitación que tiene la misma luz de una atracción de feria.

—¿Yo? ¿Yo? —preguntó. Se inclinó sobre ella y le colocó los labios contra el oído—. Tú eres la que ha estado ahí arriba haciendo cositas sola, princesa. ¿Acaso creíste que yo no me iba a dar cuenta o que me pasaría el resto del día preguntándome cómo te satisficiste y dónde? A mi modo de pensar, eso te convierte a ti en la sádica, y no a mí.

—¡Qué imaginación más viva! —murmuró ella—. ¿De verdad crees que yo haría algo así? ¿En tu cama, en tu ducha o en tu butaca? —añadió, chascando la lengua. Entonces, se apretó el dedo contra los labios con un gesto que estaba garantizado que lo volviera loco—. Tengo una palabra para ti, *sensei* —afirmó, con un gesto de desafío—. Demuéstralo.

Si Po no hubiera elegido entrar en aquel momento por la puerta, Jake no sabía lo que habría sido capaz de hacer. Seguramente se habrían besado. La mano en las braguitas de ella habría parecido un método completamente razonable de demostrar sólo algo que el Cielo podía saber.

Ji miró a Po y lanzó una mirada de pánico hacia Jake. Entonces, centró su atención en preparar el té. El resto del desayuno pasó entre el revuelo de la preparación del té, la rapidez con la que Jianne desayunó y el silencio de Jake mientras trataba de controlar su erección.

Quince minutos más tarde, Po se puso a fregar los platos y Jake y Jianne cruzaban el suelo del gimnasio. Ella se marchaba a trabajar y él iba a asegurarse de que Jianne se metía en el taxi sin novedad.

—No me puedo creer que hayas pensando que el hecho de vivir aquí conmigo, aunque sea temporalmente, iba a funcionar —musitó él.

—Tú estuviste de acuerdo.

—Debí de haber perdido la cabeza. ¿Sabes que si Zhi Fu no te estrangula podría hacerlo yo?

—Claro que no lo harás —dijo ella, con más certeza de la que debía.

En aquel momento, un hombre delgado ataviado con un traje azul marino entró en el *dojo*. Inmediatamente, se dirigió hacia ellos.

—¿Es un cliente?

—Podría serlo —dijo él, pero no parecía probable.

—Me llamo Richard Low —anunció el hombre sin preámbulo alguno cuando llegó junto a ellos—. Estoy buscando al señor Jacob Bennett.

—Lo ha encontrado —respondió Jake.

Richard Low arrugó la nariz como si se hubiera visto asaltado por un olor particularmente desagradable.

—Señor Bennett, ¿puedo confirmar que es usted el único dueño de este edificio?

—Así es.

—Señor Bennett, parece que usted tiene algunos problemas en lo que se refiere a las normas de edificación y urbanismo.

—¿A qué se refiere?

Richard Low sonrió agradablemente.

—Medidas antiincendios inadecuadas, cables eléctricos al descubierto, un posible incumplimiento de los requerimientos estructurales para las vigas del techo. También noto señalización inadecuada y he notado que no tiene una rampa para el acceso de personas discapacitadas.

—Claro. El kárate es un deporte muy popular para

las personas que van en sillas de ruedas —ironizó Jianne.

—Ha dicho que es usted el señor Low, ¿verdad? —preguntó Jake cortésmente. El hombre asintió—. ¿Puedo ver alguna tarjeta que lo identifique como tal?

Los ojos de Low adquirieron una mirada peligrosa, pero sacó una tarjeta de identificación plastificada que declaraba que él era inspector de urbanismo. Jake la agarró.

—¿Lleva también usted la documentación que justifique esos incumplimientos? ¿Puedo verla?

—No la tengo. Todavía.

—Entiendo —dijo Jake. Echó otro vistazo a la tarjeta—. Señor Low, si no le importa esperar aquí durante un momento, voy a acompañar a mi esposa, que se marcha a trabajar. Entonces, regresaré y verificaré su nombre con las autoridades competentes. A continuación, lo acompañaré en su inspección. Ya sabe cómo es eso.

A Richard Low no le gustó que lo dejara con la palabra en la boca.

—Has hecho un amigo —comentó Jianne mientras él la acompañaba a la puerta. Jake la miró de un modo muy revelador—. Los inspectores de urbanismo no se pasan con frecuencia por aquí, ¿verdad?

—En mi experiencia, no —dijo él—. Ese pretendiente tuyo... ¿A qué se dedica?

—Construye carreteras. ¿Crees que tiene algo que ver con esto?

—Tal vez. O podría ser otra persona empeñada en causar problemas. Tal vez alguien relacionado con Po. Y también podría no ser nada.

Jianne lo miró preocupada.

—Eh —añadió él suavemente—. Si hay que arreglar algo, lo arreglaré o haré que lo arreglen. En realidad, no es nada del otro mundo.

—Te ruego que tengas cuidado, Jacob.

—¿Acaso estás preocupada por mí? Y yo que pensaba que estabas tratando de volverme loco.

—Sólo un poco.

—Sí, bueno, pues está funcionando —dijo él mientras Jianne se metía en el taxi—. Iré a recogerte a las cinco y media.

Medio minuto después, Jake estaba de vuelta en su despacho. Tomó el teléfono. Cinco minutos más tarde, sonrió a un sudoroso Richard Low.

—Y bien —dijo—, ¿por dónde quiere empezar?

Las cinco y media llegaron muy pronto para Jianne. Jacob la llamó para decir estaba esperándola abajo.

Ella se soltó el cabello en el ascensor para ahorrar tiempo y evitar la agonía y el éxtasis del tacto de Jacob. Él sonrió tristemente y le entregó el casco. El beso llegó instantes después, breve e inesperado.

—Tu prima te ha traído hoy algunas bolsas de cosas —dijo él—. ¿Puedo preguntar qué es lo que contienen?

—Espero que ropa. La mayoría de mis pertenencias siguen en Shangai esperando a que me las envíen. ¿Podemos parar en una tienda de telas de camino a casa?

—¿Para qué?

—Para comprar tela de cortinas.

—Si es para el dormitorio, he hecho que venga alguien a tomar medidas para hacer unas persianas —dijo él—. Estarán listas dentro de dos días. Hasta entonces, hemos colgado unas improvisadas cortinas.

Jianne lo miró con creciente incomodidad.

—¿Has hecho eso por mí?

—No exactamente. Llevo un tiempo pensando en hacer algo para tapar la luz que entra por las ventanas de ahí arriba. De hecho, desde que colgaron una nueva señal de neón al otro lado de la carretera.

En realidad, no se le había ocurrido hacerlo hasta que ella se había quejado.

—Jacob... —dijo ella, sin saber cómo podía decirle aquello sin herir su orgullo—, ¿sería posible que te ayudara a pagar esas persianas?

—No. Cuando Zhi Fu recupere el sentido común, tú te marcharás y las persianas se quedarán. Vivo del modo en el que vivo porque quiero vivir así, Jianne, no porque no me pueda permitir algo mejor. Te aseguro que puedo comprarme esas persianas.

—Está bien —replicó ella viendo que no había cumplido su objetivo en lo de no ofender su orgullo—. Me gusta el modo en el que vives, Jacob. Tengo en buena consideración al hombre que es capaz de llevar una vida así.

—No es a lo que tú estás acostumbrada.

—Tal vez no...

Un viejo argumento centrado en el papel de Jacob como cuidador de sus hermanos y de su esposa. Se había puesto furioso cuando descubrió lo acaudalada que era la familia de Jianne. Lo rica que ella era. Su orgullo se había sentido herido. La confianza que había tenido en ella desapareció. La disposición que había mostrado a aceptar el dinero de Jianne como un bien común había sido inexistente.

—Sé que piensas que tu mundo me parece despreciable, Jacob. Que entro y empiezo a cambiar las cosas y que parece que te estoy criticando el modo en el que vives. No es mi intención. Yo no podía dormir, eso es esto. Las luces del exterior...

—Lo sé.

—Creía que podría evitar que iluminaran la cama...

—Lo sé.

—Me horroriza pensar que hayas ido a encargar unas persianas que ni siquiera quieres en un intento de hacer que yo me sienta más cómoda.

—Yo quiero tenerlas.

—Y ahora yo he empeorado la situación ofreciéndome a pagarlas y tú crees que yo estoy dándote con mi dinero en la cara cuando lo único que quería hacer era conseguir que mi vida fuera más fácil sin que tú tuvieras que acarrear con los costes. Es como lo del ama de llaves...

—Jianne, basta ya, por favor...

Jianne se detuvo.

—La habitación necesitaba persianas y yo las he encargado. Te juro que si así evitamos otra conversación como ésta, puedes pagarlas tú si quieres.

—¿De verdad?

—De verdad —dijo él con voz ronca—. Necesitas dormir por las noches y, para que conste, debería haber dicho que sí a lo del ama de llaves y dejarte que la pagaras tú.

—Yo debería haberte dicho todo el dinero que tiene mi familia antes de que nos casáramos —susurró ella—. Para que conste.

—Éramos muy jóvenes.

—E inseguros.

—No sabíamos muy bien lo que había que hacer.

—Completamente.

—Fue un caos.

—Efectivamente. ¿Quieres saber algo muy raro? —dijo ella con una triste sonrisa—. Eso me convirtió en una persona mejor. No en aquel momento, sino después. Cuando por fin comprendí lo que había salido mal. En lo que yo me había equivocado.

—Conozco el sentimiento —musitó él.

—Bueno, pues esto es lo que ha pasado. Somos personas mejores. Capaces de tener una conversación racional sobre quién va a pagar las persianas del dormitorio.

—¿Jianne?

—¿Sí?

—No tan racional.

Aquella noche para cenar pidieron comida hindú a un restaurante. Pollo *Tandoori* y *raita* que tomaron en la pequeña cocina del *dojo*, con la puerta abierta y la brisa entrando por la cocina para que dispersara mejor el calor de un día tan caluroso. La comida era buena y el ruido procedente de la calle proporcionaba un alegre trasfondo a la esporádica conversación que mantenían Jake y Po. Jianne no tenía mucho que decir, por lo que escuchaba cómo Po interrogaba a

Jake sobre el combate de kárate de la noche anterior. La pregunta se refería al por qué el alumno más corpulento que tenía también la mejor técnica no había sido el vencedor.

—Tiene buena técnica. De hecho, es uno de los mejores —respondió Jacob al muchacho después de considerarlo un momento—, pero jamás ha conocido el hambre o el no tener casa ni ha luchado para salvar la vida en las calles. Ayer, se enfrentó con un hombre que sí había conocido tales cosas. El hambre, el miedo, la malicia y la sangre. Por eso perdió.

—¿Has conocido tú también esas cosas? —quiso saber Po—. ¿Es ésa la razón de que tú ganes siempre?

—No he conocido ninguna de esas cosas —dijo Jake—. Ni una sola, pero sí la agonía que resulta de la pérdida y he tenido miedo de no poder proteger a las personas que había a mi cuidado. He conocido una ira tan profunda que amenazaba con consumirme. Sigo teniendo esos sentimientos enterrados dentro de mí, amenazando con salir al exterior. Cuando lucho, consiguen escapar, al menos en parte. Por eso gano.

—Yo lo he conocido todo —afirmó Po, con una tristeza que encogió el corazón de Jianne. Ciertamente, el muchacho no había hecho aquella declaración con orgullo.

—En ese caso, supongo que tienes lo que hay que tener para ser un gran luchador —repuso Jacob—. O un gran defensor de los derechos humanos, si es eso lo que prefieres ser.

Po asintió. Se veía que estaba emocionado por las palabras del que considera su maestro, de la persona cuya aceptación lo significaba todo para él.

—El viejo Chin quiere que lo ayude en su restaurante esta noche —dijo Po después de un rato—. Su sobrino está enfermo, por lo que le dije que lo ayudaría yo.

Jacob asintió.

—Ten cuidado cuando regreses a casa. Alguien podría estar vigilando el *dojo*. Estarán husmeando para ver lo que Jianne está haciendo aquí.

Po asintió de nuevo. Una mirada dura y paciente se reflejó en sus ojos. Poco después, se marchó.

—¿Qué? ¿No me vas a decir nada sobre el hecho de que un niño de la edad de Po salga solo a estas horas?

—No —contestó Jianne mientras llevaba su bol al fregadero. De espaldas a Jake, expresó lo que albergaba en su corazón—. Lo que le dijiste... La aceptación que le mostraste... Los consejos y el apoyo... Todo fue perfecto.

—Es un buen muchacho —dijo Jacob—. Pero a mí no me pareció perfecto. Este muchacho... Sus experiencias van mucho más allá de lo que yo he conocido. No tengo ni idea de lo que estoy haciendo. Ni si estoy ayudando —añadió frotándose el rostro con las manos—. Dios, necesito un whisky.

Ella se lo prepararía. Apoyó la rodilla contra la encimera para conseguir algo más de altura y bajar un vaso y la botella de whisky mientras Jacob se levantaba y se dirigía hacia ella. Jianne sintió el calor del cuerpo que se acercaba al de ella. Sirvió una generosa cantidad. La tensión se acrecentó un poco más cuando él tomó el vaso y se lo bebió de un largo trago.

—¿Mejor? —preguntó ella.

—Tal vez —respondió después de agarrar la botella—. ¿Quieres uno?

—Sí.

Jake se lo sirvió y también se mostró bastante generoso. El mismo vaso fue el que le ofreció.

—¿Quieres un vaso diferente, princesa?

Jianne aceptó el vaso que él le ofrecía y se tomó el
whisky antes de devolvérselo con una fría sonrisa.

—Sí.

Jake tomó otro vaso de la estantería y llenó los dos
aquella vez. Entonces, le entregó a ella el limpio.

—¿Mejor?

—Gracias.

—Ya te he dicho que he corregido mis modales —
murmuró él—. Ahora los tengo. Más o menos.

—Siempre los tuviste —replicó ella—. Más o menos. ¿Qué ocurrió esta mañana con el inspector de urbanismo?

—Me va a enviar un informe. Nada de lo que preocuparse —explicó Jake sin dejar de observar los labios
de Jianne—. De lo que hay que preocuparse es de que
tu pretendiente deje de acosarte, que Po se convierta
en un abogado de los derechos humanos y de que yo
recupere la cordura y la serenidad. A mí no me parece
que sea mucho pedir —añadió. La miraba muy fijamente y, de repente, se le oscurecieron los ojos—. ¿De
verdad hiciste eso en mi butaca?

Jianne tomó un gran trago de whisky antes de contestar.

—No.

—¿Y en la ducha?

—Es una ducha muy bonita, no me malinterpretes, pero no —añadió ella, con voz profunda y ronca.

—Lo sabía... Sabía que mi cama había sido el lugar de los hechos...

—No vas a conseguir que te diga nada de este asunto, Jacob Bennett —dijo ella. Vació el vaso y lo dejó sobre la encimera—. Nunca.

—¿Más whisky? —murmuró Jacob.

—Ni siquiera así.

Jacob la miró y sonrió. Jianne se agarró con fuerza a la encimera y contuvo el aliento.

—¿Pensaste en mí? —susurró—. ¿Pensaste en las cosas que solíamos hacernos el uno al otro mientras te dabas placer sobre mi cama?

Jianne negó enfáticamente con la cabeza.

Jacob sonrió mientras se acercaba un poco más a ella, hasta que comenzó a rozar el cuerpo de Jianne con el suyo.

—Yo creo que sí...

Ella cerró los ojos.

—Demuéstralo —susurró.

—No puedo —musitó él.

Sus labios rozaron la curva de la mejilla de Jianne antes de deslizársele sobre la piel hasta alcanzar la curva de la boca. Allí, le tomó el labio inferior entre los suyos y se lo mordió no demasiado suavemente.

—¿Pensaste en mí? ¿En las cosas que hicimos cuando estábamos juntos?

—¿Piensas tú?

—Sí —murmuró él acariciando con la lengua el lugar que había marcado con los dientes.

Jianne le colocó la palma de la mano sobre la mejilla para que no se moviera e inclinó los labios contra los de él para poder rendir mejor su boca a la posesión de la de él.

Jacob la besó como un hombre que había conocido el hambre, la falta de un hogar, el dolor y la pérdida. La besó como un hombre que no se hubiera alimentado desde hacía años y que estuviera tratando de tomarse su tiempo sin conseguirlo.

Jianne no quería que lo hiciera.

Le colocó ambas manos sobre el rostro y se dio un festín con los labios de él, saboreándolos con dulzura y desenfreno. Le dio permiso para que hiciera todo lo que quería, para que tomara todo lo que deseara sin pensar en el día siguiente. Le colocó las manos en las caderas y la acercó así hasta él. Jianne le hundió las manos en el cabello, le agarró el cuello para inmovilizarlo e impedir que él apartara la boca.

Contuvo el aliento cuando él le acarició el trasero con una sensualidad muy propia de él. Repitió el gesto una y otra vez para terminar levantándola hacia él y conseguir que se sentara en la encimera. Entonces, le colocó las manos sobre los muslos, le levantó la falda y le separó las piernas para poder colocarse entre ellas. Todo esto lo realizó sin abandonar ni un solo instante los labios de ella.

—Pensé en ti —confesó ella—, pensé en ti... y lo hice —susurró mientras le deslizaba la mano sobre la muñeca para obligarlo a colocarla entre los cuerpos de ambos—. Así —gimió apretando la mano cuando él comprendió lo que quería y comenzó a acariciarla de un modo más explícito y descarado que como ella lo había hecho y mucho más eficaz—. Jacob...

—¿Qué? —preguntó él con voz ronca.

—Estoy cansada de esperar.

Jacob se movía con mucha rapidez cuando quería hacerlo, pero Jianne también. Primero el cinturón, luego la cremallera. Casi no había conseguido bajarse los pantalones lo suficiente cuando Jianne se agarró al cuello con los brazos y lo rodeó con las piernas e hizo que él se hundiera en ella.

Jacob rompió el beso con un gemido de placer y se quedó quieto como si no pudiera creer que estuvieran haciendo aquello, pero así era. Se miraron el uno al otro durante un largo instante antes de que ella se enganchara los tobillos y le agarrara con fuerza los hombros para empezar a moverse contra él.

Jacob cerró los ojos y siguió el ritmo que ella marcaba con facilidad. Separó los labios y volvió a buscar la boca de Jianne. Los gemidos de ella contra los de él. Sonidos sin palabras ahogados en deseo.

Jianne no supo cómo terminaron contra el marco de la puerta. Ni en la escalera, con Jacob debajo de ella, la camisa quitada y las manos enredadas en el cabello mientras Jianne se movía sobre él. Cada caricia era una lánguida promesa, cada promesa los empujaba un poco más alto.

—Todavía no —susurró él mientras ella le daba un beso lleno de una necesidad tan pura y perfecta.

—Demasiado tarde...

Demasiado tarde para ella. La ondulante danza y la plenitud de la posesión de Jacob la empujaron sin esfuerzo al éxtasis.

Jake devoró sus gritos de placer directamente de su boca y éstos lo alimentaron como ninguna otra cosa lo había hecho nunca, al menos durante los últimos doce años. Consiguió ponerse de rodillas, de pie, con Jianne en brazos, aún unida a él profundamente. Llegó a lo alto de las escaleras antes de caer al suelo, teniendo cuidado de volver a colocarla encima para evitarle magulladuras.

Quería que Jianne le colocara las manos sobre el torso y ella lo hizo con gusto. Le arañó con las largas uñas mientras él contenía el aliento al sentir que el placer era casi idéntico al dolor. La boca no tardó en bajar y seguir el mismo camino. La lengua acarició el pezón antes de que Jianne lo mordiera con urgencia. Era imposible no hundirle las manos en el cabello y obligarla a levantar la cabeza para besarla con una ferocidad que ella conocía muy bien.

Efectivamente, Jacob sabía que no podía esconderse de ella. Jamás había podido ocultar su ferocidad de ella tal y como lo había conseguido con las otras mujeres. Ella la desvelaba sin esfuerzo y la alimentaba con cada movimiento que hacía.

Jianne le clavó las uñas en los brazos mientras tomaba más de él y gemía de placer. Levantó las rodillas mientras los talones se hundían en el suelo. Así podía facilitar la penetración y se frotaba contra él a cada movimiento, lo que acrecentaba el deseo que sentían. Jianne se mostraba tan ardiente como él.

—Llega conmigo —le ordenó él con voz ronca.

—Ayúdame a conseguirlo.

Jacob jamás había podido ignorar un desafío.

Antes de terminar con ella, la hizo gritar. La colocó de espaldas y la hizo retorcerse, morder y suplicar.

La hizo alcanzar el orgasmo y, en aquella ocasión, no lo hizo sola.

Jianne no recordaba cómo habían llegado a la cama. Recordaba la parte superior de las escaleras, la locura de la pura pasión y el éxtasis de la rendición. Recordaba haberse sentido como si no tuviera huesos después del orgasmo y de cómo unos fuertes brazos la levantaban. Recordaba un beso tan apasionado que los ojos se le llenaron de lágrimas. Los cerró para que Jacob no lo viera.

No habló por miedo a romper el hechizo que les había llevado a aquel momento. No dijo una palabra cuando él la tomó entre sus brazos. Se limitó a depositar un beso en la marca que le había dejado en el torso y trató de suavizar las que las uñas le habían dejado en los brazos.

—No... —susurró él. En su voz había una disculpa tan profunda que ella sintió que el corazón le temblaba bajo el peso de él—. Quería que me marcaras. Ya lo sabes...

—Yo no necesité que me animaras, Jacob. Jamás lo he necesitado...

Eso no significaba que no pudiera cuidarlo después. Le besó el torso tiernamente y lo abrazó con fuerza cuando él tembló. Jacob también la abrazó. Siempre tan inclinado a mantener el control... Siempre tan frágil en las contadas ocasiones en las que lo perdía.

—Y te vuelvo a necesitar....

Aquella vez fue lenta y tierna para contrarrestar la

locura que se había adueñado de ellos antes. Susurros sin palabras y dulces caricias. Lánguidos movimientos que les permitían tomarse su tiempo para gozar y domar lo que les había poseído antes.

No hablaron después del orgasmo. Jacob se limitó a abrazarla, a acariciarle suavemente la piel con las yemas de los dedos hasta que se quedó dormida.

Capítulo 6

CUANDO Jianne se despertó, estaba más oscuro que nunca en aquella habitación, pero vio que Jacob se había marchado. No estaba en la ducha ni vistiéndose. Se había ido.

El reloj que había sobre la estantería le reveló que eran las tres y diez, lo que podía explicar la ausencia. Las noches de insomnio por fin le habían pasado factura y, cuando por fin consiguió dormir, lo hizo profundamente. Po habría llegado a casa en algún momento de la noche y Jacob habría bajado para asegurarse. Él era así.

Sin embargo, no había regresado.

Sólo su aroma permanecía en la piel de Jianne y en su cama. No había pronunciado palabras de amor. Ni siquiera palabras que pudieran haber hecho que ella se sintiera más tranquila. Tal vez había estado esperando que fuera ella quien las dijera. Tal vez había regresado antes del alba y la había abrazado antes de empezar su día. Era una débil esperanza, pero Jianne se aferró a ella. A las cinco y media, con los primeros sonidos abajo, Jianne rindió su optimismo y se dirigió a la ducha.

Poco después de las seis, con una clase de kárate en pleno apogeo, bajó las escaleras y llegó al gimnasio. Su aparición no pasó desapercibida mientras se dirigía a la cocina. Los alumnos la miraron de reojo. Algunos de ellos interrumpieron sus ejercicios para observarla. Tal vez porque se había lavado el cabello y, como no se lo había secado, se lo había recogido en lo alto de la cabeza. Esperaba que no fuera lo que llevaba puesto porque le parecía lo suficientemente recatado: una falta larga, botas y una sencilla camisola. Fuera cual fuera la razón de aquellas miradas, ella se las devolvió con fría compostura.

Uno de los alumnos más jóvenes de Jake sonrió y se golpeó el pecho con el puño. Un instante después, el *sensei* lo puso a hacer abdominales. Los hombres disimular las sonrisas, pero Jianne no se molestó en ocultar la suya. Jacob la miró fijamente y ella levantó la barbilla y una ceja, como si estuviera interrogándolo en silencio, antes de desaparecer en la cocina. Jacob había sido el que había insistido tanto en que ella durmiera arriba y las escaleras eran el único modo de bajar. Además, aquella mañana no sentía demasiada inclinación a hacer que la vida de Jacob le resultara fácil.

Extraño.

Po estaba sentado a la mesa de la cocina cuando ella entró. Tenía un plato con comida a medio comer a su lado y una especie de cuaderno de ejercicios delante de él. Deberes. Tenía que realizar los trazos de los caracteres chinos y luego reproducirlos. Ella lo vio cuando se inclinó sobre el muchacho y le dio un beso en la cabeza.

No supo qué fue lo que avergonzó más a Po, si el beso o el hecho de que lo hubiera sorprendido estudiando. El muchacho cerró el libro y se sonrojó vivamente. Jianne ignoró su reacción y abrió la puerta del frigorífico.

Sólo había contenedores de comida preparada, leche condensada para el café, agua, cerveza, copas de cerveza, mantequilla de cacahuete y huevos. El pollo en mantequilla que había sobrado la noche anterior resultaba muy tentador, pero, al contrario de Po y Jacob, ella no hacía cinco o seis horas de ejercicio físico al día.

Sin contar las actividades nocturnas.

Una naranja y una taza de té. Preparó otra para Po. Decidió que tal vez debería ir al supermercado porque, a pesar de su vida llena de privilegios, Jianne sabía cocinar. No lo había hecho siempre. Cuando se casó con Jacob casi no podía ni untar una tostada con mantequilla ni había visto razón alguna para hacerlo. En la actualidad, la situación había cambiado. La cocina china, japonesa, tailandesa y francesa contenían algunas de sus especialidades.

—¿A qué hora llegaste anoche? —le preguntó al muchacho.

—Antes de la una —respondió él—. No vi a nadie vigilando el *dojo*.

Jianne no quería ni imaginarse la clase de vida que Po habría llevado para hablar tan normalmente de trabajar hasta la una y estar atento para ver si alguien estaba vigilando el *dojo* de camino a casa.

—Gracias por mirar.

—¿Quién va detrás de ti? —preguntó el niño con curiosidad.

—Un hombre. Un hombre muy poderoso y persistente.

—¿Le robaste algo?

—No. No es nada tan sencillo. Me quiere como consorte.

—¿Me lo podrías explicar en chino?

—Quiere que sea su compañera, preferiblemente su esposa. Nuestras dos familias son muy poderosas. Una unión sería muy ventajosa.

—¿Ventajosa?

—Sería buena para los negocios —dijo ella cambiando una vez más al inglés.

—Pero no para ti.

—No lo amo. Ni siquiera me gusta —afirmó ella mientras sacudía la cabeza—. Una unión entre nosotros no sería en absoluto buena para mí.

—Y por eso saliste huyendo y terminaste aquí —concluyó Po.

Jianne asintió.

—Entonces, ¿de cuántas palabras acabas de aprender el significado?

—De tres.

—¿Cuál fue la tercera?

—Unión.

—Ah.

—El *sensei* dice que tengo buena cabeza —replicó Po. No estaba presumiendo.

—Creo que tiene razón.

—¿Sobre qué? —preguntó Jacob desde la puerta.

—Sobre el cerebro de Po —respondió Jianne mirando hacia la puerta tan tranquilamente como le fue posible—. ¿Ya has terminado la clase?

—No, pero pensaba que tú te ibas a marchar a trabajar temprano. Po, ¿quieres ir al gimnasio y vigilarme la clase hasta que yo regrese?

Po asintió y se marchó. La cocina quedó en silencio.

Jianne se arriesgó a observar más detenidamente al hombre al que se había entregado la noche anterior. Aún tenía unas ligeras marcas de uñas en los brazos. Su camiseta y pantalones cubrían las otras marcas que ella le había hecho.

—No lo siento —dijo ella.

La más ligera de las sonrisas cruzó los labios de él.

—Me prometí que no me aprovecharía de ti mientras estuvieras bajo mi protección —replicó él con voz ronca.

—Muy noble por tu parte —comentó ella mientras tomaba un sorbo de su té—. ¿Cómo te planteaste lo de que yo pudiera aprovecharme de ti?

—Me pareció improbable.

—Ah. En ese caso no habías decidido nada sobre esa eventualidad. Tal vez deberías pensar en algo y dejar a un lado la culpabilidad.

—Tal vez lo haga —replicó él. Estudió lo que veía de Jianne, lo que no estaba oculto por la mesa—. ¿Te hice daño?

Tenía un hematoma o dos. Estaba algo dolorida, pero la pasión de su encuentro había sido tan buscada por ella como por él.

—Creo que me rompí una uña.

Jacob sonrió abiertamente.

—¿Me recogerás del trabajo esta tarde? —le preguntó.

—¿Podrías estar lista para salir a las cinco? Tengo que estar de vuelta aquí para una clase a las seis menos cuarto.

—Claro que puedo estar lista a las cinco.

Jacob asintió.

—Deberíamos salir más tarde esta noche. A cenar o a algún espectáculo. A algún lugar en el que nos viera la gente.

—Mi tío tiene una mesa reservada para una función benéfica esta noche. Eso podría venirnos bien. De hecho, puede que Zhi Fu se encuentre allí. ¿Quieres que me asegure que tenemos asientos?

—De acuerdo.

—De acuerdo —repitió ella. Parecían haberse quedado sin conversación—. Entonces, ¿nos vemos a las cinco?

Jacob asintió.

—Y no te daré un beso de buenas noches.

—Bien hecho —murmuró él.

—¿Puedo darte un beso de buenas noches?

—Depende —replicó él mientras se dirigía hacia la puerta.

—¿De qué?

—De si quieres dormir.

Mientras se preparaba para la velada, Jianne decidió que el sueño estaba demasiado valorado. La gente podía sobrevivir con mucho menos de siete u ocho horas de sueño cada noche. Ciertamente, se podía sobrevivir con tres.

Durante un tiempo.

Después de ese tiempo, la mente de una persona se hacía algo frágil y la comprensión de los acontecimientos algo vaga. Como por ejemplo, el baile benéfico de aquella noche. No debería haberle llevado tanto tiempo arreglarse.

Su vestido, de color rojo sangre, era uno de sus favoritos y no hacía falta plancharlo. Había tardado cinco minutos en arreglarse el cabello y sólo requería un tocado de perlas para completar el peinado. El maquillaje resultó más problemático teniendo en cuenta de que Jacob tenía un espejo de afeitar del tamaño de una naranja y que no había ninguno más en todo el gimnasio. Una llamada a Madeline sirvió para que, diez minutos más tarde, Luke llegara con un espejo de pared debajo del brazo y lo que era prácticamente un foco debajo del otro.

—Eres muy amable —le dijo a modo de agradecimiento—. Ojalá tengas cinco hijas...

—No me asustes —respondió Luke con una sonrisa—. Maddy se ha imaginado que también necesitarías un coche para esta noche. Es negro, ronronea y está aparcado en la zona de carga y descarga del viejo Chin. Estoy deseando ver cuál de los dos, entre Jake y tú, lo conduce.

—Aún no me han convalidado el permiso de conducir con el de Singapur.

—No hay justicia en el mundo —musitó Luke—. Ninguna.

—Bueno, no lo sé —replicó Jianne—. Tal vez tu sexto hijo será un varón.

Luke se marchó de la habitación para buscar a su hermano y Jianne se dispuso a maquillarse. Quince minutos más tarde lo único que le quedaba para estar lista era elegir las joyas que luciría esa noche. Llevaría el collar de rubíes y diamantes de su abuela y los pendientes a juego, pero, ¿qué anillo se pondría? Más específicamente, ¿debía ponerse su anillo de compromiso y de boda? No eran joyas llamativas. Se trataba de un pequeño solitario de diamantes y platino y un anillo de boda que se entrelazaba con el primero.

La alianza de Jacob había sido del mismo estilo, aunque dos veces más ancha. Ciertamente, ya no la llevaba puesta. De hecho, no llevaba puesta joya alguna, ni siquiera un reloj.

Ella cerró los ojos, abrió la puerta y llamó a Po. A los pocos instantes, el muchacho estaba frente al umbral.

—Necesito tu ayuda —le dijo. A continuación, le explicó lo que necesitaba saber.

Vestirse elegantemente para asistir a una cena benéfica con acaudalados desconocidos no era la idea que Jacob tenía de una velada agradable. Sólo el hecho de pensar que podría encontrarse por fin cara a cara con el agresivo pretendiente de Jianne lo ayudó a endulzar un poco el mal trago, pero, en general, su actitud no era de entusiasmo. Su hermano mediano, el eterno optimista, tampoco estaba colaborando demasiado. Le contó que los tíos de Jianne eran personas de mucho prestigio en Shangai. Aparentemente, la tía era prácticamente como si fuera miembro de la realeza local y su tío tenía un estatus muy similar en Singapur. Su matrimonio había sido concertado, pero, poco a poco, el amor había ido surgiendo.

Según Madeline, en lo que se refería a los más influyentes dentro de la sociedad de Singapur, Bruce y Elena Yi eran tan sólo algo menos poderosos que Dios.

Aquella noche, nada de cenas con los mortales.

—¿Crees que quiero saber lo que se paga por un cubierto esta noche? —le preguntó a Luke.

—Realmente no lo creo —replicó él—. Considéralo como parte de la contribución de la familia Yi para conseguir quitarle a Ji de encima a ese Zhi Fu y disfruta de un filete de diez mil dólares.

—No hablas en serio.

—¿No?

Jake lanzó una maldición y comenzó a desabrocharse la camisa blanca, que tenía puños de botón. Para una cena con filetes de diez mil dólares, iba a tener que esforzarse un poco más.

—¿Dónde está Po?

—Aquí —dijo el muchacho desde la puerta.

—¿Puedes subir y traerme la camisa blanca que tengo al final de la barra de mi armario de la ropa? —le pidió—. Sobre la estantería que hay encima de la barra, encontrarás una caja de zapatos llena de viejos relojes y de otras cosas. Busca un par de gemelos de jade engastados en platino —añadió. Habían sido el regalo que le hizo Jianne el día que se casaron. El

«Algo nuevo». Ella había estado tratando de abrazar las costumbres occidentales en aquellos momentos. Sólo Dios sabía lo mucho que le habían costado.

—¿Algo más? —dijo Po—. ¿De la caja?

—¿A qué te refieres?

—¿Un reloj o algo así?

—Nada de reloj —replicó. No tenía uno lo suficientemente bueno.

—Toma, llévate el mío —le dijo Luke—. El mejor Cartier falso que haya disponible, según Jimmy el rata, el mejor amigo de mi buen amigo Po. Los diamantes son auténticas circonitas.

Jake tomó el reloj y lo estudió durante unos instantes.

—Muy bonito —dijo —. ¿Cuánto te costó?

—Cincuenta dólares de Singapur.

—¿Y Po fue tu intermediario?

Luke asintió.

—Y el trato se realizó en chino, ¿verdad?

—En su mayor parte —admitió Luke mirando a Po—. ¿Hay algo que yo debería saber?

Po negó con la cabeza.

Jake hizo lo mismo. Ya se ocuparía de aquel asunto más tarde. Por el momento, le daría a Po el beneficio de la duda. Tal vez el muchacho pudiera darle una explicación razonable.

—Te hicieron un buen precio —dijo Jake, sobre todo considerando la posibilidad muy real de que el reloj fuera auténtico. Teniendo en cuenta el modo en el que la tarde se estaba desarrollando, Jake probablemente se encontraría con el dueño verdadero del reloj aquella noche. Menuda situación.

—¿Algo más? —le preguntó Po, que era la viva imagen de la inocencia—. ¿De la caja?

—Sólo los gemelos.

—Te podría traer la caja entera —reiteró el muchacho—, por si vieras algo más que quisieras ponerte.

—Sólo los gemelos. Y la camisa.

Po se marchó tan rápidamente como siempre. El muchacho tenía velocidad y agilidad para convertirse en un excelente karateca. Cuando se hiciera más fuerte, lo que no tardaría en ocurrir, el muchacho sería un oponente verdaderamente formidable.

—¿A qué ha venido todo eso? —le preguntó Luke.

—¿Lo del reloj o lo de la caja?

—El reloj no. No estoy seguro de querer saber qué es lo que le pasa al reloj.

—Haces bien, Luke.

—¿Y lo de la caja?

—Te aseguro que no lo sé.

—Jake necesita una camisa diferente y unos gemelos —dijo Po cuando Jianne le abrió la puerta y lo hizo entrar a la sala—. No lleva anillo.

—Gracias, Po —respondió Jianne dispuesta a no permitir que una extraña pesadez se le adueñara del corazón—. Es lo único que necesitaba saber.

Luke y Po habían decidido que ellos serían los chóferes de Jake aquella noche. Junto a éste, estaban esperando en el recibidor a que Jianne se dignara a bajar las escaleras.

—Madre mía —musitó Luke con reverencia—. Estás perdido...

Jake miró a su esposa y sintió que cada gota de su sangre abandonaba su cerebro y bajaba a un órgano mucho más abajo.

—Ve a por el coche —dijo.

—Po, ¿te vienes? —le preguntó Luke al muchacho, pero Po estaba como traspuesto—. Otro corazón muerde el polvo —musitó Luke—. Jianne, estás guapísima. Po y yo vamos a por el coche.

—Gracias —respondió ella con una sonrisa.

Po sonrió también. Jake cerró los ojos y susurró una oración.

—Efectivamente —murmuró—. Total y completamente...

—Vete a por el coche —le ordenó Jake. Estaba sorprendido de que aún tuviera el poder de hablar—. Ahora mismo.

Jianne aceptó el coche de Madeline y los chóferes que incluía con increíble placer. Las motos estaban bien como modo de transporte para ciertas ocasiones, pero aquélla no era una de ésas. Los vestidos largos preferían viajar en coche. Punto.

Jacob iba sentado a su lado en el asiento trasero y constituía un ejemplo claro de perfección masculina. No resultaba un compañero de viaje cómodo por la tensión que emanaba de él, pero, cómodo o no, era el único hombre que Jianne siempre había deseado a su lado. De eso estaba completamente segura.

El portero del hotel los saludó cuando salieron del

coche. Un fotógrafo de prensa que acechaba junto a la puerta tomó una fotografía de ellos cuando atravesaban el vestíbulo. Entonces, les preguntó sus nombres. Evidentemente, Jianne Xang-Bennett y Jacob Bennett no resultaban nombres conocidos para él, pero seguramente pensó que algo podría sacar de ellos. A Jianne no le importaba la razón, excepto el hecho de que el fotógrafo los definió como pareja y eso podría ayudarlos a conseguir que Zhi Fu le dejara en paz. Jianne jamás había gozado con las atenciones de la prensa.

—¿Cuántas personas crees que conocerás aquí esta noche? —murmuró Jacob cuando el portero tomó sus entradas y entraron en la reluciente sala de baile.

—¿Incluyéndote a ti, mis tíos y mis primos? —replicó ella—. Cinco. El cinco es un número de buenos augurios. Me siento muy esperanzada.

—Seis, si ha venido Zhi Fu —dijo Jacob.

La preocupación se adueñó de Jianne. No parecía que Jacob tuviera la intención de trabar amistad con nadie aquella noche. Prefería la confrontación tácita, letal.

—Tendrás cuidado cuando nos encontremos con Zhi Fu, ¿verdad? No es un hombre al que quieras tener como enemigo.

—Es demasiado tarde para eso, Jianne. Te desea. Yo te tengo. Realmente no creo que podamos ser amigos.

—Lo sé, pero no hagas nada que...

—¿Matarlo, por ejemplo? —sugirió Jacob—. No es problema. Estamos en una fiesta benéfica destinada a conseguir fondos para un hospital. No sería apropiado. Además, a mí me va más bien la contención.

—Anoche no lo demostraste —murmuró ella. Jacob respondió con una mirada.

—¿Sería posible no hablar sobre la contención de anoche? —musitó él—. ¿O, más bien, de su carencia?

Jianne le dedicó una pícara sonrisa.

—Por supuesto, si ves que vas perdiendo la contención a lo largo de la velada, te ruego que me lo hagas saber, ¿de acuerdo?

—¿De verdad crees que podrías contenerme?

—Estoy segura de que unas esposas ayudarían.

—Tendrías que ponérmelas primero.

—¿No crees que sería capaz?

Jacob la miró con unos ojos centelleantes, llenos de oscuras promesas.

—Bueno, podrías intentarlo.

—Tal vez no tendría que utilizar la fuerza —dijo ella—. Tal vez utilizaría la sagacidad. Podría distraerte.

—Ya lo estás haciendo —comentó Jake mientras miraba a su alrededor—. ¿Está aquí Zhi Fu?

—No lo veo —replicó ella, aunque tenía que admitir que no se había esforzado mucho en mirar—. Sin embargo, sí que veo a mi tía y a una de mis primas en la parte delantera. Ésa debe de ser nuestra mesa.

Jacob suspiró. Esperaba que la comida fuera abundante porque lo más seguro era que la conversación fuera a ser incómoda.

No fue así.

Elena Yi era una dotada anfitriona, sus hijos eran muy agradables y Bruce Yi era un hombre al que Jacob podría llegar a apreciar y a respetar. Inteligente, imponente y pieza clave de un conglomerado de empresas multimillonarias, parecía no tener reparo alguno en ligar el nombre de la familia Yi al de Jacob. Aquel apoyo proporcionaba un gran poder, pero demandaba también una gran responsabilidad a la hora de cumplir las expectativas del tío de su esposa.

Riqueza e influencia. Jake jamás había cortejado a la primera y utilizaba la segunda en escasas ocasiones. Aquél no era su mundo, sino el de Jianne.

Ella se acercó a él y le colocó la mano sobre la manga. Sólo durante un instante, Jake comprobó cómo un hombre podía tolerar en ocasiones aquella sociedad si significaba que podía mantener a su lado a la mujer que amaba.

—Jianne está radiante esta noche, ¿no te parece? —dijo Bruce mientras miraba a su sobrina con afecto—. Evidentemente, tu casa le resulta un lugar agradable en el que vivir.

Jianne sonrió.

—A Jacob le preocupa que no esté a gusto. Tal vez tenga razón en lo de que no es la clase de casa a la que estoy acostumbrada, pero, a pesar de todo, me gusta.

Efectivamente, su vida en el *dojo* le había reportado momentos de inesperado gozo y tranquilo placer. Jianne conocía muy bien el valor de esas cosas. Sabía lo difícil que podría resultar encontrarlas.

—Mentirosa —murmuró Jacob.

—No estoy mintiendo —replicó ella.

Bruce Yi parecía distraído y no por algo que fuera agradable. Dio un paso atrás para ampliar el círculo, creando un espacio entre Jacob y él y, al mismo tiempo, no dejando nada en absoluto al lado de Jianne. Instantes más tarde, un hombre impecablemente vestido y ojos tan duros como el acero se acercó a ellos.

Jianne mantuvo la sonrisa en los labios y la mano sobre el brazo de Jake. Ni por un instante dejó que se le notara el miedo.

—Zhi Fu —dijo—. ¡Qué pequeño es el mundo!

—Así es —replicó el hombre, que tenía el aspecto de una serpiente con una sonrisa en los labios—. Me gusta mucho vivir en Singapur. ¿Y a ti?

—También.

—Jacob, te presento a Sun Zhi Fu, industrial de Shangai, conocido de la familia y nuevo vecino —dijo Bruce. No había dicho amigo. Sólo conocido. Bruce Yi sabía muy bien cómo lanzar una indirecta con impecable cortesía—. Sun Zhi Fu, te presento a Jacob Bennett, campeón del mundo de kárate. Ahora da clases. Tiene un *dojo* aquí en Singapur. Por supuesto, es también el esposo de mi sobrina, como estoy seguro de que ya sabes.

Ni Jacob ni Zhi Fu extendieron la mano.

—Siento curiosidad —dijo Zhi Fu con voz suave—. ¿Qué clase de marido deja a su esposa sola durante doce años y, sin embargo, se niega a dejarla marchar? Estoy seguro de que no se trata de uno muy cariñoso.

—Los matrimonios son relaciones muy curiosas —replicó Jake, con la sonrisa de un tigre en los labios—. Justo cuando empiezas a creer que todo ha terminado, surge algo para romper el equilibrio y, de repente, todo vuelve a empezar. Dígame, señor Sun, ¿piensa quedarse en Singapur mucho tiempo?

—Mis planes son... flexibles en estos momentos. Es cuestión de responder a las situaciones según se presentan. Estoy seguro de que eso es lo que usted les enseña a sus alumnos, señor Bennett —comentó Zhi Fu mientras miraba a Jianne—. No has respondido a la invitación que te envié para la fiesta de inauguración de mi casa.

—Me temo que tengo otros planes —contestó ella.

—Otra vez será —afirmó Zhi Fu—. Por los viejos tiempos.

—No —respondió Jianne mientras agarraba con fuerza el brazo de Jacob—. No lo creo.

Jake oyó que Jianne decía que no y decidió que había llegado el momento de añadir peso a esa negativa. Miró a Jianne y suavemente le soltó la mano de la manga para colocar la suya propia sobre el hombro desnudo de Jianne. Ella lo miró, sorprendida. Jake le sonrió y le colocó la mano sobre la nuca en un gesto de posesión en estado puro. Jianne separó los labios y la mirada se le oscureció. Conocía bien el juego. Lo conocía muy bien. Tensión y pasión. Desafío sexual. Lo habían jugado la noche anterior para la pasión. Lo estaban volviendo a jugar para la afirmación.

Cuando Jacob consideró que había llegado el momento de volver a mirar a Zhi Fu, vio que los ojos de este último reflejaban una peligrosa ira. Si Zhi Fu hubiera sido un oponente en las artes marciales, habría sido capaz de intranquilizar a los más experimentados luchadores. No habría errores. Ni reglas. Sólo quedaría un hombre de pie.

—Adiós, señor Sun —dijo Jake.

Zhi Fu sonrió fríamente.

—No seamos tan definitivos, señor Bennett. No me gusta utilizar la palabra adiós a menos que esté hablando con alguien que pronto va a estar muerto.

—Lo tendré en cuenta —replicó Jake.

La mirada de Zhi Fu descansó brevemente sobre Jianne. Fuera lo que fuera lo que vio en los ojos de Jianne hizo que sus labios se volvieran finos y crueles. Le dijo algo en un dialecto que Jake no comprendió y, con una cortés inclinación de cabeza a Bruce, Sun Zhi Fu se marchó.

Jianne estuvo observando cómo Zhi Fu se marchaba hasta que dejó de verlo. Sus últimas palabras no habían sido de aquiescencia.

Jacob le acarició la sensible piel de detrás de la oreja, un gesto tranquilizador y erótico a la vez.

—¿Qué te ha dicho? —le preguntó mientras alternaba la mirada entre ella y Bruce como si cualquiera de los dos pudiera responder.

—Me ha preguntado si te quería muerto —respondió ella. La mano que le dibujaba círculos en el cuello se detuvo—. Jacob, siento mucho haberte metido en esto. Sé cómo es Zhi Fu. Sé lo obsesionado que está por conseguir las cosas que quiere y yo sé muy bien lo empeñado que está en conseguirme a mí. Sabía que te estaba poniendo en una situación delicada. Sabía que era peligroso e imprevisible, pero jamás me imaginé que sería capaz de amenazar tu vida. Por favor. Tienes que creerme.

—Calla... No pasa nada —dijo él. Volvió a trazar

los círculos con el dedo—. Tranquila. Está tratando de alejarte de mí. Cree que lo harás sólo por protegerme. Y tú no vas a hacerle caso.

—Pero...

—Calla —le susurró, con los labios muy cerca de la sien—. Yo sabía que podría elegir este camino, aunque tú no te lo imaginaras. Y no me estoy quejando.

Jianne gimoteó. No solía desmoronarse en público, pero había empezado a asimilar lo que Zhi Fu le había dicho y tenía las piernas como si fueran de gelatina.

—Tengo que sentarme

—Vamos.

Instantes más tarde, estaban en la mesa. Bruce les estaba sirviendo agua y vino en sus respectivas copas, que les entregó a ella y a Jacob. Éste sonrió.

—Si quieres saber mi opinión, creo que nuestro encontronazo con tu admirador fue bastante bien. No lo maté, lo que siempre es bueno. Además, tienes que mirar el lado positivo. Ahora que ya se han trazado las líneas de batalla, ya no tenemos que asistir a la fiesta de inauguración. ¿Quieres que le enviemos un regalo para su nueva casa?

—¿Estás completamente loco? —le preguntó Jianne.

—Yo creo que eso estaría bien —comentó Bruce. Los dos hombres asintieron.

—¿Y la amenaza de muerte? —musitó Jianne—. ¿Hay alguien aparte de mí a quien le preocupe eso, aunque sólo sea un poco?

—Te preguntó si me querías muerto, ¿verdad?

Jianne asintió enfáticamente.

—¿Y tú le dijiste que sí?

Jianne no creía que la pregunta de Jake requiriera una respuesta. Le bastó con una mirada de incredulidad.

—¿Ves? —comentó él con una ligera sonrisa—. Nada de lo que preocuparse.

—Estás loco —dijo ella—. ¿Por qué siempre atraigo a los locos?

Aquella vez, la sonrisa de Jacob estalló en toda su plenitud.

—¿De verdad quieres que te responda a eso?

Jake cenó y charló animadamente. Llamó a Luke hacia el final de la velada y le dijo que no fuera a buscarlos, aunque aceptó que su hermano alojara a Po en su casa aquella noche. Declinó también el ofrecimiento de Elena y Bruce para llevarlos a casa, sabiendo muy bien que la minúscula cocina de su *dojo* no era el lugar apropiado para que unas personas tan distinguidas se tomaran un café o la última copa de la noche. Sería mejor regresar en taxi.

Jianne no se quejó. Después de mostrar su preocupación por la amenaza de Zhi Fu, había permanecido muy callada.

Regresar al *dojo* fue como volver a otro mundo, un mundo menos magnífico, pero sí más real, al menos para Jacob. Aquella noche, observó su antigua y algo desaliñada cocina con ojos nuevos y luego se fijó en Jianne, que seguía apoyada contra el umbral. El contraste no le gustó.

Lo que habían hecho la noche anterior... Lo que él había puesto en movimiento al permitir que ella se alojara allí... No podía salir nada bueno. Nada más que recuerdos nuevos que reemplazaran los antiguos y un deseo que jamás se había apagado.

Se dirigió al fregadero y sacó un vaso de la estantería. Agua o whisky. Santo o demonio. ¿Qué tocaría aquella noche?

El agua estaba más cerca.

—Deberías subir —dijo con voz ronca.

—Ven conmigo.

Jacob apoyó las manos sobre la encimera y respiró profundamente antes de darse de nuevo la vuelta.

—¿Y entonces qué? ¿Volvemos a lo de estar casados de verdad? Los problemas a los que nos enfrentamos entonces siguen presentes, Jianne. Mira a tu alrededor. Mira bien lo que yo te puedo ofrecer.

—Ya lo hago —replicó ella, aunque la mirada no se desvió del rostro de Jake—. Y no me siento privada de nada.

Jianne se dirigió hacia él y lo acorraló contra la encimera. Observó cómo sus ojos se oscurecían antes de que unas largas pestañas ocultaran la expresión que había en ellos.

—¿Sabes lo que veo? A un hombre que esta noche ha puesto su vida en peligro por mí. A un hombre que anoche me transportó a la perfección. A un hombre con el que estaría encantada de compartir su cama esta noche si él así lo deseara...

Levantó un dedo y le trazó la forma de los labios hasta que él cerró los ojos, separó los labios y cubrió la mano de Jianne con la suya. Ella contuvo el aliento cuando él inclinó la cabeza y trazó con la lengua un delicado sendero por la suave palma hasta llegar a la muñeca. Allí, se detuvo, incendiando las terminaciones nerviosas y provocando que ella cerrara los ojos.

Jianne le deslizó la mano por el cabello, animándolo a acercarse. Quería que él le besara en la boca, pero él se limitó a pegar su mejilla contra la de ella.

—Dime que me deseas —susurró.

—Te deseo —respondió ella. Frotó la mejilla contra la de él e inclinó la cabeza para capturarle los labios, pero él se negó a dárselos.

—Dime que te gusta lo que te hago.

—Ya sabes que es así.

Aquella vez, la boca de Jake se encontró con la de ella. Los labios separados, la delicada lengua. No se trataba de la incontrolable pasión que los había empujado la noche anterior. Aquella pasión era más profunda, más significativa. No se trataba de luchar para demostrar lo que sentían el uno por el otro, sino de rendirse.

Sin dejar de besarla, Jake le levantó la falda del vestido. Entonces, se sentó en una silla y la colocó encima de él tras quitarse chaqueta, camisa y haberse desabrochado el cinturón. Los tirantes del vestido de Jianne se deslizaban al paso de los labios de Jake para franquearle el acceso a los senos. Le enredaba las manos en el cabello para ofrecerse a él y entregarle la sensual rendición que él pedía.

Resultaba tan fácil perderse en él, en los sentimientos que creaba...

Las delicadas braguitas se desgarraron. Suponían una barrera que él no deseaba. Los delicados pliegues se separaban para permitir una posesión que llenó el alma de Jianne.

—Suéltate el cabello —le ordenó él—. Suéltatelo. Hazlo por mí.

Jianne hizo lo que él le pidió. Los pasadores de perla cayeron al suelo mientras él le mordisqueaba los senos. Las caderas de Jake se movían al mismo ritmo que las de ella, lenta y ondulantemente. Jianne se arqueó, confiando en la fuerza de los brazos de Jacob para que él la sujetara cuando por fin el cabello le cayó libre por la espalda.

Él gruñó y se detuvo dentro de ella. Deseó que la bestia regresara a su jaula, deseó que él pudiera mantener el control, aunque sólo fuera aquella vez. La posesión no siempre tenía que ver con la dominación, aunque era la necesidad lo que le dominaba con más fuerza.

En ocasiones, podía tener que ver con la rendición.

Jianne se levantó de encima de él y le tomó la mano para conducirlo a la escalera y a su cama. Se quitaron la ropa hasta que los dos estuvieron medio desnudos bajo la media luz. Entonces, ella volvió a abrazarlo.

—¿Lo harías? —susurró ella mientras se tumbaban en la cama besándose—. ¿Dejarías que una mujer te esposara? ¿Te inmovilizara?

Sólo Jianne se habría atrevido a preguntarle algo así. Sólo por Jianne habría él tomado la decisión que tomó. Sin apartar los ojos de ella, se tumbó en la cama, levantó los brazos por encima de la cabeza y enredó las manos en las barras de hierro fundido del cabecero. Allí se quedarían, pasara lo que pasara, hasta que ella se las bajara.

—Sólo tú.

Jianne empezó por la garganta. Cuando llegó al vientre de Jake, él parecía estar a punto de doblar las barras, pero no se soltó. Se movía debajo de ella mientras Jianne se iba deslizando cada vez más hacia abajo. Creyó morir mil veces cuando la boca de ella rodeó su sexo y la lengua trazó un delicioso baile a su alrededor. Ella sabía cómo estimularlo, cómo llevar el placer hasta el punto del dolor. Sabía cómo tranquilizarlo y destruirlo una y otra vez.

Sin embargo, las manos de Jake no abandonaron el cabecero en ningún momento, ni siquiera cuando los labios de Jianne estuvieron a punto de hacerle alcanzar el éxtasis justo antes de que ella volviera a hundirse en él con un gemido de placer.

Jake echó la cabeza hacia atrás y gritó. Se tensó, pero no se soltó. No lo hizo hasta que ella no le recorrió los brazos con las manos y le agarró los dedos que con tanta fuerza asían las barras. Entonces, sólo entonces, Jake se soltó y le hundió las manos en el cabello al tiempo que el animal salvaje que llevaba dentro se liberaba por fin.

Capítulo 7

JAKE se despertó lentamente a la mañana siguiente. Aún seguía en su cama, con Jianne tumbada a su lado y profundamente dormida. Era una mujer menuda que ocupaba mucho espacio, tanto en su cama como en su pensamiento. En cuanto a su corazón, éste siempre le había pertenecido a ella y siempre le pertenecería.

Nada de todo esto hacía que las mañanas después fueran más fáciles.

El aspecto físico del acto sexual era algo con lo que Jake gozaba. El problema era que el total abandono siempre se había visto seguido por un profundo remordimiento que él jamás había tratado de comprender. Tal vez tenía algo que ver con el hecho de que él era muy exigente en lo que se refería al sexo, o con el hecho de perder el control del modo en el que lo hacía, para luego despertarse y saber que tendría que recuperarlo y volver a guardarlo bajo llave. O tal vez estaba relacionado con su miedo de romper algo tan frágil con el peso de su necesidad. Tal vez el porqué de todo aquello no le importaba lo más mínimo.

Lo único que sabía era que, para sobrevivir a una noche como la anterior, un hombre mantenía la boca cerrada y se guardaba sus miedos sobre la mañana después para sí al tiempo que trataba de ocultar lo extraño de su propio comportamiento.

Se levantó de la cama y se dirigió al lugar en el que habían estado hasta no hacía mucho sus prendas de vestir. En aquellos momentos era el armario de Jianne, pero había una caja llena de ropa vieja en un rincón, ropa que le valía del mismo modo que la nueva para ponérsela y bajar al *dojo* para darse una ducha sin despertar a Jianne con el ruido.

Encontró un par de pantalones de deporte. Se los puso. No se molestó en ponerse una camiseta. Cerró los ojos y respiró profundamente. Trató de encontrar la calma, de librarse de la incertidumbre, y que la fatiga se llevara la necesidad que aún sentía por su sensual y hermosa esposa.

Se dirigió hacia la puerta. Sus pies no hacían ruido alguno sobre la madera del suelo. Se arriesgó a mirar hacia la cama. Jianne no se había movido, pero tenía los ojos abiertos. La desolación que se adivinaba en ellos resultaba muy dolorosa.

Jake se detuvo en seco y se mesó el cabello con la mano.

—Buenos días —murmuró—. Tengo que...

No sabía qué añadir. ¿Qué era exactamente lo que tenía que hacer? ¿Huir?

—¿Dar clase? —murmuró ella mientras levantaba la cabeza y la apoyaba sobre una mano.

—No. Hasta las nueve no. Yo... tengo que darme una ducha. Abajo —añadió.

—Hay una aquí.

—No quería despertarte con el ruido.

—Y no lo harás —dijo ella mirándolo con intensidad—, pero si lo que necesitas es distancia, ve a ducharte abajo. O quédate aquí si quieres. Yo me levantaré e iré a buscar algo para desayunar —añadió. Entonces, bajó la mirada y tiró de las sábanas de la cama con nerviosos dedos—. No importa, Jacob. Vete.

Fue la fragilidad que emanaba de ella lo que le hizo reaccionar. Lo hizo volver a ella y sentarse en la cama para abrazarla y depositar un delicado beso sobre su cabello, sobre la frente, antes de besarla de nuevo con pasión en los labios. No sabía lo que Jianne quería de él aquella mañana.

Se suponía que ella estaba bajo su protección. En vez de hacerlo, la devoraba a cada oportunidad que tenía y la transportaba a un mundo que estaba a años luz del de ella.

—Me gusta lo que hago —murmuró—. Me gusta cómo vivo. Yo soy así —añadió con voz ronca mientras ella levantaba la mano para cubrirle la mejilla y sus labios temblaban bajo los de él—. No puedo ser como esos otros hombres que había en el baile anoche.

—Nadie te está pidiendo que lo seas.

—No te puedo dar la clase de vida a la que estás acostumbrada.

—¿Acaso me estoy quejando? —susurró ella.

—Jamás te quejas —replicó él. Eso era parte del problema—. Nunca sé lo que quieres hasta que no es demasiado tarde.

—Quiero algo de tu tiempo por las mañanas. Una mirada. Un beso. Algo que indique que reconoces lo que pasa entre nosotros por las noches, aunque esto sea tan primitivo y apasionado que resulte difícil examinarlo a la luz del día.

—Y lo tienes —murmuró Jake. Entonces, cerró los ojos.

—Dime que me deseas —susurró ella.

—Claro que te deseo.

—Dime que piensas en mí cuando no estás a mi lado.

—Siempre pienso en ti.

—Dime que no lamentas lo que ocurrió anoche.

No podía hacerlo.

—Te traeré un té —dijo. La besó una última vez antes de salir huyendo. Un último beso, tórrido y apasionado, que acabó convirtiéndose en una desesperada disculpa.

El viernes, las persianas ya estaban instaladas y Jacob había regresado a su dormitorio sin que Jianne lo hubiera abandonado. Ella le había sugerido que convirtiera la habitación que había más cerca de la cocina en un pequeño salón. Le había dicho que lo único que necesitaría hacer sería derribar el muro que la separaba de la cocina y que ella se ocuparía del resto.

Un hombre estaba metido en un buen lío cuando una mujer comenzaba a derribar los muros de su casa.

—Si le gusta tanto estar aquí, ¿cómo es que no hace más que querer cambiar las cosas? —le preguntó Jake a Luke y a Po mientras miraban fijamente la pared que estaban a punto de tirar.

—Has quitado la luz, ¿verdad? —preguntó Luke.

—Sí. De todos modos, según los planos del edificio, en esta pared no hay ningún cable.

—Hermano, estamos en Asia —musitó Luke con una curiosa falta de fe dado que ya había examinado la pared con detector de metales—. Cuna de la electricidad creativa.

—No. Estamos en Singapur —replicó Jake—. Cuna de todas las reglas urbanísticas conocidas por los hombres. Por cierto, ¿sabías que Maddy puede conseguir una licencia de obra en un día? Dile que estoy muy impresionado.

—Ésa es mi chica —dijo Luke mientras levantaba el martillo hidráulico—. Si quieres saber mi opinión, lo que te recuerdo que ya me preguntaste, creo que derribar esta pared para crear un poco más de espacio aquí es una buena idea. Admítelo, hermano. Tu familia se está haciendo más grande. Hoy en día tienes que tener en cuenta las necesidades de Po. El muchacho necesita espacio.

—No, no —replicó Po rápidamente—. Ni siquiera necesito un dormitorio. Puedo dormir en cualquier parte.

—Además, tenemos que considerar a la princesa

de la dinastía —añadió Luke—. Si quieres que se quede, debes empezar a considerar sus necesidades. Además, no es que ella te esté pidiendo un milagro. Te está pidiendo un sofá.

—Y se lo estoy dando, ¿verdad? —contestó su hermano.

Su hermano le dedicó una mirada angelical.

—Así es.

—Entonces, van a hacerlo de verdad —dijo Madeline mientras abría la puerta de su apartamento a Jianne y la invitaba a pasar. Las dos se dirigieron a la cocina. Allí, Madeline empezó a atacar el frigorífico buscando cosas para picar—. Tirar una pared, crear un poco más de espacio y posiblemente reformar la cocina. Increíble.

—No sé qué fue lo que se apoderó de él —comentó Jianne—. Fue sólo una sugerencia.

—Y muy buena. ¿Hay que ir a comprar muebles? Creo que sí.

—No puedo. En lo que se refiere a amueblar la casa de Jacob, no sé qué hacer. Quiero salir a comprar. Me encantaría comprar los muebles para ese salón, pero no es mi casa.

—Aunque seas su esposa. Y aunque estés viviendo con él.

—Después de estar muchos años separados. Además, se te olvida la razón por la que estoy viviendo con él. El acosador.

—¿Te estás acostando con él?

—¿Con el acosador? No lo creo.

—¡Qué hábil desvío de la conversación! Pero no te va a servir de nada —comentó Madeline—. Lo tomaré como un sí. ¿Ha sido algo ocasional o compartís la cama todas las noches?

Jianne se sonrojó, pero no confesó nada.

—Me inclino por todas las noches —dijo Madeline—. Después de todo, estamos hablando de un Bennett. Esto significa que, en estos momentos, vuelves a vivir con tu esposo en vez de seguir separada de él y estar alquilándole simplemente una habitación. Esto significa que, de hecho, tienes algo que decir en lo que se refiere a la decoración de la casa, como se ha demostrado con la disposición de Jacob a tirar esa pared tan sólo porque tú hicieras un comentario.

—¿Cuál es el objetivo de esta conversación?

—Bueno, he pensado que si él ha llegado tan lejos, no creo que se oponga a que aparezcan nuevos muebles. Creo que haríamos bien en ponernos a comprar.

Jianne se mordió el labio inferior. No tenía el optimismo de Madeline.

—Noto dudas —murmuró Madeline—. ¿Se trata del dinero?

—Más o menos —admitió Jianne. No estaba acostumbrada a compartir confidencias. En realidad, no sabía cuánto podía revelar—. Tengo dinero. Jacob tiene menos, aunque yo no diría que no tiene nada. Lo que ocurre es que jamás hemos conseguido cómo hacer que mi dinero y su dinero sean nuestro dinero. Él jamás me deja utilizar mi dinero para nada y no lo hace sólo por orgullo.

—¿No? Pues a mí me parece que sí.

—No es orgullo. No lo conoces. No viste lo mucho que se esforzó para darles a sus hermanos y a su
hermana una casa normal después de que su madre
muriera y su padre se... fuera. Jacob trabajaba por el
día y estudiaba kárate por las noches, al tiempo que
mantenía unida a la familia. Ponía comida sobre la
mesa, pagaba las facturas, iba a las tutorías de sus
hermanos y se aseguraba de que todos practicaran de-
portes y fueran niños. Dedicó su tiempo y su corazón,
creó las reglas de la casa y se aseguró que se cumplie-
ran. Jacob se ocupa de los demás. Es lo que hace, lo
que siempre ha hecho. Así es como se define. La razón por la que tú le enviaste a Po. Si desafías eso, si
tratas de ocuparte tú de él... Lo dejas sin nada. No estoy hablando sólo de orgullo, sino también de identidad.

—Entiendo...

—Yo aprendí a no sobrepasar las fronteras que
marcaba Jacob en lo que se refería a ocuparse de su
familia. No quiero volver a pasar por eso. Por otro
lado, yo soy lo que soy. Tengo dinero y si Jacob no
puede aceptar las cosas que yo puedo proporcionar,
que quiero proporcionar, en ese caso no hay futuro
posible entre nosotros. Tal vez no tengamos uno de
todos modos. Tal vez yo sólo quiera aferrarme a lo
que sí tenemos todo el tiempo que pueda y si eso significa fingir que nuestros problemas con el dinero
simplemente no existen, que así sea.

—Te estoy escuchando —dijo Madeline—. Te lo
prometo, pero tienes que esperar que él haya cambiado un poco en estos doce últimos años. Al menos,
dale la oportunidad de ceder un poco en lo que se re-

fiere al hecho de que tú puedas contribuir también. Tal vez te dé una sorpresa.

—Bueno, dijo que me permitiría pagar las nuevas persianas del dormitorio —admitió Jianne.

—¿Ves? Yo digo que vayamos de compras. Si ves algo que es adecuado para el *dojo*, llamamos a Jacob para ver lo que le parece. No estamos hablando de comprarle una isla entera, mujer. Estamos hablando de comprar un sofá. Y tal vez una lámpara.

—Una vitrina vendría bien también —dijo Jianne—. Madera oscura. Diseños suaves. Útil.

—Tienes toda la razón.

El teléfono de Luke sonó justo cuando cayó el último trozo de pared. Bajó el martillo hidráulico y alcanzó el teléfono que había dejado en la encimera junto con su cartera y unas llaves. Jake se detuvo para limpiarse el rostro cubierto de polvo mientras que Po se apoyaba contra otra pared y sonreía.

—Es Maddy —dijo el muchacho.

—¿Cómo lo sabes? —preguntó Jake.

—Es su tono de llamada.

—Maddy y Ji han salido de compras —explicó Luke después de haber hablado unos minutos con su esposa y de escuchar un rato—. ¿Hay algo que quieras que compren?

—Pinzas —dijo Jake.

Luke repitió la petición y luego se echó a reír al escuchar lo que le decía Maddy.

—No se referían a eso —le informó Luke.

—¿Y a qué se referían?

—A cosas para comer —contestó Po. El muchacho estaba creciendo mucho en aquellos días y estaba entrenando con una intensidad que Jacob había visto en muy pocas ocasiones. No era de extrañar que estuviera pensando en la comida.

—Aparentemente —observó Luke, sin ni siquiera tratar de esconder una sonrisa mientras le ofrecía el teléfono a Jake—, también está lo de salir para comprar una cocina entera.

Capítulo 8

JIANNE, ¿qué estás haciendo? —le preguntó Jake a través del teléfono con lo que le pareció era una gran contención.

—No estoy completamente segura —respondió ella—, aunque estoy aquí mirando una cocina que encajaría perfectamente con el espacio que tú tienes disponible. Madeline parece pensar que estoy haciendo el nido. Y yo estoy de acuerdo. El problema es que es tu nido y yo no quiero entrometerme.

—¿No te parece que es un poco tarde para eso?

—No. También estoy considerando comprar un apartamento. Así podría poner todas las cosas que acabo de comprar. Y así se resolverían potencialmente muchos problemas.

—¿Y Zhi Fu? ¿Cómo encaja él en tus planes para comprar un apartamento?

—Probablemente al otro lado del pasillo, lo que no resulta un pensamiento muy reconfortante. Tal vez necesite comprar algo que esté solo, lo que no es fácil aquí en Singapur. Ni tampoco barato. Ni siquiera para mí.

—Ni seguro —musitó Jake—. En especial para ti.

—Exactamente. Por eso Madeline me sugirió que llamara para ver si querías una nueva cocina, y evitar todas esas compras tan inapropiadas. Podrían instalarla en un día, además, de pintar las paredes restantes y lijar y pulir el suelo.

—En un día —dijo Jake con escepticismo.

—Un día. Es decir, mañana. Aunque no se podrá pisar el suelo hasta el día siguiente y para entonces la pintura se habrá secado también.

—¿Dónde estás?

—En el paraíso de la decoración.

—En ese caso, deberías marcharte de allí enseguida. Te está afectando el cerebro.

—¿Y la cocina?

Jake cerró los ojos y sacudió la cabeza.

—Encárgala. Dame los datos de la cuenta de la tienda y les enviaré un depósito.

—Jacob... Me encantaría pagar esta cocina y todo lo del salón. Como regalo a ti y a Po por acogerme en vuestra casa, aunque sea temporalmente y posiblemente de mala gana.

—¿Cuánto va a costar todo esto?

—Te aseguro que no me he vuelto loca —dijo ella, aunque sin reconocer que iba a pagar una buena suma por la velocidad con la que se instalaría la cocina—. Además, el estilo encajará perfectamente con el del *dojo*. Será como crear el espacio que tú has hecho arriba, pero abajo. Uno de los sofás ni siquiera es nuevo.

¿Sofás? ¿En plural?

—¿Ahora te ha dado por comprar antigüedades? ¿Para esta casa? Creía que estabas en una tienda de cocinas.

—Estamos en una tienda de cocinas... Ahora.

—Dile que compre un quemador para el *wok*. Son geniales —dijo Luke.

—Dile que por supuesto que he comprado un quemador para el *wok* —respondió Jianne—. Ninguna cocina de Singapur debería estar sin uno de ésos. ¿Hay algo más que tú quieras añadir?

—Sí —musitó tristemente Jake—. Espero que haya pinzas...

Dos horas más tarde, Jianne entraba en el *dojo* y se dirigía hacia la cocina. Su valentía mientras estaba en la tienda de cocinas y hablaba con Jake por teléfono se había visto reemplazada por una creciente ansiedad tras sobrepasar las fronteras de Jacob y estar a punto de averiguar por cuánto. Entró por la puerta y se detuvo con los ojos abiertos de par en par mientras observaba la destrucción.

No se habían detenido con una pared, sino que habían tirado también la del siguiente dormitorio. Había espacio suficiente para una buena cocina y para un comedor y un salón adecuados. Un hermoso espacio que Jianne sabía exactamente cómo llenar. Si Jacob se lo permitía.

El ruido que se oyó desde el otro lado del largo pasillo en el que se encontraban los dormitorios sugirió que uno de ellos se estaba utilizando como almacén en aquellos momentos.

—¿Jacob?

—Estoy aquí —respondió él. Apareció en medio del pasillo, polvoriento y desaliñado.

—¿No está Madeline contigo?

—No. Ha tenido que regresar al trabajo durante un rato. Acaba de dejarme aquí —explicó. Jacob se dirigió hacia ella, lo que provocó que el pulso se le acelerara—. ¿Dónde está Po?

—Con Luke.

—¿Y tus alumnos?

—Ya he terminado las clases por hoy.

—¿Tan temprano? —preguntó ella. Las clases normalmente no terminaban hasta las siete. Jianne miró su reloj. Siete cincuenta y nueve—. Oh —añadió, al ver que se le había pasado el tiempo más rápidamente de lo que había pensado—. Te he comprado las pinzas.

—¿De verdad? ¿Y qué más me has comprado?

—Casi nada —contestó ella. Aparte de la cocina y los sofás. Y la vitrina y algunas cosas más que él probablemente no necesitaba saber hasta que llegaran—. No mucho.

—He estado pensando en lo de aceptar tu oferta para pagarlo todo —murmuró—. Creo que si tú dominas una zona, yo dominaré otra. Es una cosa de equilibrio.

—¿Equilibrio?

—Exactamente. Y dominación.

—¿Sabes una cosa? Tal y como yo lo veo, tú tienes lo de la dominación resuelto —comentó—. Eres el *sensei,* el mentor de Po y mi protector.

—Te olvidas del sexo —murmuró él. Le quitó el bolso y las bolsas que ella llevaba en las manos—. En este momento voy a establecer mi dominio también en ese campo.

—Realmente no estoy segura de que sea posible olvidarse del sexo, dominante o no —comentó ella con voz suave—. Créeme. Llevo doce años intentándolo. No puede hacerse...

Jake le había colocado los labios sobre la mandíbula. Los dedos habían encontrado la curva de la espalda. Jianne cerró los ojos y se entregó a las sensaciones y al creciente calor antes de deslizarle las manos por debajo de la camisa.

—Las manos fuera —le ordenó él, aunque ella comprendió que en realidad no quería que las apartara.

—Sobre este plan de venganza basado en el sexo porque me he atrevido a darte un regalo que me puedo permitir, deberías saber que, además de las pinzas, también te he comprado una batidora y cucharas de madera.

Jacob le mordió el cuello, haciendo que ella se arqueara de placer y dejara escapar un gemido.

—A la ducha —musitó él—. Ahora mismo.

—¿Te refieres a mí? ¿Me lo has ordenado a mí? —le preguntó ella con un tono desafiante—. Porque, hablando con delicadeza, yo no soy la que más necesita una ducha aquí.

Antes de que pudiera reaccionar, Jacob se la colocó encima del hombro, al estilo del hombre de las cavernas. No era un modo de transporte muy cómodo, pero tenía la ventaja de que le daba una espectacular vista de su hermosa espalda y trasero.

—Si hay otra cosa que no quieres que te compre, me lo harás saber, ¿de acuerdo? —comentó casi sin aliento mientras subían la escalera—. Porque siento unos enormes deseos de ir de compras —añadió, trazando la curva del trasero con las manos—. Unos deseos muy grandes.

—Quita las manos.

Un minuto después, Jianne sintió cómo un chorro de agua le daba directamente en el trasero. Lanzó un grito. Jacob se echó a reír y la dejó en el suelo. La colocó debajo del chorro de la ducha. Los dos estaban completamente vestidos. Jacob no tardó en apoderarse de su boca.

—Lo de la compra de la cocina no me pareció mal, más o menos —murmuró él mientras se quitaba la camiseta y se disponía a bajar la cremallera de los pantalones de Jianne—. Incluso me pareció bien lo de las pinzas, pero comprarle a un hombre una batidora y unas cucharas de madera... Princesa...

Jacob despojó a Jianne de pantalones y braguitas y la camisa y el sujetador no tardaron en seguir el mismo camino. Los ojos se le oscurecieron y se prendieron de los labios de ella. Entonces, se llevó las manos a sus propios pantalones y esbozó una pecaminosa sonrisa.

—Eso me lo vas a tener que pagar...

—Alguien está vigilando el *dojo* —dijo Po, unas

horas más tarde de aquella misma noche cuando entró en la cocina a través de la puerta del callejón.

—¿Desde dónde? —preguntó Jacob mientras miraba rápidamente a Jianne. Ella se preocupaba por las escapadas nocturnas de Po, pero a él le pasaba lo mismo. La única diferencia era que lo ocultaba mejor que su esposa.

—Desde el edificio de oficinas que hay al otro lado de la calle, un par de puertas más abajo. La segunda ventana por la derecha de la quinta planta.

—Podría tratarse de alguien que simplemente trabaja hasta muy tarde —comentó Jake aunque el muchacho ya estaba negando con la cabeza.

—No.

Había pasado casi una semana desde su encuentro con Zhi Fu en el baile benéfico. Tenían instalada una nueva cocina. Un par de sofás y una alfombra de seda decoraban el salón. Las noches de Jacob con Jianne aún constituían un apasionado tormento. Sentarse para tomar las comidas que Po y ella habían preparado lo llenaban de una profunda tranquilidad. No quería una casa llena de personas que reclamaban su atención, porque ya lo había hecho en el pasado y quería dejarlo atrás. Sin embargo, su pequeña familia era lo que necesitaba. El orden que ella proporcionaba a las cosas. El sosegado placer que obtenía de todo ello.

Había pensado que allí en Singapur podría por fin conseguir una buena vida, una vida que encajaba perfectamente con él.

En aquellos momentos, era mucho mejor de lo que había imaginado.

Por supuesto, dejando aparte algunas cosas. Un psicópata enamorado y el constante miedo de Jianne sobre lo que pudiera hacer la próxima vez que estuviera junto a uno de ellos.

—¿Están cerradas las persianas de arriba? —le preguntó a Jianne, pero ella no pareció escucharlo—. ¿Ji? ¿Estás bien?

—Sí —respondió ella. Asintió y sonrió, pero tenía la mirada preocupada—. Las persianas están abiertas y las ventanas también. Hacía mucho calor allí arriba esta tarde. Quería que entrara el aire.

—¿Hacía aire? —preguntó Jake.

Abajo no había habido aire alguno. Había sido uno de esos días tranquilos y húmedos que irritaban a la gente y dejaban el cuerpo letárgico. Los alumnos se habían encontrado cubiertos de sudor a los cinco minutos de empezar a ejercitarse. Se habían quitado las camisetas y al terminar se habían dado largas duchas.

—Bueno, no. ¿Qué podemos hacer sobre esa persona que nos vigila?

—Depende de lo que queramos que vea.

Aquella noche, Po se metió temprano en la cama. El muchacho raramente dormía un par de horas seguidas y era bastante noctámbulo, seguramente como recuerdo de su vida en la calle. Por eso, Jake se imaginó que aquella noche Po planeaba salir a la calle para ver lo que podía descubrir. Sin embargo, decidió no contarle sus sospechas a Jianne.

—¿Crees que es Zhi Fu? —preguntó ella en voz baja mientras subían a la planta superior.

—No lo sé —respondió.

Cuando ella fue a apretar el interruptor que cerraba las persianas, Jake se lo impidió.

—No lo hagas.

Ella lo miró, sorprendida. Jake sonrió. Una oleada de crueldad se había apoderado de él con fuerza.

—Si es Zhi Fu el que nos está observando desde esa ventana, el que nos está observando ahora... ¿Qué quieres que vea?

—Que nunca seré suya.

Junto a la cama, había un control remoto para las nuevas persianas. Jake fue a buscarlo y, cuando lo encontró, se dirigió de nuevo hacia ella y se lo entregó.

—Tómalo —murmuró.

Jianne lo aceptó. Jake aprovechó aquel instante para acariciarle el brazo con el reverso de la mano hasta que llegó al tirante de su camiseta de algodón. Enganchó el dedo índice bajo el tirante y comenzó a bajarlo muy lentamente mientras se movía alrededor de ella y se colocaba a sus espaldas. En aquellos momentos, los dos estaban mirando hacia la ventana.

—No —susurró ella cuando Jake le colocó la otra mano en la cadera y tiró de ella hacia sí—. Nos va a ver...

—En ese caso, cierra las ventanas.

Jianne lanzó un gemido de protesta y se relajó contra él. Levantó ligeramente la cabeza para permitir que los labios de él tuvieran acceso a los suyos. Jake comenzó a besarla con la boca abierta. Ella respondió con un sensual abandono que terminó con el control que él pudiera tener. Entonces, ella apretó el mando y lo arrojó sobre la silla. Las persianas comenzaron a cerrarse. Más de sesenta metros de ventanas recorrían aquella pared. Las persianas no se cerraron rápidamente.

Jianne se giró hacia él lentamente y le agarró el bajo de la camiseta. Se la sacó por la cabeza y la dejó caer sobre el suelo. Entonces, le colocó las manos sobre el vientre y los labios contra la garganta. Con gesto posesivo, él le agarró el cabello con los puños para evitar que se moviera. Las persianas aún no se habían cerrado.

Justo antes de que lo hicieran, Jake apoyó la mejilla sobre la sien de Jianne y deslizó las manos sobre la cremallera de la falda. Entonces, miró hacia aquella ventana del quinto piso y envió un mensaje.

Mía.

El día siguiente comenzó con normalidad. Jake dio sus clases como siempre, luego desayunó con Jianne y con Po antes de ver cómo ella se marchaba a trabajar en un taxi. Envió al tutor de Po hacia la parte de atrás cuando llegó y le escribió el horario de entrenamientos de la semana próxima en la pizarra. Po y el tutor lo escribirían en chino en otra pizarra.

A media tarde, amenazaba con descargar una tormenta. Sólo los alumnos más entusiastas se atrevieron a presentarse a la clase que tenían a las tres. Los tres habituales, que incluían a Po, y uno nuevo. El nuevo se apuntó como Tup y dio una dirección en Tailandia. El nombre no le dijo nada a Jake, pero la ciudad sí. La ciudad de la que provenía Tup presumía de tener lugares para pelear que apoyaban los sindicatos del crimen, la clase de lugares que hacían que la muerte por ahorcamiento pareciera algo suave.

Jake le mostró a Tup los vestuarios y luego apartó a Po.

—Ve a ver si puedes localizar a Luke —le dijo—. Dile que venga aquí. Enseguida.

Po se marchó mientras que Jake ponía a calentar a los alumnos que le quedaban. Tardó dos minutos en darse cuenta de que Tup no había decidido ponerse a practicar artes marciales a los veintitantos años. Se movía con la gracia de alguien que había recibido instrucción desde una edad muy temprana.

Jake conocía su propia valía como profesor. Su *dojo* estaba limpio. Sacaba lo mejor de sus alumnos y sus victorias en el campeonato del mundo le aseguraban respeto y unos conocimientos que transmitir, unos conocimientos que sus alumnos no conseguían necesariamente en otros lugares. No se encontraba con mucha frecuencia a un alumno que lo superara, pero no tenía nada que enseñar a Tup, nada que él ya no supiera.

Podría ser que Tup anduviera por la zona y simplemente hubiera entrado para entrenar. No había nada malo en eso. Sin embargo, los luchadores del calibre de Tup no solían pasarse sin avisar ni ocultaban detalles sobre su experiencia.

Luke y Po llegaron diez minutos después de que la clase comenzara. Po se unió a la clase. Luke asintió y se quedó en un segundo plano, con los brazos cruzados, un ojo en la puerta y otro en la clase y de espaldas a la pared. Jake prosiguió con su clase. Quince minutos después, pararon para tomar agua y se quitaron las camisetas manchadas de sudor. Las cicatrices y las quemaduras del esculpido torso de Tup, algunas antiguas y otras no tanto, confirmaron las sospechas de Jake. Tup era un luchador profesional y el hecho de que siguiera vivo daba buena fe de sus habilidades.

—Ahora vamos a pelear —le dijo a Tup—. Contacto suave, uno a uno, sin colchonetas. Tendrás tu oportunidad con todos, incluso conmigo. Cuando tu oponente toque el suelo, te paras. Ésta no es una clase avanzada. Tendrás que controlar tus habilidades.

—¿Y el muchacho? —preguntó Tup.

—Aprende rápido —replicó Jake—. Aprenderá de ti.

Tup tardó menos de un minuto en derrotar a su primer contrincante. El segundo tocó el suelo en la mitad de ese tiempo. Tup luchaba con fuerza, con dureza, con gracia y una velocidad, sin esfuerzo alguno. Ni siquiera se estaba esforzando. Cuando Po se colocó frente a él, Tup lo estudió en silencio y entonces le mostró una línea puramente defensiva para utilizar contra un golpe de contacto cuerpo a cuerpo. Le enseñó los movimientos dos veces, mostrándole el centro de equilibrio correcto y el modo en el que fluía la energía. La tercera vez que Po repitió el ejercicio, Tup se acercó a él y, sin avisar, dirigió un puño de hierro contra el corazón del muchacho.

Po se movió. No muy elegantemente, tal y como se le había enseñado, pero consiguió evitar el golpe. Entonces, se escabulló de las manos y de los pies de Tup y salió indemne.

—¿Qué hago ahora? —preguntó Po. La mirada negra, sin alma de Tup miró de arriba abajo al muchacho como si una vez más estuviera evaluando su tamaño, su fuerza y su potencial.

—En el lugar en el que yo vengo, saldrías corriendo.

—Más o menos como aquí —dijo Jake mientras se colocaba delante de Po—. Ahora me toca a mí.

—Tengo un mensaje para ti —le espetó Tup.

—Eso me había parecido.

—Quiero que sepas que no haré daño al muchacho ni a tu hermano cuando me vaya. Mantenlos fuera de esto y yo también lo haré.

—¿Cuál es el mensaje?

—Adiós.

Entonces, comenzó la pelea.

Golpes letales que caían tan fuerte y tan rápido que pensar en ellos antes de reaccionar supondría una muerte segura. Lo empujaba el puro instinto y éste lo salvó. Tup realizaba las artes marciales en su forma más pura y los afilaba con su intención. La intención de matar.

No había ira. No había duda por parte de Tup. Se limitaba a poner a prueba las defensas de Luke, que aguantaban, pero por los pelos. No podrían hacerlo por mucho más tiempo. Si no conseguía atacar pronto, perdería. Si perdía, moriría. La razón era que otro hombre deseaba a su esposa sin aceptar un no por respuesta.

En lo más profundo de su interior, en los más oscuros rincones del alma de Jake, una bestia comenzó a rugir y cobró vida. Se liberó de su jaula y con ella acudieron la astucia, la paciencia y la agilidad. Y la ira. Una ira fría, controlada, fue apoderándose de él y lo llenó por completo. No quedaba espacio alguno ni para la piedad ni para la razón.

Después, Luke le dijo que la lucha sólo había continuado unos minutos más. Que Tup y él se habían golpeado mutuamente antes de que Jake consiguiera desarmar las defensas de su oponente. Jake recordaba haber derribado a Tup. Recordaba la rodilla entre los omoplatos de Tup y su propio brazo alrededor del cuello del tailandés. Recordó que sabía qué era lo que tenía que hacer a continuación, el movimiento que terminaría con la vida de un hombre. Recordó la voz suplicante de Luke y a Po tirándolo de las muñecas y gritándole. Recordó que Tup había caído sobre el suelo cuando lo soltó.

Vivo.

Después de eso, Jake se había desmoronado. Luke lo agarró de un brazo y Po de otro.

—Te curaré —le había dicho a Tup—. Dejaré que te marches de aquí para que le digas al asesino que te ha enviado que ni yo voy a ir a ninguna parte ni mi esposa tampoco.

Había mantenido su palabra.

Había telefoneado a Ji y le había dicho que se quedara en el trabajo y que no fuera a ninguna parte sin su tío, sus primos o los tres juntos. Le había dicho a Po que no se marchara a ningún sitio sin Luke.

Entonces, se desmayó.

Capítulo 9

CUANDO Jake recuperó el conocimiento, estaba tumbado en una de las camas de las habitaciones que había en la planta baja del *dojo*. Un hombre delgado, de cabello oscuro, estaba apretándole la pelvis. Él se incorporó rápidamente y se dispuso a apartar la mano del hombre de un manotazo. Sin embargo, otra mano se lo impidió agarrándolo por el brazo.

—Tranquilo —murmuró Luke—. El doctor sólo te está examinando.

Jake se relajó, ayudado en parte por el terrible dolor de cabeza que tenía.

—¿Dónde está Jianne?

—Aquí.

Jake hizo un gesto, pero no fue de dolor.

—¿Por qué no está ella con su tío o con sus primos? ¿O con Maddy?

—Y lo está.

Jake tuvo que pensar en aquella respuesta durante un momento. Su cerebro no parecía estar funcionando muy bien.

—Entonces, ¿están todos aquí?

Luke asintió con gesto ausente. Toda su atención se centraba en lo que el médico estaba haciendo.

—Están bautizando el salón nuevo. Por cierto, bonitos sofás. ¿Dónde los conseguiste?

—Pregúntaselo a Ji.

Trató de llevarse la mano a la cabeza, pero cuando empezó a levantar el codo, el dolor fue insoportable.

—Tienes el hombro dislocado —dijo Luke—. El médico te lo colocó mientras estabas inconsciente.

—¿Algo más que yo debería saber?

—Hasta ahora no —dijo el doctor secamente—. Afortunadamente, parece que el esternón está entero.

Luke observó atentamente mientras el médico continuaba examinando a Jake. Por fin, el galeno anunció que no había más lesiones de importancia y le recetó unos fuertes analgésicos. Entonces, se marchó.

Jake sacó los pies de la cama y con la ayuda del codo se sentó. Si no tenía más lesiones de importancia, no tenía por qué estar tumbado.

—Un hermano más cariñoso que yo te sugeriría que te tumbaras en la cama y que te quedaras ahí —dijo Luke.

Jake se limitó a mirarlo.

—No importa —añadió Luke. Entonces, enganchó un brazo bajo el hombro bueno de Jake y lo ayudó a ponerse de pie.

Cuando llegaron al nuevo salón, el silencio los saludó. Los parientes de Jianne lo observaban con aspecto triste. Po tenía una mirada dura, enojada, que ningún muchacho de su edad debería tener. Jianne tenía los brazos alrededor de la cintura y parecía estar a punto de echarse a llorar.

—¿No podrías haberlo aseado un poco antes? —le preguntó Madeline a Luke.

—Lo hice —musitó Luke—. ¿Puede ir alguien a por esta receta?

—Lo haré yo —anunció Po.

—No —dijo Jake. El muchacho tendría que acostumbrarse a estar más cerca de casa durante un tiempo—. Tú no.

Uno de los primos de Jianne tomó la receta y se marchó.

—¿Te puedo... te puedo traer algo? —le preguntó Jianne—. ¿Algo para beber?

—No.

—Lo siento tanto —susurró ella—. Todo esto es culpa mía.

—No, no lo es.

Jake la quería más cerca. Necesitaba su contacto, pero allí, en aquella sala llena de gente que observaba todos sus movimientos no le pareció bien transmitirle aquella necesidad.

Por eso, se sentó a la mesa y se tomó una asquerosa infusión que el ama de llaves de Madeline le había enviado. Aguantó como Madeline y Jianne hacían planes para alimentar a todos los presentes. Afortunadamente, cuando el primo de Jianne regresó con los analgésicos, se tomó uno y casi consiguió relajarse.

Bruce Yi se marchó a casa. Madeline y Luke se quedaron, al igual que los primos de Jianne. Aparentemente, todos querían pasar la noche allí.

La idea de que los dormitorios que tenía para sus alumnos pudieran albergar aquella noche a lo mejorcito de Singapur lo hizo echarse a reír.

No obstante, agradecía profundamente el apoyo de todos, el modo en que todos se reunían alrededor de Jianne, el modo en el que se comportaban como si todo estuviera bien, como si no hubiera pasado nada, como si no hubiera tenido lugar una pelea que casi terminó en muerte. Aquello no había terminado. Todos lo sabían. Acababa de empezar y tendrían que hacer planes para incrementar la protección para Jianne, para Po y para sí mismo.

Volvía a enfrentarse a sus fantasmas. A un peligroso, imprevisible fantasma que no dudaba a la hora de organizar un asesinato ni en perseguir a una mujer que él deseaba contra su voluntad. ¿Cómo se enfrentaba un hombre con eso? ¿Cómo se enfrentaba un hombre con algo semejante sin arriesgarlo todo?

Pensaba que conocía la respuesta, pero no era la que le gustaba.

A las nueve de esa noche, lo único que Jacob quería era una cama en la que acostarse. Se habría metido en la cama más cercana hacía horas si no hubiera sido porque no estaba del todo seguro de poder ponerse de pie solo. La idea de mostrar tal debilidad delante de todas aquellas personas le molestaba, pero, por fin, Luke fue a cerrar las puertas de entrada y los primos de Jianne se marcharon al despacho de Jake para utilizar el ordenador y hacer algunas llamadas. Jianne y Madeline estaban en una de las habitaciones, preparando las camas para que todos pudieran dormir.

Miró fijamente a Po y el muchacho le devolvió la mirada. ¿Qué clase de ejemplo había sido aquel día para el muchacho? Dejar que Po se enfrentara a Tup. Dejarlo allí cuando sabía que había un riesgo y que Tup tenía planes ocultos. Si el muchacho no hubiera tenido unos reflejos muy rápidos fruto de su vida en las calles, estaría muerto.

—Lo siento, Po. Te he fallado.

—No —afirmó el muchacho acercándose un poco más—. Lo has derrotado.

—Jugó conmigo y perdí el control —dijo Jake mientras se ponía de pie apoyándose en la mesa para no perder el equilibrio—. Perdí el control.

—A veces es necesario hacerlo.

Sin embargo, a un hombre no tenía que gustarle. A Jake le escocían los ojos. Se dio la vuelta y se dirigió hacia la puerta. Llegó al pie de las escaleras. Pensó que si estuviera solo podría sentarse allí un rato y subir aquellos malditos escalones como pudiera. De espaldas a la pared, los fue contando. Veintiocho en total. Tal vez pudiera hacerlo poco a poco.

Consiguió dos antes de que la oscuridad amenazara con engullirlo de nuevo. Entonces, un pequeño y delgado brazo lo agarró por la cintura y levantó parte de su peso.

—*Sensei*, apóyate sobre mí.

—Gracias.

Consiguieron subir dos escalones más antes de que la escalera comenzara a tambalearse peligrosamente. Entonces, una princesa de porcelana apareció

bajo su otro brazo y entre Po y ella lo mantuvieron de pie.

—Idiota —musitó ella.

—Gracias —repitió él. Juntos consiguieron subir las escaleras.

Aquella noche las persianas estaban cerradas y no se iban a abrir. Jianne y Po depositaron a Jacob sobre la cama y con una mirada de preocupación Po se marchó. Jianne se quedó sin saber qué hacer. Esperaba que Jacob le dijera algo al tiempo que se preguntaba si, como Po, no debería haberse marchado para dejar que él descansara. Luke le había contado parte de lo ocurrido. Zhi Fu había enviado un luchador al *dojo*. Jake y él habían peleado. Jake había ganado y el otro hombre se había marchado.

Si Jake había ganado la pelea y casi no podía ni andar, Jianne no quería ni pensar cómo estaría el otro.

—¿Quieres que te traiga algo?

—¿Podrías ayudarme a ducharme? —replicó con una cautelosa sonrisa que sorprendió a Jianne—. Me gustaría lavarme.

Ella lo ayudó a desnudarse. Se quedó en braguitas y camiseta para poder permanecer en la ducha con él mientras se lavaba. Jianne observó cómo el agua le caía por el espectacular cuerpo y hacía resaltar cada marca y cada hematoma. Y había muchos.

Había visto hematomas en el cuerpo de Jacob con anterioridad, pero nada comparado a aquello. Había tantos...

—¿Qué era lo que quería ese luchador?

—Matarme —respondió él con los ojos cerrados.

El miedo se apoderó de ella y sintió náuseas al pensar en lo cerca que Jacob había estado de perder la vida. Por ella.

—Luke me dijo que dejaste que se marchara —dijo—. Si vino aquí para matarte, ¿por qué diablos dejaste que se fuera?

—Porque no estoy muerto y jamás podría haber demostrado sus intenciones.

—¡Pero podrías haber demostrado su conexión con Zhi Fu!

—Era un asesino profesional, Jianne. No creo q[ue] hablaran mucho.

—¿Y le dejaste que se marchara? ¿Sin más? ¿Y [si] regresa e intenta otra vez matarte? ¿O si se trae a [al]guien para que lo ayude?

—No lo hará.

—¿Por qué no?

—Porque le dejé vivir —dijo Jacob, con una d[ure]za en la voz que estremeció profundamente a Jianne—. Puede dar gracias de que Luke y Po estaban allí y evitaron que terminara con él. Yo las doy.

—Yo doy gracias por muchas cosas —comentó ella mientras cerraba el grifo del agua y comenzaba a secar suavemente aquel magullado cuerpo con una toalla. Él no protestó. Se limitó a observarla con unos ojos llenos de desolación y de dolor—. Siento haberte hecho partícipe de mis problemas. Siento mucho lo que esta pelea te ha costado, pero doy las gracias por todo lo que te convierte en lo que eres. Por tu integridad y por tu honor, por la fuerza que con tanta fre-

cuencia pones a disposición de otros. Si Zhi Fu necesita una razón sobre por qué nunca podré amarlo, sólo tiene que mirarte a ti.

—Hoy he estado a punto de matar a un hombre.

—Pero no lo hiciste.

—Quería hacerlo. Iba a hacerlo. Estaba lo suficientemente fuera de mí como para hacerlo.

—Pero no lo hiciste.

—Porque Luke y Po me lo impidieron.

—¿Y quién se aseguró de que Luke y Po estuvieran allí? Guardándote las espaldas. Manteniéndote a salvo, igual que tú los has mantenido a salvo a ellos en tantas ocasiones.

Jake no tenía respuesta para eso.

Jianne lo secó y lo metió en la cama. Jake no dejó de mirarla mientras ella le tocaba los hematomas del rostro con temblorosos dedos.

—Debería dejarte descansar.

—¿Dónde vas a estar?

—En la butaca durante un rato. Tratando de leer y cuidando de ti. ¿Te parece bien?

—Sí.

Jianne se acomodó en la butaca y tomó un libro cualquiera. Entonces se recogió las piernas debajo del cuerpo.

—¿Dónde vas a dormir? —le preguntó él.

—A tu lado.

—¿Cuándo?

—Pronto. Cuando te quedes dormido. Quiero que te acomodes primero sin que yo te lo impida. Cuando estés dormido, me acostaré en el espacio que quede.

—Ji... ¿Puedes venir ahora?

Jianne se soltó el cabello mientras él la observaba a través de unos párpados casi cerrados. Entonces, se tumbó a su lado, medio sentada medio tumbada, con una mano sujetándose la cabeza y la otra descansando suavemente sobre el brazo de él.

—¿Mejor? —le preguntó.

—Sí —respondió él con una sonrisa.

Jianne aplicó los labios al hematoma que él tenía en el hombro.

—¿Y ahora?

—Tengo más —susurró. Tenía los ojos cerrados, pero seguía sonriendo.

—Lo sé. Los he visto.

Tenía uno sobre uno de los pectorales. Se lo besó también. Entonces, se inclinó y le dio un beso en los labios para luego hacerlo sobre el hematoma que tenía en la mejilla. Se apartó el cabello hacia un lado para que los protegiera como si fuera una cortina.

—Quédate conmigo —susurró él.

—Lo haré.

Jianne se quedó. Y Jacob durmió.

—Por el amor de Dios, ¿puedes dejar de cuidarme como si fuera un bebé? —le dijo Jake a su hermano tres días más tarde—. ¡Me estás volviendo loco!

Los primos se habían marchado, pero no sin antes instalar un sistema de seguridad de primer orden. Madeline también se había marchado, después de pertrechar bien la cocina con comida suficiente para aguantar un largo asedio. Luke se había quedado para cuidar de Po. Jake agradecía la ayuda de su hermano en ese aspecto, pero el modo en el que Luke y Po vigilaban todos sus movimientos tenía que terminar.

—Además, ¿crees que deberías estar enseñándole eso? —añadió con escepticismo—. No estoy seguro de que Po tenga que saber esa clase de cosas.

Luke y Po estaban mejorando el sistema de seguridad que se había instalado tan recientemente. Por lo que Jake podía ver, lo estaban desmontando para ver cómo funcionaba y luego lo volvían a montar, sólo que aquella vez lo hacían con pequeñas trampas para los incautos.

—¿Y por qué no? —dijo Luke—. Yo estoy aburrido. Él está aburrido. Algún día podría venir bien.

—¿Cuándo? ¿Durante la carrera de Po como maestro de ladrones?

—Entonces seguro que le vendrá bien —replicó Luke—, aunque te aseguro que Po no va a ser un maestro de ladrones. Va a ser experto en artes marciales y abogado. ¿A que sí, Po?

—Sí —respondió el muchacho, que no apartaba la atención de un cable que estaba soldando por razones que sólo Luke y él sabían.

—¿Sabes lo que necesitas, Jake? —le preguntó Luke—. Un poco de relajación y de meditación.

—Sí, claro.

Lo que Jake necesitaba era que Luke tuviera que marcharse a trabajar fuera del país, que el resto de sus hermanos dejaran de llamarlo todas las noches y que Jianne dejara de tratarlo como si estuviera hecho de cristal y pudiera romperse en cualquier momento.

—Estaré en el gimnasio.

—El médico te dijo que tenías que dejar de entrenar al menos durante tres semanas. De eso hace tres días.

—Sí, bueno. Si no entreno me vuelvo loco.

—De acuerdo, pero déjame que te lo diga de otro modo. Si empiezas a entrenar, voy a llamar a Ji. Ella regresará pronto a casa y empezará mirarte con esa extraña mezcla de adoración y de culpabilidad y te freirá el cerebro aún más.

Justo en aquel momento, la puerta de la cocina se abrió y Jianne entró con una bolsa del supermercado en una mano y el ordenador portátil en la otra.

—No he sido yo —susurró Luke.

—Ni yo —apostilló Po. El muchacho sonrió a Jianne antes de volver a centrarse en su trabajo.

—No me mires —dijo ella—. Acabo de llegar —añadió. Dejó la bolsa sobre la encimera y el ordenador en la mesa—. ¿Qué estáis haciendo?

—Él está aburrido —le informó Luke—. Y nos está volviendo locos.

—Pobrecitos —comentó Jianne mientras le daba a Po un beso en lo alto de la cabeza. El muchacho se sonrojó. Luke le guiñó un ojo y el muchacho se sonrojó aún más.

—Tal vez te lo podrías llevar a alguna parte —sugirió Luke—. Sacarlo de aquí durante un rato.

—¿Es aconsejable algo así? —preguntó Jianne con preocupación—. Es decir, ¿y si Zhi Fu intenta volver a matarte una vez más?

—Lo siento —dijo él con una voz tan agradable como pudo pronunciar—. Pensé que habías venido aquí para luchar, no para esconderte.

—Está algo pesado hoy —murmuró Luke.

—¿Tú crees? —le preguntó a Luke. Entonces, miró a Jake y asintió—. Está bien, guerrero —añadió, con la voz fría de una princesa que habría sido capaz de dirigir un ejército—. ¿Adónde te gustaría ir?

—¿Qué te parece a una tierra lejana? Creo que Tahití es muy agradable —comentó Luke. Entonces, bajó la cabeza cuando Jake y Jianne lo miraron fijamente—. Era tan sólo una sugerencia.

—¿Qué te parece si vamos a dar un paseo por la playa? —sugirió Jake—. Tal vez después podríamos tomar algo en alguna parte.

—Buena elección —dijo Luke—. Se puede conseguir inmediatamente.

—¿Cuándo te gustaría marcharte?

—Pronto —dijo Luke de nuevo—. Sólo es una sugerencia.

—Puedo estar preparada muy pronto —afirmó ella. Entonces, recogió sus pertenencias y se marchó por la puerta sin mirar atrás.

Aquella vez, Luke, bastante acertadamente, mantuvo la boca cerrada.

Jake sacó la Ducatti del lugar donde la guardaba en el vestíbulo del *dojo* mientras Jianne se preparaba. La examinó cuidadosamente a pesar de que la moto había estado bajo llave y la llave no había salido del despacho donde él la guardaba. Maldijo a Zhi Fu por haberlo convertido en un hombre tan paranoico y por la obsesión que tenía con Jianne y por hacer que ella se preocupara tanto por la seguridad de las personas que la rodeaban.

Ella jamás decía nada, o no lo había hecho. Hasta

aquel momento. Sin embargo, cuando Jake se despertaba en medio de la noche, ella no estaba durmiendo. Estaba sentada en la silla de lectura con las rodillas contra el pecho y los brazos alrededor de las piernas, observándolo, vigilándolo con un miedo en los ojos que hería a Jake como si fuera un cuchillo. Entonces, ella sonreía y decía que había estado leyendo. Jake la reclamaba en la cama y hacía que sus preocupaciones desaparecieran durante un rato.

Cuando Jianne volvió a bajar, iba ataviada con un vestido azul. Se había soltado el cabello, pero se lo había recogido de nuevo con una trenza que le caía ligeramente sobre la espalda. El peinado resultaba práctico para la moto. Sólo era un ejemplo más de las concesiones que ella había tenido que hacer cuando fue a vivir al *dojo* y tuvo que acomodarse al medio de transporte favorito de Jake. A él no le importaban los coches. De hecho, no le habría importado tener uno, pero los garajes eran un problema en Singapur, como también lo era el aparcamiento. Quisiera uno o no, no tenía lugar donde tener un coche, por lo que Jianne había tenido que acostumbrarse a soltarse el cabello y a recogérselo cuando salían en la moto.

Ella no se había quejado. Entonces, ¿por qué diablos tenía que preocuparle a él?

No le preocupaba. No. No había razón para obsesionarse sobre las cosas que no podía darle a Jianne. La lista era demasiado larga.

Le entregó el casco.

—Tal vez quieras agarrarte con fuerza. Vamos a salir muy rápido.

Según Po, la persona que los vigilaba seguía haciéndolo. No podrían marcharse sin que él los viera, pero Jake se aseguraría de que no pudieran seguirlos. Instantes después de que Po abriera las puertas de entrada al *dojo* de par en par, estaban a más de una manzana de allí en dirección al centro de la ciudad.

Cuando Jake estuvo seguro de que nadie los estaba siguiendo, se dirigió hacia el oeste, a los lugares que desconocían la mayoría de los turistas. Allí, los restaurantes de la costa basaban su funcionamiento en la calidad de la comida y en un buen servicio para que los clientes regresaran.

Cuando llegaron a una de las marisquerías favoritas de Jake, el aire fresco y el rugido de la moto habían mejorado considerablemente su estado de ánimo. Se sentaron a una pequeña mesa adornada con velas baratas y manteles de papel y se tomaron una bebida mientras esperaban que les llevaran lo que habían pedido. Jake se sentía mucho más relajado. Le gustaba vivir en Singapur. Le gustaba el acceso a las diferentes culturas que allí podría conseguir y la variedad de su comida.

A Jianne también le gustaba Singapur. Jake lo notaba en sus ojos y en su actitud. Se sentía cómoda allí, incluso en un lugar tan sencillo como aquél. Cómoda de un modo que jamás había visto en ella en Sídney.

—¿Me responderías a una pregunta? —le preguntó él.

—Tal vez...

—¿Por qué me dejaste?

Jianne no quería responder aquella pregunta. Jake lo vio en sus ojos, en el modo en el que se colocó las manos en el regazo y se quedó inmóvil.

—No fue por nuestras diferencias en lo que se refería al dinero, ¿verdad? —insistió él.

—No —respondió ella por fin, aunque sin mirarlo a los ojos—. No ayudó que yo tuviera dinero que quisiera utilizarlo y que tú no lo aceptaras, pero no fue lo que finalmente me empujó a marcharme.

—¿Fue el choque de culturas?

—En parte. Eso tuvo bastante que ver. Nada me resultaba familiar. No sabía dirigir una casa. No me sentía cómoda en sociedad. No podía ayudarte del modo en el que quería hacerlo. Yo no encajaba. Te fallé y, al hacerlo, me convertí en una responsabilidad más para ti. Incluso ahora, con este asunto de Zhi Fu, sigo siendo una carga para ti. Sigo buscándote para que me guíes y me protejas. Algunas cosas no cambian nunca —susurró. Entonces, miró la mesa y tomó los palillos que había sobre el mantel—. Al menos aquí puedo funcionar dentro de la comunidad. Eso es algo, ¿no te parece?

—Jianne, tú no eres una carga para mí. Ni eres una fracasada. Ni entonces lo fuiste ni lo eres ahora. Este lío con Zhi Fu... No es una situación de la que nadie podría ocuparse en solitario.

—Gracias —murmuró ella sin levantar la mirada—, pero no debería haberte arrastrado a ti.

—¿Y a quién más si no es a mí?

—Ése es el problema, ¿verdad? —susurró ella con una triste sonrisa.

—¿Fue la desaprobación de la familia? —insistió él—. ¿Fue ésa la razón de que te marcharas?

—Tú nunca pasaste tiempo alguno con mis padres, ¿verdad? No son malas personas. Simplemente... Siempre tuvieron planes para mí. Matrimonio con un acaudalado muchacho de Shangai y luego una vida dedicada al servicio de la dinastía familiar. Ése era el plan que tenían para mí. Dudo que yo lo hubiera seguido, incluso sin conocerte a ti, pero mi familia aún no se ha dado cuenta de eso. Te miraron y vieron sólo rebeldía. Contaron todos los detalles que no encajaban y decidieron que nuestro matrimonio era un error. No vieron que había amor sino tan sólo los problemas con los que yo me había encontrado. Querían que te dejara y, cuando no lo hice, me desheredaron.

—Eso no me lo dijiste nunca.

—No. No lo hice —susurró ella con una triste sonrisa—. Traté de no pensar en ellos, pero lo que no me di cuenta era de lo aislada que me iba a sentir sin mi familia. De lo mucho que iba a depender de ti para recibir apoyo emocional. No era saludable. Los celos se apoderaban de mí cuando tú centrabas tu atención y tu tiempo en otra parte. Y siempre había algo o alguien.

—Me lo podrías haber dicho. Podría haber hecho más. Te podría haber apoyado más.

—Eras un hombre con unos hermanos a su cuidado, sueños que perseguir y una esposa que quería más de lo que tú podías darle. ¿Quieres saber por qué te dejé? No fue porque no te amara. Te dejé antes de destruir tu relación con tus hermanos o de impedir que ganaras un título mundial sólo para poder tenerte más para mí sola. Te dejé porque quería lo que era mejor para mí y sabía que si me quedaba terminaría despreciándome. ¿Alguna pregunta más?

—No. No hay más preguntas —afirmó él. ¿Cómo podía un hombre desenmarañar todo aquello?

Ella tomó su copa de vino y la vació con un largo trago.

—¿Más vino? —le preguntó él cortésmente.

—¿Me ayudará a olvidar?

—Sólo si quieres que así sea. O podríamos intentar dejar atrás el pasado y quedarnos estrictamente con el presente. A mí me parece buena idea.

—¿Es éste el presente en el que yo entré como un torbellino en una tranquila y pacífica vida, te pedí que me protegieras, que me dieras casa, que me dieras cama para que luego el hombre que me persigue intente matarte?

—Sí, aunque me parece que seguramente deberíamos centrarnos en el momento en vez de en el cuadro general, por lo tanto... ¿Más vino?

—Por favor.

Jake le llenó la copa, que ella tomó con delicados dedos de perfecta manicura.

—¿Piensas alguna vez en el futuro? ¿Sobre lo que esperas de él?

—Sí —musitó él. No había nada mejor que mirar a la muerte cara a cara para ayudarlo a aclarar lo que más deseaba de la vida—. Últimamente sí.

Cuando regresaron al *dojo*, vieron que sobre la mesa de la cocina había una nota de Luke. Po y él se habían marchado a casa de Maddy y se quedarían allí aquella noche. El *dojo* estaba vacío a excepción de Jake y Jianne.

Ella observó la nota con gesto sombrío. Distante.

Jake no podía aceptarlo.

—¿Sabes lo que más he echado de menos sobre ti? —le preguntó mientras le colocaba los dedos debajo de la barbilla y le hacía levantar la cabeza para que ella lo mirara a los ojos.

Lo hizo suavemente porque su dolorido y magullado cuerpo lo demandaba. Suavemente porque sus sentimientos hacia aquella notable mujer no exigían otra cosa

—La tranquilidad con la que me rodeabas cuando estábamos juntos. Era como si estuviéramos en el ojo de una tormenta mientras a nuestro alrededor reinaba el caos más absoluto. Mis hermanos y Hallie me suponían mucho trabajo, demasiado en ocasiones. Sé que yo nunca mantuve el equilibrio adecuado entre lo que ellos necesitaban y lo que tú te merecías. Siempre permitiste que pusiéramos sus necesidades antes de las tuyas y jamás te quejaste, ni una sola vez. Nunca nos dimos cuenta hasta que fue demasiado tarde de lo poco considerados que habíamos sido.

Parecía que, en aquellos momentos, Jianne hubiera deseado estar en cualquier otro lugar menos allí con él, pero Jake aún no había terminado.

—Yo era su punto de referencia. Tú me lo decías siempre y tal vez era así, pero tú eras el mío. Las cosas empeoraron mucho más después de que te marcharas. Para todos nosotros. Siento haberte descuidado —confesó tras respirar profundamente—. Ojalá las cosas hubieran sido diferentes, Jianne. Si hubiera una cosa sobre nuestro pasado que pudiera cambiar, sería sin duda el hecho de que tú creyeras que eras una carga para mí. Que pensaras que no ayudabas a la familia con la que tú tenías que cargar. Claro que ayudabas. Más de lo que nunca te podrías imaginar.

Los ojos de Jianne se llenaron de lágrimas.

—¿Podemos... irnos hoy temprano a la cama?

—¿Separados? —preguntó él. Entonces, esperó con todo el corazón que ella respondiera.

—No.

Jianne enterró el rostro en el torso de Jake. Él la abrazó con fuerza.

—Juntos.

Tres días más tarde, Jake le dijo a Luke:

—Tiene que marcharse.

—¿Quién?

—Zhi Fu. No puedo vivir así, preguntándome siempre cuando va a asestar el siguiente golpe. Jianne no puede vivir así. No deja de preocuparse sobre quién va a ser el que reciba el siguiente golpe. Zhi Fu tiene que irse. Luego, Jianne tiene que irse y yo tengo que irme para recuperarla. Ése es el nuevo plan.

—Ya —replicó Luke—. ¿Crees que podrías explicarme la última parte de este último plan con más detalles?

—Preferiría concentrarme en la primera parte del plan por el momento, la parte en la que Zhi Fu deja de tratar de conseguir a Jianne y se vuelve a Shangai, preferiblemente sin organizarme primero el funeral.

—Hay gente trabajando en ello —replicó Luke—. Maddy dice que Bruce Yi ha estado muy ocupado.

Dice que el mundo de los negocios en Singapur no le está resultando a Zhi Fu tan fácil como había esperado. Está perdiendo dinero. El plan es que termine por perder las ganas de quedarse.

—Ese plan me gusta, a excepción del tiempo que requiere.

—Sí. Y tampoco se ocupa de los impulsos asesinos que Zhi Fu podría tener —añadió Luke. Parecía preocupado.

—Ese hombre puede tener tantos impulsos asesinos como quiera —comentó Jake mientras tomaba la lata del café y se servía un poco en una taza—. Mientras no haga nada al respecto.

—¿Y cómo podemos conseguir que así sea? —preguntó Luke.

—No tengo ni idea. Ni siquiera puedo contener mis impulsos asesinos, con lo que mucho menos los de él.

—Estamos hablando de actuar en defensa propia, Luke. Tú no empezaste esa pelea.

—No, pero si Po y tú no hubierais estado presentes, lo habría matado. No creo que eso sea algo de lo que enorgullecerse, ¿no te parece? Creo que es algo que hay que temer. Dentro de mí.

—Todo el mundo es capaz de matar, Jake. Es lo primero que se aprende en las fuerzas armadas. Es lo único sobre lo que siempre puedes contar. Cuerpo a cuerpo o a distancia con una orden. Lo que cualquier persona necesita para convertirse en un asesino es la motivación adecuada. La gente mata por causas en las que creen o porque es cuestión de asesinar o de ser asesinado. En ocasiones, se mata para proteger a los seres queridos. Ésas son las motivaciones de los justos. También se puede matar por diversión o beneficio, razones no tan justas. También se mata por venganza. En ese asunto, nada es blanco o negro. Hay muchos matices de gris. Es algo en lo que he pensado mucho. Por lo tanto, si quieres hablar de las ambigüedades morales del asesinato, la masacre y la guerra, soy tu hombre. ¿Qué crees que es exactamente en lo que pienso cuando estoy esperando a desactivar una bomba o a desarmar un misil?

—¿En seguir con vida? ¿En el trabajo que estás a punto de realizar? Supongo que es en lo mejor que se puede pensar.

—Está bien. Sí, también pienso en esas cosas. Tomo muchas precauciones para seguir con vida, no lo dudes. Lo que quiero decir es que la mayoría de la gente va por la vida sin descubrir exactamente qué es por lo que serían capaces de matar. Esa pregunta surgió para ti y, te guste o no, obtuviste respuesta. Matarías para seguir con vida y matarías para proteger a las personas a las que amas. Si eso te da pesadillas...

—¿Has estado meditando?

—No. ¿Por qué?

—Suenas tan... sabio. ¿Desde cuándo eres tan sabio? ¿Y cuándo te convertiste en un hombre tan equilibrado?

—Voy a tener que hablarte de mi hermano mayor —dijo Luke—. El que me crió junto a mis hermanos y a mi hermana. Es un verdadero héroe. Leal. Generoso hasta el exceso. Muy protector con los suyos. Jamás deja sola a una persona que lo pueda necesitar, aunque le cueste muy caro. No siempre ve el bien en sí mismo y que los demás ven tan claramente. En ese sentido, es un poco obtuso. Tiene la mala costumbre de querer tener siempre el control y, cuando no es así, se vuelve loco.

—Parece que está para que lo encierren.

—No. Tan sólo se trata de un hombre que rige su vida con una moralidad muy alta —dijo Luke—. Te aseguro que las lecciones de la vida más importantes que yo he aprendido me las ha enseñado él. Cosas como el amor, cuándo merece la pena luchar...

—Tengo que sacar a Zhi Fu de la vida de Jianne —insistió Jake—. Aunque signifique llevar esta confrontación a un nivel al que no quiero llegar.

—Lo sé —susurró Luke—. Lo sé...

Jianne decidió que los hombres no eran seres humanos razonables, al menos en lo que se refería a lo de protegerse a sí mismos y mucho menos en lo que le estaba ocurriendo a Jacob. No se daba cuenta de que si seguía con la rutina de marido perfecto durante mucho más tiempo, podría ocurrir que una mujer no quisiera marcharse nunca.

Jugaban a provocar a Zhi Fu, salían de compras... Unas veces pagaba él, como por ejemplo cuando adquirieron la televisión, y otras ella, como cuando compraron una lámpara de estudio para Po, toallas de baño o finas sábanas. Jake no sabía lo maravilloso que era tumbarse en sábanas de buena calidad.

En todo este proceso, Jianne fue enamorándose de la experiencia. Tuvo que recordarse en repetidas ocasiones que nada de todo aquello era real.

No habían renovado sus votos matrimoniales. Jacob no le había declarado su amor inmortal, ni de ninguna otra clase. Estaban unidos contra un enemigo común. Nada más. Cuando el enemigo desapareciera, Jacob esperaría que ella se marchara. Incluso había empezado a indicarle ciertas zonas de la ciudad de Singapur donde una mujer soltera de buena familia y con dinero podría querer vivir. Ella agradecía tanta consideración e incluso había ido a visitar con Madeline algunas de las zonas.

Entonces, bajo las finas sábanas, le hacía pagar.

El problema era que, cuanto más enredada estaba ella en la vida de Jacob, más a gusto se sentía. La incandescente sensualidad que provenía de estar en la cama de Jacob. Los beneficios de formar parte de una unidad familiar que reunía más de una cultura, beneficios que transmitían a Po. El muchacho había cambiado tanto... A ella le encantaba que acudiera a ella para pedirle consejo y ayuda casi tanto como lo hacía con Jake. Le gustaba que la conocieran en el barrio como la esposa de Jacob. La mujer por la que, según se rumoreaba, él sería capaz de matar.

O morir.

Llevaban jugando a las familias felices casi dos semanas desde el encontronazo que Jake había tenido con Tup. En esos días, Jianne no había visto a Zhi Fu y él no la había telefoneado ni le había enviado regalo alguno. Lo único que había hecho era enviarle una invitación para que ella fuera a almorzar con él en uno de los restaurantes que había cerca de su lugar de trabajo. Ella había rechazado la invitación, también por escrito, y no había vuelto a tener noticias desde entonces. Debería haberse sentido aliviada, pero, en vez de eso, la paranoia se acrecentaba día a día.

¿Y si volvía de nuevo a por Jacob?

Jacob iba a celebrar una fiesta en el *dojo* tres días después. No era algo habitual, pero uno de sus aprendices acababa de terminar la grabación de una película sobre artes marciales e iba a regresar unos días al *dojo* para descansar. Cuando se había sabido que Micah regresaba a casa, todo el mundo decidió que la ocasión merecía una celebración por todo lo alto. La fiesta se celebraría justo al principio de la estancia del muchacho en el *dojo* para que así él luego pudiera encontrar la paz y la serenidad que estaba buscando.

Juntos, Micah y Jake convirtieron una fiesta vecinal en el preestreno de la película, con una donación voluntaria. Todo el dinero que se reuniera se dedicaría a que niños en riesgo de exclusión pudieran adquirir una educación y un hogar.

A Po le encantó la idea y la acogió con fervor.

Jacob la acogió con resignación, pero conocía muy bien el poder de la prensa y cómo sacar ventaja de todo aquello.

Tuvieron que invitar a más personas. Personas con dinero. Capitanes de la industria y del entretenimiento.

Invitaron a Zhi Fu.

—Él te invitó a ti a la fiesta de inauguración de su casa —dijo Jacob—. Te invitó a almorzar el otro día. El hombre está solo. Necesita hacer nuevos amigos en un ambiente sano y seguro.

Jianne miró con incredulidad a Jacob. Él le devolvió la mirada con una sonrisa.

—¿Qué es exactamente lo que tienes preparado para él? —le preguntó Jianne.

—Que comprenda de una vez por todas que tu lugar no está a su lado —respondió Jacob tranquilamente—. Y que ya va siendo hora de que se vaya a su casa.

Capítulo 10

NO me gusta —le dijo Jianne a Madeline mientras almorzaban al día siguiente—. Zhi Fu se muestra pasivo. Jacob organiza una fiesta e invita a medio Singapur. ¿Y si alguien se abalanza encima de él en la oscuridad y le clava un cuchillo?

—¿De verdad te parece que Jacob va a dejar que eso ocurra? ¿O Luke? ¿O Po? Po se daría cuenta de que hay un desconocido con un cuchillo en cuestión de segundos.

Jianne cerró los ojos y sacudió la cabeza.

—Tienes razón. Tienes toda la razón del mundo. Entonces, ¿por qué sigo preocupándome por todos ellos?

—Tal vez porque tú tienes más experiencia a la hora de enfrentarte a Zhi Fu. O tal vez porque aún no has logrado aceptar tu amor por un duro *sensei* que es capaz de hacer lo que haga falta para protegerte.

—Créeme —dijo Jianne—. He tenido doce años para aceptar mi amor por ese hombre. Se me da bien. Lo conozco bien. Lo que no conozco tan bien es el hecho de temer por su vida.

—Se tarda un poco en acostumbrarse, lo admito.

Jianne recordó que en el curso de su trabajo Luke arriesgaba habitualmente su vida y que si había una persona que comprendiera perfectamente aquella clase de preocupación era Madeline.

—Madeline, lo siento mucho. Normalmente no soy tan poco sensible, pero...

—Estás preocupada. Lo sé. Sé lo que se siente cuando la imaginación no para en lo que se refiere a imaginarse lo peor.

—¿Cómo consigues superarlo?

—Uno de los grandes trucos es confiar en que saben lo que están haciendo. Zhi Fu es escurridizo y peligroso, sí, pero Jacob es un enemigo a temer en ciertas ocasiones. Por ejemplo, cuando está protegiendo a la mujer que ama.

—Él nunca habla de amor.

—¿Y tú?

Jianne se reclinó sobre la silla y se pasó una mano por el cabello. Aquel día se lo había dejado suelto y había decidido mandar al garete su imagen profesional.

—Estaba esperando...

—¿A qué?

—A que las cosas se hicieran un poco menos complicadas.

—Pues buena suerte.

—¿Crees que debería decirle que lo amo ahora?

—Sí.

—¿Hoy mismo?

Madeline asintió.

—¿En cuanto llegue a casa esta misma tarde?

Madeline volvió a asentir.

—¿Después de que me haya duchado, me haya cambiado y esté muy guapa?

—Confía en mí si te digo que a él no le va a importar el aspecto que tengas, pero si te ayuda a sentirte más segura de ti misma, hazlo.

—Lo haré —dijo Jianne. Se sentía muy nerviosa.

—Adelante.

Jacob no recibió con agrado la llamada de Jianne en la que le decía que iba a salir de compras con Madeline después de trabajar y que sería su amiga la que la llevaría a casa. Se había acostumbrado a ir a recogerla y era algo que le encantaba hacer. A pesar de todo, decidió aprovechar el tiempo para organizar algunos detalles de última hora sobre la fiesta de Micah y luego desfogarse en la clase que tenía a las seis.

—Voy a cerrar las puertas porque me marcho a hablar con Chin del catering de la fiesta —le dijo a Po a las siete.

Jianne aún no había llegado a casa, pero había llamado para decir que Madeline y ella estaban en casa de Luke y que no tardaría mucho más. Jake decidió que era mejor organizar lo de la comida con Chin antes de que ella llegara.

—¿Quieres venir conmigo?

Po miró el grueso diccionario de chino que tenía

delante de él y luego los caracteres que había escrito en una hoja de papel.

—Es que quería terminar esto antes de que Jianne regresara a casa.

—¿De qué se trata? —preguntó Jake.

—Es la letra de una canción, pero no estoy seguro sobre algunas de las palabras —dijo Po. El chino no es un idioma que resulte fácil escribir, aunque se hable a la perfección—. Jianne me ha estado ayudando. Ella lo sabe.

—Lo sé.

—Y sabe cocinar.

—Me he dado cuenta —murmuró Jake mientras se preguntaba adónde quería ir el muchacho a parar con todo aquello—. Bueno, llámame si me necesitas. Cierra si sales. De todos modos, Jianne debería estar de vuelta muy pronto. Yo regresaré dentro de una media hora.

Sintió la tentación de decirle al muchacho que tuviera cuidado, pero hacerlo habría sido como dejar que Zhi Fu dictara más aún cómo vivir sus vidas, algo que Jake no iba a tolerar. Ya había convertido el *dojo* en una fortaleza. No iba a darle a Zhi Fu la satisfacción de convertirlos a todos en prisioneros.

Jake se marchó y se dirigió al restaurante de Chin. El viejo restaurador ya lo estaba esperando.

—¿Cuántas personas? —le preguntó Chin mientras los dos se sentaban en una mesa del restaurante.

—Digamos que entre doscientas y doscientas cincuenta.

—¿De dónde estamos más cerca? ¿De doscientas o de doscientas cincuenta?

—Creo que trescientas sería una cifra mucho más adecuada.

—¿Ahora trescientas? ¿Y quién va a pagar todo esto?

—El estudio aparentemente. Quieren aprovechar la oportunidad de mostrar el humilde pero adecuado lugar de nacimiento de su último descubrimiento.

—Trescientos entonces.

—Necesitaremos camareros. O camareras. Lo que sea. Y bebidas.

—¿Ahora quieres la licencia para bebidas alcohólicas?

—¿La necesito?

—Para una fiesta privada, no. Para lo que Micah y tú habéis convertido lo que era una fiesta privada, sí.

Estaban discutiendo los detalles de la cena y de su organización cuando Po se presentó en el restaurante.

—Aquí viene el mejor pinche de cocina que he tenido nunca —comentó Chin al verlo—. ¿Vas a trabajar para mí en la cocina en la noche de la fiesta?

Jacob negó con la cabeza antes de que Po pudiera responder.

—Estará demasiado ocupado vigilando a la gente.

—Ah, ahora va a hacer de gorila el muchacho, ¿no? —bromeó Chin. Po sonrió afectuosamente.

—Jianne está en casa —le dijo Po a Jake—. Quiere saber si vas a llevar la cena o si quieres que ella prepare algo.

—Dile que yo llevaré la cena y que no tardaré mucho.

—Es muy guapa esa esposa tuya —murmuró Chin después de que Po se hubiera marchado.

—Eso creo yo.

—¿Estás planeando en conseguir que esta vez se quede a tu lado?

—Eso depende.

—¿De qué?

—De si ella quiere quedarse.

—¿Se lo has preguntado?

—Todavía no, pero lo haré muy pronto.

En cuanto Zhi Fu hubiera desaparecido de sus vidas y Jianne pudiera elegir si quería quedarse a su lado o no.

Cuando las primeras sirenas empezaron a sonar, Jake y Chin levantaron la mirada y vieron cómo un camión de bomberos pasaba por delante del restaurante. Como la sirena dejó pronto de sonar, volvieron a sus asuntos. Cuando el segundo camión pasó y la sirena siguió sonando sin desvanecerse en la distancia, salieron a la calle para ver qué pasaba. En aquella zona había muchos edificios altos y el fuego resultaba muy peligroso porque estaban construidos muy cerca los unos de los otros. También había muchos restaurantes a los que, en ocasiones, resultaba difícil acceder.

Jake entornó la mirada y miró hacia la calle por la que había desaparecido el último camión. Había anochecido y los carteles de neón se habían encendido. A pesar de la potente luz, el humo resultaba visible. No había mucho, pero se veía.

—Parece que es cerca de tu *dojo* —dijo Chin—. ¿Quieres terminar con esto más tarde?

Jake asintió. Entonces, pasó una ambulancia.

—Vete —le ordenó Chin—. Que venga Po a por la comida.

Jake regresó al *dojo* no exactamente corriendo, pero sí a buena velocidad. Cuando llegó a la esquina de su manzana, tuvo que abrirse paso a través de la gente que le bloqueaba el paso. El corazón empezó a latirle con fuerza al ver dónde estaban situados los camiones. Cuando vio el edificio que estaba ardiendo, el terror se apoderó de él. Era su *dojo*.

Echó a correr a toda velocidad. Pasó por delante de los camiones de bomberos hasta que llegó a la primera línea de bomberos que luchaban contra las llamas con el agua de las mangueras. Observó el agujero negro en lo que se había convertido lo que había sido la puerta del *dojo*.

—¡Váyase de aquí! —le gritó un bombero.

—Ahí dentro vive una mujer —rugió él—. Y un muchacho. ¿Los ha visto?

El bombero negó con la cabeza justo en el momento en el que una llamarada salió por la puerta. Por ahí no se podía entrar. Jake decidió probar suerte por el callejón.

No tardó en descubrir que ni siquiera podía acercarse. Toda la pared este estaba ardiendo. Los bomberos ya ni siquiera trataban de apagar el fuego. Dirigían sus mangueras a las paredes de los edificios colindantes para evitar que se incendiaran. Cenizas, agua y fuego. ¿Dónde estarían Jianne y Po?

El calor le impedía avanzar. Se tranquilizó pensando que Po conocía una docena de maneras diferentes de entrar y salir del *dojo*. Si estaban en la planta baja, habrían podido salir antes de que la pared entera se hubiera incendiado de aquella manera... ¿Cómo era posible que un edificio se incendiara tan rápidamente?

Entonces, miró hacia la segunda planta y sólo vio llamas. No. Jianne no podía estar allí. No podía estar allí...

—Señor, tiene que retroceder —le dijo un camillero de la ambulancia—. Estamos pidiéndole a todo el mucho que retroceda.

—Vivo aquí. Con mi esposa y mi hijo. ¿Los ha visto usted?

—No, señor. Tal vez si se acerca a la ambulancia y espera allí...

—Hay un callejón trasero. Podrían haber salido por allí...

Completamente desesperado, Jake echó a correr hacia el otro callejón. También habían comenzado a evacuar aquella zona, pero allí había un restaurante que tenía una entrada trasera que daba al extremo del callejón. Jake conocía a los dueños y le dejaron pasar. No. No habían visto a Po ni a Jianne.

Como suele ocurrir en todos los callejones, aquél estaba repleto de cubos de basura y de bomberos. Por aquel lado las llamas no eran tan feroces. Las habitaciones traseras aún seguían intactas.

—¡Jianne! ¡Po!

Entonces, vio cómo algo se movía sobre un tejado, a mitad de camino hacia el callejón. Una silueta. Y luego una voz.

—*Sensei*, estoy aquí...

—¿Estáis los dos?

—Sólo yo.

—¿Dónde está Jianne?

—No lo sé. Yo entré por atrás —le explicó Po desde el tejadillo—. El *dojo* estaba ardiendo ya , pero no tanto como ahora. Entré por los dormitorios y conseguí llegar a la cocina, pero no pude entrar ni en el gimnasio ni alcanzar las escaleras. Cuando me marché estaba en la cocina, pero cuando volví ya no estaba allí. Desde aquí puedo ver las ventanas traseras. Jianne habría salido por allí si hubiera estado arriba cuando se inició el fuego. Algunos de los cristales ya estaban rotos cuando yo entré. Otros se rompieron después. Ésos los rompería ella, ¿no? Yo habría salido así. Por la ventana, hacia el tejadillo de las habitaciones traseras y luego al suelo. No hay tanta distancia.

Una esperanza. Jake se aferró a ella mientras se esforzaba por ayudar a bajar de allí al muchacho. Cuando por fin Po estuvo junto a él comprobó que, aparte del cabello chamuscado y sucio, algunas quemaduras en la piel del brazo, el niño estaba bien. Lo tomó en brazos y lo estrechó con fuerza contra su pecho.

—No deberías haber entrado ahí.

—Tú lo habrías hecho.

—Tienen que verte ese brazo.

—¡No! Tenemos que encontrarla. Está aquí. En alguna parte.

El miedo y la desolación se apoderaron de ellos mientras recorrían los rostros de las personas que los rodeaban con la esperanza de encontrar a Jianne. La esperanza se fue haciendo cenizas poco a poco. Jake llamó a Luke y su hermano y Maddy ya estaban allí, buscándolos a ellos. Tampoco habían visto a Jianne.

Se encontraron en la esquina más cercana a lo que habían sido las puertas del *dojo*. No se podían acercar más al edificio. Ya ni siquiera los bomberos lo hacían.

Echaban agua sobre las llamas con la esperanza de apagarlas.

—El brazo de Po. Tienen que curárselo —dijo.

—No —insistió el muchacho mientras se aferraba más a él—. ¡Tenemos que encontrar a Jianne!

Fue Madeline quien los organizó.

—Po, ¿qué te parece si te vas a la ambulancia a preguntar por ella y, de paso, te echan un vistazo al brazo? Nosotros volveremos a nuestra base. Es el primer lugar en el que Jianne os buscaría. Es el primer lugar en el que todo el mundo busca.

—Tiene razón —dijo Luke—. Tú y Maddy id a la ambulancia. Jake y yo daremos la vuelta a la manzana.

Luke fue hacia la derecha y Jake hacia la izquierda para cubrir más terreno más rápidamente. Jianne tenía que estar en alguna parte. Tenía que estar viva. Él tenía que encontrarla.

No fue así.

Siguió andando, buscando, esperando, viendo cómo su negocio y su hogar se hacían cenizas. Sin embargo, sólo era un edificio. No importaba nada si no había nadie dentro. Se encontró con muchos rostros, que denotaban preocupación, curiosidad y miedo, pero jamás vio el que con tanta ansia buscaba.

Se sentía tan derrotado que ya no podía moverse. Tal vez Zhi Fu tenía a Jianne. Podría haber entrado y tras secuestrarla prenderle fuego al *dojo*. Tal vez por eso no la encontraba. Mejor eso que muerta. Jianne no podía estar muerta...

Echó de nuevo a andar. De repente, cuando dio la vuelta a una esquina, le pareció ver el rostro más amado que ningún otro. Trató de localizarlo, pero ya había desaparecido. Sintió esperanza, una esperanza desesperada que le dio a sus piernas la fuerza que les faltaba. Le pareció una eternidad el tiempo que tardó en volver a verla, más cerca aquella vez, dirigiéndose hacia él entre la multitud.

Jianne.

Sucia, con la ropa desgarrada y las rodillas llenas de sangre, pero andando, respirando y buscando entre la multitud tal y como él había estado haciendo. Entonces, lo vio y se detuvo en seco. Jake sintió una profunda alegría que le recorrió todo el cuerpo, dejando a su paso un alivio indescriptible. Había estado en el incendio, pero había salido con vida.

Jianne volvió a echar a andar. No tardó en estar frente a él.

—El *dojo* ha desaparecido.

—Lo sé —susurró él. Levantó una mano para acariciarle el rostro y apartarle un mechón de cabello chamuscado de los ojos—. No importa —añadió. No podía abrazarla, no del modo que deseaba hacerlo—. ¿Te has quemado?

—No estoy segura. Me duelen muchas cosas, pero creo que no me he quemado.

—Saliste por la ventana, tal y como dijo Po...

—Así es.

Jake le colocó la mano en la mejilla. Eso sí le podía tocar sin tener miedo a hacerle daño. Dio un paso al frente y respiró profundamente cuando el miedo que había estado conteniendo despertó y amenazó con hacer que se desmoronara.

—Pensaba que te había perdido...

Capítulo 11

JACOB parecía incapaz de reaccionar. Estaba allí, de pie, mirando a Jianne. Ella lo tocó, acarició su amado rostro, le palpó los labios con los dedos y consiguió que él volviera a suspirar. El guerrero estaba temblando. A punto de desmoronarse.

—No me has perdido —susurró ella—. Estoy aquí...

—Pensé que te había vuelto a fallar...

—Eso no es cierto. Yo he provocado todo esto. No debería haber venido...

—No digas eso... No vuelvas a decir eso...

Por fin, él la tomó entre sus brazos y la besó tan dulce y reverentemente que hizo que Jianne se echara a llorar de emoción. Los edificios se podían reconstruir. Los negocios se podían volver a empezar. Y el amor podía renacer o destruirse para siempre.

Antes del fuego, ella había tenido un plan. Pensaba decirle a Jake exactamente lo que significaba para ella.

—Lo que quieras... lo que necesites para volver a empezar... Tengo dinero para reconstruir todo esto y espero que lo aceptes...

Jacob negó con la cabeza y volvió a besarla. Aquella vez, ella lo abrazó con fuerza y se rindió por completo a su posesión.

—Te amo —susurró ella cuando él ocultó su rostro contra su cabello y la abrazó con fuerza—. Te amo más allá de toda medida. Siempre lo he hecho y siempre lo haré. Quiero que lo sepas.

Zhi Fu los encontró en el hospital. Habían llevado a Jianne allí no porque ella estuviera malherida sino simplemente para atender las heridas que se había hecho al salir por la ventana. Tenía cortes en las manos y magulladuras por las piernas a causa de la caída

Po también se encontraba bien. Ya lo habían curado y Maddy y Luke se lo habían llevado a su casa, donde iba a pasar la noche. Jake había aprendido a delegar sus responsabilidades en los demás, pero nada como ver a Zhi Fu dirigiéndose hacia ellos para recordarle lo que era capaz de hacer para proteger a la mujer que amaba.

Jianne le puso una mano vendada sobre el brazo para contenerlo. Supo que ocurría algo cuando notó la tensión en Jake, lo que confirmó cuando levantó la mirada y vio a Zhi Fu acercándose a ellos.

La negra y dura mirada de Zhi Fu los recorrió a

ambos de la cabeza a los pies. Jianne hubiera jurado que, durante un instante, vio angustia en los ojos del recién llegado.

—Yo no he hecho esto —dijo en inglés para que Jacob pudiera entenderlo—. No soy responsable del fuego.

—Entonces, ¿quién ha sido? —le espetó ella—. No ha sido un accidente. Alguien prendió fuego deliberadamente.

—Yo no —reiteró Zhi Fu. Entonces, miró a Jacob. Jianne se interpuso entre los dos hombres.

—¿Y por qué íbamos a creerte después de las cosas que has hecho?

—¿Qué es lo que he hecho aparte de mostrarte lo que puedo darte?

—Enviaste un asesino para matar a mi esposo.

—Para matarle no. Sólo quería que le diera una paliza.

—Me preguntaste si lo quería muerto.

—Para asustarte y provocar que renunciaras a él. Yo no he matado nunca. Es la única frontera que jamás he cruzado.

—No te creo —afirmó Jianne.

—Te lo diré otra vez. No he provocado ese incendio ni he enviado a nadie para que lo haga en mi nombre. Yo no mato. Y ciertamente jamás trataría de matarte a ti.

—No sé lo que esperas conseguir presentándote aquí —dijo ella, cada vez menos tranquila—. Es demasiado tarde para confiar en ti y ya no puedes ganar mi amor. Quiero que dejes de acosarme. Quiero que me dejes en paz. ¿Tan difícil te resulta entenderlo?

Se miraron en silencio durante un largo instante. Entonces, Zhi Fu se metió la mano en el bolsillo y sacó una tarjeta de visita que le entregó a Jacob.

—Tenía un investigador privado vigilando el *dojo*. Él tiene fotos del pirómano y está dispuesto a hablar con la policía. Como yo. Mi único error ha sido cortejar a una mujer con la intención de convertirla en mi esposa. Eso no es ningún delito.

—Enviaste a un hombre para que me matara —le espetó Jacob.

—Demuéstralo.

—Me estás acosando —intervino Jianne

—Tengo sentimientos hacia ti. He venido tan sólo para ver cómo te encuentras y ayudar en la captura del pirómano. Que tú correspondas esos sentimientos o no, no cambia nada.

—Zhi Fu... Te doy las gracias por tu ayuda y tu preocupación por mí. En cuanto a mis sentimientos, nada ha cambiado. Sólo te deseo que vivas tu vida y me dejes a mí vivir la mía.

—Con él —dijo Zhi Fu.

—Sí, con él. Si Jake así lo desea

Jianne se giró para mirarlo y vio el deseo que despertaba en los ojos de Jacob.

—Claro que lo deseo —afirmó. Entonces, centró su atención en Zhi Fu—. Tienes que marcharte. Regresa a Shangai. Deja a mi esposa en paz.

—¿Y si no lo hago?

—En ese caso, tú y yo tendremos un problema porque no voy a consentir que Jianne viva con miedo. Por eso, es mejor que te marches. Ahora. Antes de que termines en prisión... o muerto.

Zhi Fu y Jacob se miraron durante un largo instante. Entonces, sin ni siquiera mirar a Jianne, Sun Zhi Fu se marchó.

Jianne y Jacob salieron del hospital unos minutos después.

—Bueno —dijo él—. ¿Y ahora qué? ¿Adónde vamos?

—No lo sé.

—Tus tíos probablemente querrán verte para asegurarse por sí mismos que estás bien.

—Supongo que sí. Los llamaré y les diré que iré a verlos pronto, pero no esta noche. Tal vez mañana.

—¿Quieres ir a casa de Madeline para ver a Po?

—Eso sí me gustaría.

—Después, podríamos buscar un hotel en el que pasar la noche.

—Sí. Uno que tuviera una bañera enorme. Para que yo no tuviera que mojarme las manos, tú podrías lavarme el pelo. No sé si te has dado cuenta, pero estoy cubierta de hollín y huelo a humo.

—En eso podría ayudarte. Nos podríamos duchar primero y luego remojarnos en la bañera. Entonces, yo te podría confesar lo profundamente enamorado que estoy de mi esposa, por si acaso no lo habías notado. Luego podría preguntarte qué te parece lo que nos depara el futuro. El *dojo* ya no está por lo que han desaparecido las limitaciones que suponía. Tabla rasa. Una oportunidad de volver a empezar.

—Podríamos construir una terraza en el tejado del *dojo*.

—¿Del *dojo?*

—Sé lo que la enseñanza supone para ti, *sensei.* Sé lo que eres y cómo estás hecho. ¿Acaso no te gustaría volver a reconstruir el *dojo*?

Jake guardó silencio durante un largo instante.

—Podríamos construir un garaje subterráneo para los coches —dijo por fin.

—Y otra planta entre el gimnasio y la habitación superior. Para los niños...

—¿Niños?

—Bueno... Biológicos. Adoptados. Sobrinos y sobrinas que vendrán a Singapur a aprender kárate. A mí me parece bien si a ti te apetece.

—Claro que me apetece. Me gustó mucho lo que hiciste con la cocina.

—Pues tendremos que volverlo a hacer. Y habrá pinzas.

—Te amo...

—Lo sé, Jake —afirmó. Se acercó a él para que pudiera abrazarla—. Yo también te amo. Con todo mi corazón.

Epílogo

Singapur, dos años más tarde...

Para algunos, las mañanas comenzaban suavemente. Para Jianne, a menudo empezaban así, para diversión y perezosa satisfacción de Jake. Adoraba la sonrisa que se le dibujaba en los labios cuando ella presentía que estaba despierto y que la estaba observando. Adoraba la manera en la que abría los ojos y lo miraba ofreciéndole una sonrisa y una promesa.

Dos años casados. Su segunda oportunidad. Desde entonces, todo había ido bien. Zhi Fu había dejado de perseguir a Jianne y había regresado a Shangai donde, según la madre de Jianne, se había casado recientemente.

Po había desaparecido en los días posteriores al incendio para reaparecer en una comisaría de Singapur tres días más tarde acompañado de una niña de tres años y de un niño de seis. Sus hermanastros. Su madre había muerto, igual que la de Po. Su padre había sido el pirómano y el sistema judicial pronto se había hecho cargo de él. La abuela materna de los dos niños se hizo cargo de los hermanastros de Po, pero como el único pariente con vida del muchacho era su padre, Jake y Jianne, con la ayuda de los mejores abogados, se hicieron con la custodia de Po.

Reconstruyeron el *dojo* en el mismo lugar del anterior. Un *dojo* y una casa con aparcamiento subterráneo, azotea y una zona para los niños, un despacho para Jianne y habitaciones para familiares y alumnos.

Su matrimonio había florecido.

Jake se levantó de la cama y se dirigió al dormitorio que había junto al de ellos sin despertar a Jianne. Quería ver si estaba despierta. Una niña muy pequeña, de labios rosados, cabello negro y unos ojos tan oscuros y hermosos que él se deshacía cada vez que la pequeña lo miraba. No tenía nombre, aún no. En ese aspecto, Jianne y él iban algo retrasados, pero la pequeña le había robado el corazón a su padre desde el instante en el que nació.

—Hoy vas a conocer a tus tíos y tus días —le dijo a la pequeña mientras la tomaba en brazos—. Y a tus primos. Han venido a tu bautizo —añadió. Tenían que encontrarle nombre urgentemente.

Jake le ofreció un dedo a la pequeña. Ella lo agarró con su diminuta manita y se llevó a la boca el puño, con el dedo incluido.

—Tiene hambre —dijo una voz a sus espaldas.

Entonces, Jianne se acercó a él y lo agarró por la

cintura mientras con la otra mano comenzó a acariciar la cabecita de su pequeña.

—Lo sé —respondió Jake mientras trataba de retirar el dedo sin conseguirlo—. No me suelta.

—Es una chica lista. Yo tampoco lo soltaría.

—Es tan frágil —murmuró él—. Tan delicada...

—Es más fuerte de lo que parece —afirmó ella mientras apoyaba la mejilla contra el hombro de su esposo—. Tiene el corazón de su padre. Un corazón del que los demás toman fuerza. Un corazón de tigre.

—¿Es eso una advertencia?

—Probablemente debería serlo, pero prefiero pensar que es una bendición. Por cierto, se me ha ocurrido un nombre. Nuestra hija necesita un nombre que transmita fuerza.

—¿No querrás llamarla Tigre?

Jianne sonrió con serenidad.

—Se me ha ocurrido Willow, que significa junco en inglés. Que se dobla pero nunca se rompe por muy fuerte que sea la tormenta. En chino se llamaría Lian. Lian-li, si te gusta. Significa fuerza.

—Es bonito. ¿Qué te parece, Li-li? ¿Es lo suficientemente fuerte para un nombre así?

—Por supuesto que lo es —afirmó Jianne tras darle un rápido beso en la mejilla a su esposo y luego uno más pausado en los labios—. Es una Bennett.

JULIA™

JENNIFER GREENE
RAPTADA POR UN MILLONARIO

Una herencia millonaria debía haber satisfecho todos los sueños de Carolina Daniels, pero solo sirvió para atraer a oportunistas.

Afortunadamente, junto con la generosa donación llegó su salvador: el sexy millonario Maguire Cochran. Maguire sabía que la generosa herencia que su padre había dejado a Carolina por haber salvado a su hijo le causaría más problemas que alegrías. Por eso decidió enseñarle a ser más dura.

Raptarla y llevarla a un lujoso retiro formaba parte del tratamiento.

N.º 467

KELLY HUNTER
AVENTURA EN SINGAPUR

Jianne Xang-Bennett necesitaba protección, por lo que pidió ayuda a su esposo, el experto en artes marciales Jacob Bennett, del que había estado alejada mucho tiempo. Sin embargo, el hecho de que hubieran estado separados doce años no implicaba que pudieran estar en la misma habitación sin discutir o arrancarse la ropa el uno al otro.

Aunque Jacob era capaz de hacer cualquier cosa por la única mujer que podía poner de rodillas a tan noble guerrero.

JAZMÍN

ANNE WEALE
NUEVAS OPORTUNIDADES

Cuando Liz se trasladó a vivir a un tranquilo pueblo en España, no esperaba que su vecino fuera el playboy Cameron Fielding. Por la casa de Cameron no dejaban de desfilar mujeres, por eso a Liz le sorprendió tanto enterarse de que estaba pensando casarse... ¡con ella! Era una proposición práctica, pero la luna de miel les demostró que su matrimonio podía ser muy apasionado.

CARA COLTER
UN AMOR POR NAVIDAD

Beth Cavell no podía darle a su sobrino huérfano los regalos de Navidad que el pequeño quería: nieve... ¡y un papá! Cuando alquiló una cabaña en medio de la hermosa naturaleza de Canadá, conoció a Riley Keenan, a quien no le gustaba nada la Navidad. Pero poco a poco, la encantadora Beth y su sobrino consiguieron ablandarle el corazón. Y entonces empezó a caer la nieve. ¿Se cumpliría también el segundo deseo de Jamie?

N.º 572

CHERYL KUSHNER
SIEMPRE SERÁ ÉL

El jefe de policía Ryan O'Connor llevaba diez años sin ver a Zoe Russell, justo desde que le había roto el corazón a su mejor amiga. Ahora tenían que caminar juntos hacia el altar porque eran los padrinos de la boda de la hermana de Zoe. Pero Ryan no estaba preparado para ver el cambio que había dado aquella muchacha tan poco femenina... ni para enfrentarse a los sentimientos que iba a despertar en él...